Effie Hetherington

I0632221

Ein Roman von
Robert Williams Buchanan

Aus dem Englischen von
Peter M. Richter

Nach der Ausgabe von
T. Fischer Unwin
Paternoster Square
London MDCCCXCVI

Illustration von P.M.Richter

Für Antje

Bibliografische Information der Deutschen Nationalbibliothek: Die
Deutsche Nationalbibliothek verzeichnet diese Publikation in der
Deutschen Nationalbibliografie; detaillierte bibliografische Daten sind
im Internet über dnb.d-nb.de abrufbar.

TWENTYSIX – Der Self-Publishing-Verlag
Eine Kooperation zwischen der Verlagsgruppe Random House und
BoD – Books on Demand

© 2017 Buchanan, Robert Williams

Herstellung und Verlag:
BoD – Books on Demand, Norderstedt

ISBN: 978-3-7407-2792-5

Buch 1

Die Leidenschaft des Richard Douglas

« Je dy toujours, et sans cesse diray,
Sans que jamais je change de propos,
Quand vos vertus a' tous j'annonceray,
Que tout honneur en vous prend son repos.
Quelle beaute' a'vous compareray ?
Quel caeur gentil a'bien du tout dispos ?
Digne m'estes pas du bien de l'autre vie,
Si votre los toujours ne le convie ? »

La Chanson Amoureuse

Kapitel I

Wie Richard Douglas Halloween begeht

„Sie kämmt ihr golden glänzendes Haar,
Das über ihren Nacken fällt und sie umhüllt.
Wenn sie ein jungfräuliches Mädchen ist,
Wird sie lächeln und nicht ängstlich sein;
Wenn sie ein teuflisches Ding ist,
Stürzt sie ihren Körper in die Fluten,
Bis der reißende Strom der Gezeiten sie holt."

Ein Wassergeist-Lied

In der Nacht des 31. Oktober 1870 steht Richard Douglas allein in der Tür seines verwitterten Anwesens und schaut auf das stürmische Wetter im Solway Fjord. Der Regen fällt in reißenden Strömen und prasselt auf ihn und von der aufgewühlten See wehen Schaumfetzen heran. Er ist barhäuptig und steht mit verschränkten Armen sorglos den stürmischen Elementen gegenüber. Vor ihm ist alles dunkel, außer wenn der Vollmond aus den Sturmwolken wie ein Feuerauge über dem großen Fjord aufleuchtet, der über der dunklen Ebene des nördlichen Hochmoores und den entfernten Bergen von Galloway im Hintergrund steht.

Das düstere Anwesen steht inmitten des Torfmoores und etwa eine Viertelmeile von der sandigen Küste. Es gibt keine Straße dahin, nur ein Reitweg verbindet es mit der Fernstraße und führt durch grasloses Land des trostlosen Sumpfes – dem wilden Grund des väterlichen Erbguts, von welchem er seinen Namen hat.

Ein seltsamer Platz, ein einsamer Mann – und letztlich vornehm arm geboren, hat weder Verwandte noch Anverwandte, weder Frau noch Freund. Vor dreißig Jahren kam er auf die Welt, schreiend auf der Brust seiner toten Mutter. Zehn Jahre später hatte sein Vater bei einem schlimmen Ritt, nach einer Nacht eines Gelages in der Stadt Dumfries, sich das Genick gebrochen. Er hinterließ einige unfruchtbare Morgen und die düstere Heimstatt und alles andere seinem Waisenjungen. Der Schatten dieses frühen Unheils legte sich auf Richards Seele und machte ihn düster und einsam. Mit einem Körper und Leib eines großen Mannes, war er nur fünf Fuß und sechs Inches groß. Aber er war stark wie Herkules, mit einem kräftigen Brustkasten eines Löwen und den langen muskulösen Armen eines Menschenaffen.

„Komm herein! Komm herein!" ruft eine schrille Stimme von drinnen.

„Was gibt es für dich bei diesem kalten Wind und dem Regen Begeisterndes zu sehen? Komm rein, Gutsherr, und schließe die Tür!"

Er zögert für einen Moment, schließt dann die Tür gegen den heftigen Wind, geht durch den dunklen Vorsaal und kommt in die Küche – eine große getäfelte Kammer, düsterer als eine Scheune. Eine siebzigjährige Frau steht am Herd und murmelt fast zu sich selbst, als sie sich über das Torffeuer beugt:

„Du bist bis auf die Haut durchgeweicht", sagt sie, sich flüchtig umschauend, als er hereinkommt, „Komm, Gutsherr und trockne deine Sachen."

Innehaltend, im Licht einer altertümlichen Öllampe, die von der getäfelten Decke herabhängt, schüttelt er die Regentropfen aus seinem schwarzen Haar und geht dann zu dem Feuer hinüber. Sein Gesicht würde schön sein, aber seine Augen sind zu klein und zu streng und die Gesichtszüge haben einen gewöhnlichen, schwermütigen Ausdruck. Als er flüchtig zu der alten Frau blickt, seine einzige Gesellschaft und Dienerin in dem einsamen Haus, ist sein Ausdruck noch freundlich genug und seine Augen blicken freundlich.

„Eine schwarze Nacht, Elspeth", sagt er, „und störrisch genug für Halloween. Noch sah ich Lichter im Inland über dem Torfmoor, dort, wo sich die Leute der Farmen sammeln."

Die Frau seufzt und schüttelt ihren Kopf.

„Du solltest unter ihnen, Herr, anstatt im beschwerlichen Kummer sein. Warum willst du nicht ein Mann unter Männern sein, gewiß ein Freier unter Freiern? Dort drüben sind brave kleine Mädchen mit großen Erwartungen und der Herr von Douglas mag seine Wahl treffen."

Der Mann lacht – ein merkwürdiges Lachen, wie das Krächzen einer Rabenkrähe. Er nimmt eine gewöhnliche Bruye'reholzpfeife(1) aus seiner Brusttasche, füllt sie mit einem Stück Torf vom Herdfeuer und setzt sich hin. Elspeth beobachtet ihn ruhig, dann fährt sie fort, teilweise an ihn gerichtet, teilweise als Selbstgespräch:

„Das Haus Douglas ist dir zu sehr Einöde, als wäre das Haus auf Sand gebaut! Drei Generationen habe ich gesehen und nun steht der Gutsherr allein, ein vertrockneter Stumpf, wie vom Sturm drüben im Moor umgeworfen. Froh wäre ich Kindergeschrei auf Douglas zu hören, bevor ich sterbe; und die Zeit ist nah und das Haus ist leer, wie ein Nest vom vergangenem Jahr."

„Ja, genau so", sagt der Mann, schwermütig in das Feuer schauend, „was dann, eine Frau?"

„Was dann, Herr? Es ist keine Sünde oder Schande, sollte es so sein."

„Nein, bei Gott!" entgegnet Douglas, „wir waren eine kranke Rasse und niemand wird die Brut missen, wenn sie ausgeblutet ist. Laß das Haus fallen, seit der Teufel seinen Fluch darauf warf und seine Zeichen auf mich machte."

„Du bist wie dein Vater", sagt Elspeth, „er war ein störrischer Mann und immer unzufrieden, und der Fluch trieb ihn zum Trost zum Trinken, bis er sich durch den Kummer bei dem Ritt das Genick brach. Es ist krank, beweisen zu wollen, deines Vaters Sohn zu sein! Noch habe ich meinen Verstand. Statt du hier sitzen bleibst und deinen Rücken krumm machst, wie ein alter Mann, stehe auf und gehe aus, unter die Leute, schau nach einer hübschen Braut dieses Halloween!"

Wieder lacht der Mann, dieses Mal beinahe leidenschaftlich. Dann steht er plötzlich auf, schaut durch das große Fenster in Richtung Inland. Weit über dem Moor bewegen sich die Lichter.

Haus Douglas

„Und dort wird eine große Gesellschaft sein", fährt Elspeth fort, „hinter dem Moor, heute Nacht. Die Lamonts sind dort und Miss Forsyth von Schloß Gordon und Lord Graeme's Verwalter mit seiner Tochter France."

„Verflucht seien sie!" murmelt Douglas.

„Gewiß, verdammt!" echot die alte Frau, „aber die meisten von ihnen sind reich und manche von ihnen sind hübsch. Ein Mann, der blindlings unter ihnen sucht, fährt besser, als wenn er zögert, wie ein Ochse im Stall."

„Halte den Mund, du Närrin!" sagt der Herr, sich ärgerlich umdrehend, „ich werde niemals heiraten."

Dann verlässt er die Küche, geht den dunklen Korridor entlang in einen anderen Raum, ein großer und düsterer Wohnraum im Erdgeschoß, ein roh gezimmertes Wohnzimmer. Hier liegt kein Teppich auf dem aus polierter schwarzer Eiche bestehenden Fußboden und wie die Oberfläche eines Holzfloßes aussieht. Ein langer Esstisch und einige Eichenstühle sind die einzigen Möbel, ausgenommen wenige ausgeblichene Ölportraits an den Wänden, sowie einige Gewehre und Angelruten, die in einem Futteral über der Feuerstelle hängen. Eine altmodische Öllampe, wie auch in der Küche, hängt vom Zentraldeckenbalken. Vor dem schwelenden Feuer liegen verschiedene Hunde – ein alter Jagdhund, zahnlos und blind, ein Paar Spaniels und ein Blackretriever, der sich umschaut, als sein Herrchen eintritt, aber sonst keine weitere Zeichen von sich gibt. Der Tisch ist mit Büchern und Landkarten bedeckt und weitere Bücher liegen verstreut im Flur. Durch das gardinenlose Fenster, welches wie eine stille Nische gestaltet und mit einem abgenutzten Eichensitz versehen ist, kommt ein unbeständiges Aufleuchten des Mondlichts und das Glitzern der stürmischen See. Der Sturm heult, der Regen klatscht an die Scheiben und durch die kräftigen Windböen erbebt das Anwesen durch und durch.

Verloren schreitet Douglas in dem Zimmer auf und ab, unbeachtet von den Hunden am Kamin, die unzweifelhaft mit dem Gemütszustand des Herrn vertraut sind und keinen Versuch machen seine Aufmerksamkeit zu erhalten. Zuletzt hält er vor einem Bild an der Wand inne. Es ist das Bildnis einer blassen und bleichen furchtsamen Frau, traurige Augen schauen unter einem altmodischen Hut hervor und ihre behandschuhten Hände sind ruhig auf ihrem Schoß auf dem alten Brokat gefaltet. Er sieht sie lange und still an. Es ist das Portrait seiner toten Mutter, die er in seinem Leben nie kennengelernt hatte. Dicht daneben ist eine andere Ähnlichkeit, die er jetzt ansieht. Nun ist es ihm, als schaue er in einen Spiegel. Er sieht dort sein eigenes düsteres Gesicht, seine finsteren Brauen, seine tiefsitzenden, traurigen Augen. Es ist das Gesicht des Vaters, den letzten Herrn auf Douglas.

Dieses Gesicht, wie sein eigenes, besitzt eine bleibende Schwermut, aber es leuchtet eine geistreiche Flamme eines finsteren Humors von Innen heraus, welche um den Mund wie ein erleuchteter Rand einer Gewitterwolke erscheint. Der unbekannte Künstler hatte natürlich gut die Eigentümlichkeit des Charakters erfasst, wie von jemanden, der verrückte Einfälle hat. Weil die Einfälle so rau waren, wurde ihm der Titel eines ‚Dare-the-Deil'(2) gegeben.

lange und intensiv schaute Douglas auf das Frauenbildnis, geht aber unduldsam von dem des Mannes weg. Er wirft sich in einen Sessel, nimmt ein Buch und versucht zu lesen. Es ist ein sonderbares Buch und es zeigt Spuren öfteren Gebrauchs, als ob es von seinem Besitzer viel in die Hand genommen worden ist, es ist das Decamerone von Giovanni Boccaccio, in einer französischen Übersetzung mit aquarellierten Illustrationen. Das Buch fällt wie aus Gewohnheit, auf den Seiten offen, die die achte und neunte Geschichte des fünften Tages beinhalten. Diese zwei wunderbaren Geschichten scheinen wieder und wieder gelesen worden zu sein und dadurch das Papier und die Schrift nun abgegriffen sind und die Seiten Eselsohren bekommen haben, mehr als der Rest des Buches. An ihre Themen wird sich der Leser zweifellos erinnern; das eine beschreibt, wie Anastasio Onesti, der eine Lady liebt und es gering schätzt, zu Chiassi geht, eine andere Lady sieht, von einem Jäger verfolgt wird, zu Boden gerissen und von Hunden überwältigt wird: Das zweite erzählt die rührende Geschichte von Federico, der, nachdem er all sein Vermögen ihr zu Liebe hingab, für sie seinen Lieblingsfalken tötete und ihn ihrem wählerischen Appetit opferte. Wenig Mühe hat Douglas den Druckzeilen zu folgen. Jeden Satz, jede Silbe dieser Geschichten sind ihm wohlbekannt und brannten sich wie Feuer in sein Gedächtnis. Doch er liest eifrig, als wären die Geschichten neu. Und während er liest erhellt sich sein finsteres Gesicht, seine Augen leuchten und um seinen traurigen Mund hängt dieses Leuchten, wie der funkelnde Schein im Gesicht des Portraits seines Vaters, aber mehr leidenschaftlich und heftiger, heller leuchtend und sinnlicher, so charakteristisch wie für ein brennendes Feuer im kummervollen Herzen des Mannes.

,Und er sieht eine wunderschöne junge Frau mit aufgelöstem Haar, durch das Unterholz zu ihm fliehen, ihr zarter Körper

zerrissen und blutend, hinter ihr rennen zwei schwarze Hunde, die sie gebissen hatten, als sie fortrannte, sie beginnt ein herzzerreißendes Geschrei. Dann kommt ein Reiter auf einem schwarzen Roß, schaut mit leidenschaftlicher Miene, ergreift einen Dolch, mit welchen er das bedrohte Leben der Frau... und die Hunde fassten sie bei der Hüfte und schleifen sie über den Erdboden, da saß der leidenschaftliche Reiter ab und eilte zu ihr.'

Was ich zitiert habe war ein Bild der Szene, grausig genug, aber typisch für die Schönheit des Gesichts und der Gestalt des Opfers. Douglas beugt sich über das Buch, als trinke er jedes Detail. Währenddessen befällt sein Gemüt eine heftige Seelenqual und sein Gesichtsausdruck ist vor Rührung entstellt. Dann, die Seiten ungeduldig und leidenschaftlich umblätternd, liest er folgendes:

,Obgleich er arm war, hat Federico bis zu diesem Tag nicht erkannt, dass seine unbekümmerte Liebe und verrückte Zügellosigkeit ihn in Armut brachte. Aber nun fühlte er es schmerzhaft, nichts für die Lady im Hause zu haben und zornig verfluchte er sein Glück und lief hin und her, vergebens Geld zu entdecken oder was Goldwert hätte, was er verkaufen könnte...
Plötzlich erinnerte er sich an seinen Falken, der im Käfig in seinem Zimmer saß. Er wusste nichts anderes zu tun, als dass er zum Gefallen der Lady auf den Tisch müsse und er drehte ihm das Genick um. Dann trug er dem Dienstmädchen auf ihn zu rupfen und zu braten und nach dem Decken des Tisches mit dem einzigen weißen Tischtuch, das er übrig behalten hatte, floh er mit einem heiteren Gesicht in den Garten, das Essen wäre fertig. Dann setzten sie sich beide hin und bedient von Federico, aß sie den Vogel, nicht wissend was es war.'

Warum verdunkelt sich der Blick des Mannes? Warum beben seine Lippen, wie bei einem betrübten Kind, als er diese einfachen Worte liest? Seine Rührung ist so groß, dass er das Buch zur Seite legt, aufsteht und in einen anderen Raum geht. Der Regen platscht an die Fensterscheiben und der Wind schüttelt das einsame Haus, während er zu sich selbst laut murmelt:

„Elspeth hat recht. Ich sollte nach dort drüben gehen und nicht hier schmachten. Ich werde schon bald verrückt, wenn es so weiter geht. Da drüben auf der Farm im großen Haus spielt die Musik und Lampen brennen und die Mädchen verkümmern in ihren Seidenkleidern. Dort wird in der Küche und im Saal geflirtet und sich umarmt. Aber für *mich* ist nur die alte Elspeth und diese Rattenfalle von einem Haus! Kein Narr mag einen alten Narren! Dreißig Jahre alt und leicht reizbar, wie ein krankes Kind. Verdammt diese Frauen! Verdammt ihr weiches glattes Gesicht und ihr duftendes Haar und all ihre lieblichen Wege! Oh weh, verdammt seien sie alle – verschont nur die *eine*!"

Er hält inne, reißt seine Hände hoch und presst sie zusammen. In diesen Moment war der Wind vorbei und es ist eine relative Stille, die von Pferdegetrappel auf dem vorbeiführenden Weg unterbrochen wird. Er lässt seine Hände sinken und lauscht. Nun mischen sich lachende menschliche Stimmen, dann ruft eine Männerstimme laut und eine klare, glockenähnliche Stimme antwortet. Hierauf nehmen der Wind und der Regen ihren Tumult wieder auf, aber er hört erstaunt noch ein lautes Klopfen an der Haustür.

Kapitel II

Wie Douglas die Gesellschaft gastfreundlich aufnimmt

Zwei oder drei Minuten später betritt Elspeth den Raum.
„Herr! Herr!" ruft sie, „komm aus dem Gefängnis! Hier ist eine Gesellschaft unterwegs nach Castle Lindsay, die ein Schutzdach vor dem Sturm sucht. Hier ist Mr. Aird, der Schriftsteller aus Dumfries und zwei junge Gentleman und zwei hübsche junge Ladies, alle bis auf die Haut durchweicht; ihre Diener sind draußen bei den armen Pferden, die ganz unruhig vor Schreck und halb ertrunken sind."
Während sie spricht kommen die Stimmen durch die offene Tür. In diesen Moment übertönt ein Donnerschlag, der das Haus erzittern lässt, alles. Einer, der Douglas nicht kennt, würde sagen, er war wie vor Schreck gelähmt. Sein Gesicht wird plötzlich weißer als der Tod.
"Was bringt sie hierher?" murmelt er.
„Nun, das ist eine unbedachte Frage!" sagt die alte Frau, „hattest du nicht zugehört? Sie sind quer durch das Moor geritten, als der Sturm losbrach und sie kamen für ein Obdach hierher, bis sich das Wetter beruhigt. HERR behüte uns! Achte darauf!"
Die letzten Worte sind gesagt, als es draußen so hell blitzt, dass es schien, als würde der ganze Raum in Flammen aufgehen. Der Donner folgt nahezu unmittelbar, ein Krachen, als würde ein fester Felsen bersten, gefolgt von misstönendem und Ehrfurcht gebietendem Geschrei. Da ist ein Kreischen in der Küche, furchtsam und schrecklich.
„Das ist eine der jungen Ladies!" sagt Elspeth, „von einer Minute zur anderen wird sie hysterisch, schreit ängstlich oder lacht."

Douglas hört das Ende des Satzes nicht, denn er verlässt ungeduldig den Raum, läuft den Flur entlang und erreicht die Küche, wo die unerwartete Gesellschaft sich versammelt hat. Auf der Schwelle inne haltend betrachtet er sie. Da sind fünf Personen, drei Herren und zwei Ladies. Einer der Herren ist der Anwalt Mr. Aird, ein drahtiger kleiner Mann in den Fünfzigern und in Schwarz gekleidet. Die zwei anderen, von Elspeth als die ‚jungen Lamonts' beschrieben, sind junge Männer, von dreiundzwanzig und neunzehn Jahren, beide in Reitkleidung mit bestem Schuhwerk und gespornt. Diese drei und eine junge Lady, die dunkle Reitkleidung an hat und eine flache Königskrone trägt, stehen und starren ziemlich hilflos auf das letzte Mitglied der Gesellschaft, welches auf einem Stuhl nahe am Feuer sitzt. Das Gesicht mit ihren Händen bedeckt und hysterisch zitternd. Auch sie trägt ein Reitkostüm, durchweicht und tropfend vom Regen. Ihr Hut ist heruntergefallen und ihr dunkelgoldenes Haar hat sich selbst gelöst und fällt auf ihre Schultern. Bei jedem Blitz und dem begleitendem Donner, die nun in schneller Folge kommen, stößt sie laute Schreie aus, wie ein erschreckter Vogel und scheint in Ohnmacht zu fallen.

„Effie! Effie!" ruft die dunkeläugige junge Lady, „was für eine Närrin bist du! Sieh, hier ist Mr. Douglas."

Effie schreckt auf, nimmt die Hände vom Gesicht und schaut in die Runde und zeigt ein zartes, hübsches Gesicht und zwei große sehnsuchtsvolle blaue Augen.

Als ihr lebhafter Blick auf den Hausherrn fällt, lächelt sie schwach.

„Ich kann nichts dafür, Lady Bell", sagt sie „die Blitze erschrecken mich, Oh, Mr. Douglas, ist der Sturm vorüber?"

Ein weiterer Blitz antwortet ihr, aber der Donner folgt nicht unverzüglich und scheint nun weiter entfernt.

„Der Sturm ist vorüber", antwortet Douglas, „es ist nichts mehr zu befürchten, Miss Hetherington. Aber um alles in der Welt, warum sind sie bei diesem Wetter ausgeritten?"

Der ältere der beiden jungen Männer, Arthur Lamont, hager und ziemlich weibisch, aber sehr schön, mit kastanienbraunem Haar und leichten Schnurrbart, beantwortet die Frage:
„Wir hatten einen Ritt nach Dumfries gemacht und waren auf dem Rückweg zum Schloß, wegen Halloween. Es war eine schöner Abend, als wir starteten und kein Anzeichen für schlechtes Wetter. Der Regen überraschte uns inmitten des Moores, in der Nähe der ‚Tyke Bridge' und dann, beim ‚Heiligen Georg' brach der Sturm los! Unsere Pferde gehorchten nicht mehr und Ihr Haus ist das einzige weit und breit, so trabten wir hierher."
„Genau so!", sagt Mr. Aird, „es war ziemlich schwierig Sie zu finden, das können Sie mir glauben."
Kaum auf die an ihn gerichteten Worte achtgebend, wendet sich Douglas Miss Hetherington zu und beugt sich eifrig über sie.
„Sie sind tropfnaß", sagt er zu ihr, „Sie werden sich den Tod holen!"
„Ich glaube nicht, dass ich durchgeweicht bin", antwortet sie, liebenswürdig in sein Gesicht schauend, „wenn nur das furchtbare Blitzen aufhörte. Sie wissen, Mr. Douglas, ich hatte eine Schwester, die an meiner Seite von einem Blitz getötet wurde, als wir auf einem Feld spielten und seitdem ist es immer so, oh! Oh!"
Erschreckt durch einen weiteren verfluchten Blitz, hält sie sich bei Douglas fest, umschlingt ihn und versteckt ihr Gesicht in seinem Arm. Er bebt bei ihrer Berührung und zittert wie Espenlaub.
Er will etwas sagen, aber er kann es nicht. Er steht in einer sonderbaren Gemütsbewegung, befeuchtet nervös seinen trockenen Lippen mit seiner Zunge. Durch seinen Körper rennt ein wilder Schauer der Freude, als er die Berührung des warmen Nackens und der ihn festhaltenden Hände des Mädchens fühlt.

Die junge Lady, die mit ‚Lady Bell' angesprochen wurde, blickt flüchtig zu Arthur Lamont und zuckt ihre Schultern, dreht sich zu Douglas und sagt:

„Wir sind alle in einem schlimmen Zustand, wie Sie sehen. Auch ich tropfe wie Ihre Seejungfrau. Aber es ist zwecklos, länger hier zu bleiben. Wir sollten besser losreiten, außer, wenn Effie Hetherington meint, die ganze Nacht hier zu bleiben."

Effie erhebt ihr Gesicht vom Arm des Herrn, aber klammert sich noch mit nervösen Händen an seinen Ärmel.

„Verzeihen Sie, Lady Bell", sagt sie respektvoll, „ich weiß kaum was ich tue – ich bin so erschrocken! Aber ich bin bereit zu gehen, wenn Sie es wünschen."

„Das werden Sie nicht! Sie werden hier bleiben, bis der Sturm vorüber ist! Elspeth!"

„Herr", antwortet die alte Frau.

„Wirf einige neue Torfstücke ins Feuer – mache heißes Wasser! Gehe ins Wohnzimmer und bringe eine Flasche. Seien Sie nicht beunruhigt, Miss Hetherington, hier besteht keine Gefahr, ausgenommen Kälte und Schüttelfrost, aber ein warmer Grog wird Abhilfe schaffen."

Die Küche ist voll schwachen Dunstes, durch das flammende Feuer und von den durchtränkten Gestalten der Besucher. Die Männer nehmen ihr Hüte ab und die Umhänge und Mäntel werfen sie beiseite.

Aber Lady Bell behält ihren Hut auf und ihren Reitmantel an, beides tropfnaß.

Miss Hetherington wird eine Schüssel mit Wasser vor ihre Füße gestellt und dichter ans Feuer gerückt.

„Lassen Sie mich Ihren Mantel nehmen", sagt Douglas, all seine Besorgtheit scheint nur für das erschrockene Mädchen zu sein. Sie steht auf und nimmt den Mantel von ihren Schultern.

In der Zwischenzeit kommt Elspeth mit einer Flasche Whisky in die Küche und stellt sie auf den Tisch. Dann bückt sie sich dicht zu Miss Hetherington und ruft:

„Mein Gott, Lady, von ihren Beinkleidern rinnt das Wasser in Ihre hübschen Schuhe. Bleiben Sie ein bisschen und lassen Sie mich sie nehmen und am Feuer trocknen."

Effie lacht und schaut flüchtig zu Lady Bell, die das Vorgehen mit Ungeduld beobachtet. Sie tut nichts, ihr Ungemach zu verbergen. In diesen Moment kommt Arthur Lamont vor und sagt:

„Meine liebe Bell, auch *Sie* sind durchgeweicht! Geben Sie mir Ihren Mantel zum Trocknen."

„Oh, denken Sie nicht an *mich*, Arthur!" antwortet die junge Lady mit einem hämischen Lachen, „ich bin nicht aus Salz oder Zucker, ich werde mich nicht auflösen! Effie Hetherington ist anders – sie ist zart, armes Ding! *Sie* braucht Aufmerksamkeit!"

Jetzt hat sich Effie wieder hingesetzt und duldet, dass Elspeth ihr die Schuhe und Strümpfe auszieht. Während Lady Bell sprach, schaute sie in die runde und lächelte.

Für den Moment scheint es, dass sie den Schrecken überwunden hat und er einer höhnischen Fröhlichkeit Platz gemacht hat.

„Ich bin nun ganz warm", sagt sie, zwei schöne nackte Füße vor zum Feuer haltend und in der Glut röstend, „oh, Lady Bell, möchten Sie nicht herkommen und auch rösten?"

Als Lady Bell sich gereizt umwendet, um tändelnde Zeichen zu Mr. Aird zu machen, treffen sich die Blicke von Arthur Lamont und Miss Hetherington für einen Moment. Ein genauer Beobachter würde ein verstecktes Verstehen, eine geheime Sympathie bemerkt haben. Douglas bemerkt den Blick nicht, er steht am Kamin und hängt den Mantel auf, blickt flüchtig von den nackten Füßen auf ihre Besitzerin, bis zu ihren weißen unbehandschuhten Händen. Wenig Beobachtung hätte genügt, sein sonst schwermütigen Gesichtsausdruck zu verdächtigen das wilde Verlangen, das ihn ergriffen hat, zu zeigen. Ein

Verlangen niederzuknien und eine Menge Küsse auf des Mädchens rosige Hände und Füße zu drücken.

„Seidene Strümpfe und Schuhe, die von einer Fee getragen werden müssten , als von einer Lady! Hat man jemals so etwas gesehen? Diese Art Beinkleider und Schuhe von Christen zu tragen!"

Da gibt es ein allgemeines Gelächter, in welches Effie selbst einfällt.

„Wer konnte voraussagen, dass es so schrecklich regnen würde? Mr. Douglas sehen Sie zu Lady Bell! Lassen Sie sie tun, was ich tue! Ihr wird es sicher kalt sein!"

Aber Lady Bell ist verstockt, sie verweigert sogar ihren Mantel abzulegen und ist erpicht zur Eile anzutreiben. Als Elspeth eben das dampfende heiße Wasser auf den Tisch bringt und ein oder zwei Becher Whisky mit Wasser gemischt hat, weigert sich die dunkle junge Lady einen Tropfen anzurühren. Mr. Aird und der junge Mann nehmen sich selbst, während Douglas einen dampfenden Becher vom Tisch nimmt und ihn zu Effie Hetherington bringt. Effie lacht zuerst und schüttelt ihren schönen Kopf, aber zuletzt, durch die Überredung des Hausherrn, setzt sie den Becher an die Lippen.

„Wie stark es ist!" sagt sie heiter mit einer kleinen Grimasse, „aber es ist gut und süß! Geben Sie Lady Bell etwas, Mr. Arthur, machen Sie das!"

Als Effie Hetherington dies sagt, sitzt sie im Glutschein des Feuers, ihre zarte Gestalt ist beleuchtet, ihre wohlgestalten Füße gucken wie Rosenknospen unter ihrem Spitzenunterrock hervor, ihr golden braunes Haar fällt über ihre Schultern, ihre großen Augen sagen Wehmut und Vergnügen aus. Sie sieht hübscher denn je aus.

Die Gesundheit und das Glück der Jugend, sie ist erst neunzehn, scheinen aus ihr zu strahlen und anmutig und solide in ihrer Gestalt vereinigt zu sein und füllt jeden Blick und jedes Wort mit namenlosen Charme. Sie hat all die fest verwurzelte

Frische eines arglosen Mädchens und einen leichten Anflug spritzigen Humors einer natürlichen Kokette. Durch ihre Natur und Kleidung ist sie kokett, wie eines dieser leichten entzückenden Dinger, welche zu hübsch sind, als von ihresgleichen geliebt zu werden. Sie scheint das Beste unter den bewundernden Augen der Männer zu sein. Erfahrungen auf diesem Gebiet ermangelt es ihr nicht. Die schwermütige Bewunderung des Hausherrn nimmt sie bewußt wahr, blickt aber wieder und wieder flüchtig zu Arthur Lamont, als ob sie eine größere und bestimmte Hochachtung begehrt und erwartet. Frauen sind sonderbar, sagt das Sprichwort. Effie ist sich des Unfugs voll bewußt, der an ihrer Freundin und Begleiterin Lady Bell passiert. Und das scheint sie zu freuen, entweder aus weiblicher Beharrlichkeit oder aus anderen spitzfindigeren Gründen. Und das, obwohl es ihr ganz klar ist, daß sie, in Rang und sozialer Position, der dunklen Lady untergeben ist. Aber sie ist ihr nicht nur im natürlichen Charme überlegen, sondern in all der kühnen Kunst, mit welcher Frauen das stärkere Geschlecht besiegen. Natürlich weiß sie, dass Lady Bell im Mittelpunkt stehen sollte, die führende Person des Interesses, jetzt und alle Zeit, aber die hübschere Frau hat die Situation gemeistert und ist insgeheim erfreut über ihren kleinen Triumph.

Während Mr. Aird, die Lamonts und Lady Bell sich um den runden Tisch zur Unterhaltung versammeln und Alt-Elspeth sich mit den dampfenden Kleidungsstücken am Feuer beschäftigt, bleibt Douglas beharrlich dicht bei Effie und verschlingt sie mit seinen dunklen Augen.

„Bleiben Sie länger im Schloß?" fragt er sie jetzt.

Effie, die noch den Becher in ihrer rechten Hand hält, stellt ihn ab und ohne zu lächeln antwortet sie:

„Oh ja! Ich bin jeden Sommer dort, aber zu Neujahr gehe ich zurück nach Edinburgh. Ich denke", setzt sie hinzu und senkt ihre Stimme, „ich denke, ich werde wegen der Einladung zur Hochzeit zurück sein, aber ich bin mir nicht sicher."

„Die Hochzeit? - Welche Hochzeit?"

„Mr. Arthurs mit Lady Bell!"

Was für ein wunderbares kleines Gesicht, das aber während sie sprach plötzlich betrübt wurde, ein fremdes Leuchten kommt in ihre Augen und ihr zarter Mund verhärtet sich nahezu schrecklich.

„Ah, ja", murmelt Douglas, „ich hörte so etwas. Sie sind schon lange verlobt?"

Effie lacht, aber das Lachen ist nicht so liebenswürdig wie gewöhnlich, ein wenig bitter vielleicht, und verächtlich.

„Psst!" flüstert sie vertraulich, „sie müssen Sie nicht hören. Ja, es ist eine lange Verlobungszeit, wie sie vermuten. Glauben Sie an lange Verlobungszeiten? Die Leute sehen zuviel aufeinander und werden überdrüssig schon vor der Hochzeit. Denken Sie nicht auch?"

„Ich, ich weiß es nicht", antwortet der Hausherr, „ich habe da sehr wenig Erfahrung."

„Natürlich nicht", sagt das Mädchen leichthin, „Sie sind ein alter Junggeselle, Mr. Douglas. Man sagt, Sie hassen Frauen, aber ich bin mir sicher, dass das nicht wahr ist. Ich habe mich oft gefragt, warum Sie niemals heiraten. Sie müssen hier so einsam sein."

Douglas zittert und antwortet nicht. Wären sie allein gewesen, er würde die Sprecherin in den Arm genommen, sie an sich gezogen und ihr all die Leidenschaft, die in seinem Herzen brennt, ihr ins Ohr geflüstert haben. Niemals in seinem Leben fühlte er sich so glücklich, wie in diesem Moment.

Effies Natürlichkeit, ihr gewinnendes Vertrauen, ihre Unabhängigkeit, wie ein alter und treuer Freund, waren über alle Maßen köstlich. Er sieht darin keine Koketterie, sondern Sympathie – eben Ermutigung. Er würde gekämpft haben, daß sie auf diese Weise für immer bleiben würde. In all dem Feuer seiner Vergötterung, fragt er nicht weiter.

„Sie leben hier ganz allein?" fragt sie in dem Moment.

„Ja, mit Alt-Elspeth, meiner Hausdame und Pflegemutter."

„Fühlen Sie sich nicht sehr gelangweilt?"

„Manchmal."

„Wie beschäftigen Sie sich selbst?" begehrt sie mit einem fragenden Anheben der Augenbrauen.

„Mit Büchern, mit meinen eigenen Überlegungen. Wenn es mir zuviel wird, reite ich nach Dumfries, oder ich wandere drüben an der See."

Sie schaut staunend in sein Gesicht und der Blick auf ihn scheint voller Zärtlichkeit und Mitleid, dann, seinen innigen starren Blick treffend, errötet sie und lächelt erneut.

„Erinnern Sie sich, wann wir uns zuerst trafen?"

Erinnert er sich? Wie konnte er es vergessen!

„Ja, auf der Mearns Farm, letztes Jahr", antwortet er, „die Carlyles sind ihre Verwandten, sehen Sie sie oft?"

Er sagt ihr nicht, wie oft er dorthin jagte, in der Hoffnung, daß sie vorüber kommt.

„Nicht oft", sagt sie, „ich bin so beschäftigt im Schloß gewesen. Ah, Mr. Douglas, Sie können sich nicht vorstellen, wie traurig es ist, sich so arm und unversorgt zu fühlen! Ich sollte reich geboren sein, dann könnte ich mir meine eigene Gesellschaft wählen und lebte mein eigenes Leben. Manchmal könnte ich schreien, ich fühle mich so verlassen, so ohne Freund!"

Und wieder wird ihr Blick weich und ihre Augen füllen sich mit Tränen.

Sie sprach mit einer so leisen Stimme, daß ihr Zuhörer sich mit seinem Ohr dich an ihre Lippen beugen muß, um die Worte zu verstehen.

Als die Anderen laut ihre Vorkehrungen für den Weiterritt diskutierten, war es nicht zu überhören. Als sie ablassen, kommt die Unterhaltung zu einer Pause und die anderen Mitglieder der Gesellschaft gehorchen einem Zeichen von Lady Bell. Alle werfen nun ihre Blicke auf sie selbst und Douglas. Letzterer findet sich ihrer prüfenden Blicke ausgesetzt, steht schnell auf, grollend auf Arthur Lamont blickend, dessen Gesicht ein eigenartiges sarkastisches Lächeln zeigt.

In der Zwischenzeit hat es zu blitzen und zu donnern aufgehört, aber der Regen fällt noch immer heftig.

Plötzlich ruft Effie:

„Wir haben die armen Diener vergessen. Wie egoistisch wir sind!"

„Sprich nur für Dich selbst", wirft Lady Bell ein, „ich bin seit einer halben Stunde fertig, und warte nur auf ein Zeichen von Dir. Wenn wir uns auf den Weg gemacht hätten, wären wir selbst und die ‚armen Burschen', wie Du sie nennst, in der Zwischenzeit sicher zu Hause."

„Es regnet noch in Strömen", sagt Douglas, „ich werde nach den Männern sehen und ihnen etwas Whisky geben, damit ihnen warm wird."

Er nimmt die Flasche vom Tisch und geht aus der Haustür. Als er gegangen war, wendet sich Lady Bell mit einem boshaften Lacher an Effie:

„Das bist Du, Effie Hetherington! Du flirtest mit einem Steindamm, als ob kein Mann in der Nähe wäre!"

„Wirklich, Lady Bell, nichts läge mir ferner", antwortet Effie locker.

„Der Mann ist ein Wilder", schreit die Andere, „und dieser, sein Platz, ist nur gut um Rinder zu beherbergen. Was hatte der Mann zu Dir gesagt? Er erglühte bei Deinem Blick, wie ein wildes Ding! Aber es ist möglicherweise ein Grund mehr zu fragen, was Du zu ihm sagtest?"

„Nichts persönliches", antwortet Effie lachend, „ich fragte, ob er hier ganz allein lebt und er antwortete ‚ja'. Und ich denke das war alles."

„Du hast ihn schon früher getroffen?" fragt Arthur Lamont, „ich wußte nicht, daß Du mit ihm bekannt bist."

„Oh ja, flüchtig. Wir trafen uns in der Mearns-Farm, als ich meine Verwandten besuchte. Er ist für mich ein fremder Mann. Er wohnt schon immer hier und hat niemals geheiratet."

„Was ist daran seltsam?" unterbricht Mr. Aird, „die Welt ist nicht überall verheiratet und auf Hochzeit aus, ich selbst bin auf der Liste der Junggesellen."

„Gut – dann, Effie, das ist Deine Chance!" sagt Lady Bell, „ein Junggeselle und ein Haus gehen Betteln! Bedenke, wie groß das klingen würde: ‚Mistress Douglas von Douglas'!"

Effie errötet aufgebracht. Wieder kreuzt sich der mysteriöse Blick zwischen ihr und Arthur Lamont.

„Vielen Dank, Lady Bell, aber ich bin nicht so leicht zu vernichten. Und *wenn* ich heirate, so wird es nicht ein Wilder sein, wie sie ihn bezeichnen, ich denke ich bin sicher er ist sehr freundlich."

In diesen Moment kommt Alt-Elspeth wieder in die Küche und hört die letzten Worte und sagt:

„Freundlich, meine Lady? Ist der Hausherr gemeint? Er ist freundlich und er ist gut, das sagen auch die Leute von ihm und er versteht sich selbst hier, wie ein Wiesel in seinem Bau. Aber er ist stolz - stolz – er hat Grund dazu. Das Blut der Douglas ist eines der Besten und ein Douglas desselben Namens war schon ein Herr zur Zeit Königs Jamie(3)."

Dann, sich an Lady Bell wendend, fragt sie mit einem Knicks: „Ist Ihre Ladyschaft Lady Bell Lindsay vom Schloß Lindsay?"

„Ja, gute Frau", ist die Antwort, „ich bin Lady Bell."

Elspeth macht einen weiteren Knicks.

„Mein guter Mann arbeitete vor langer Zeit für ihren Vater, meine Lady. Ich erinnere mich gut an Sie, als Sie ein kleines

Mädchen waren. Ihre Mutter verließ Sie dann. Und dieser junge Gentleman wird Mr. Arthur Lamont sein, mit welchen Sie verlobt sind?"

Arthur Lamont nickt.

„Ich kenne Ihren Vater, junger Herr, und ihres Vaters Vater. Eine alte Familie, die Lamonts, aber nicht so alt, wie die Lindsays!"

Die alte Frau hätte ihr Geschwätz fortgesetzt, wurde aber durch die Rückkehr ihres Herrn gestoppt, den sie nicht wenig fürchtete und der sie mit einem finsteren Blick zum Stillsein zwingt, daß sie mit einem weiteren Knicks zur Seite zu dem jungen Paar tritt.

„Mit den Männern ist alles in Ordnung", sagt Douglas, wieder an die Adresse von Effie Hetherington gerichtet, „und bei den Pferden ebenfalls. Sie sind an den Ställen untergestellt und warten auf Sie."

Effie blickt flüchtig zu Lady Bell, als sie sagt:

„Ich bin sicher, daß ich nie wieder ‚Blinkbonny' reiten werde. Die Mähre scheut bei Allem und auf der Brücke wurde ich beinahe abgeworfen."

„Sie können ‚Hawthorn' nehmen, wenn Sie möchten", wirft Arthur Lamont ein, „und ich werde die Mähre reiten. Aber nein, ich vergaß, das Biest trägt keine Lady."

„Etwas muß getan werden", sagt Lady Bell ungeduldig, „außer wir bleiben hier die ganze Nacht. Ich verliere wirklich die Geduld. Erst Effies große Hysterie, wegen des Gewitters, als ob ihr Leben mehr wert als das der Anderen. Dann gibt sie vor, daß sie ängstlich ist zu reiten. Sie muß gehen oder bleiben. Vielleicht wird Mr. Douglas sie bis zum Morgen hierbleiben lassen."

„Hierbleiben bis zum Morgen!" ruft Effie, als ob sie überrascht und geschockt ist, „hier!"

„Natürlich wird das nicht sein", sagt Arthur Lamont, flüchtig zu Douglas blickend, „ich denke, Effie, es würde besser sein, dich darauf einzustellen, die Mähre zu reiten. Sie wird ruhig genug sein, denn der Sturm ist vorüber."

„Ich habe Angst!" sagt Effie und ihr blauen Augen trüben sich durch Tränen, als sie wehmütig in des jungen Mannes Gesicht sieht.

„Ängstlich!" wiederholt Lady Bell verächtlich.

Hier unterbricht Douglas mit einer Entscheidung:

"Die junge Lady hat Recht, das Biest ist nicht fähig sie zu tragen. Ich habe die Mähre bereits mit Entsetzen gesehen, sie ist halb tot. Es gibt hier nur einen Weg. Lassen Sie die anderen schon zum Schloß reiten. Ich werde mein eigenes   Pferd herausholen und fahre Miss Hetherington hinüber."

„Aber das ist absurd!" schreit Lady Bell.

„Es würde aber schlechter als absurd sein, wenn Miss Hetherington ein Unfall passierte."

„Gut, wenn Sie meinen", erwidert Lady Bell, „ich bin sicher, Effie ist glücklich einen so aufmerksamen Beschützer gefunden zu haben. Aber möglicherweise wird sie Ihre Beförderung nicht zufrieden stellen, sie hat launische Vorstellungen und könnte einen Vierspänner haben wollen."

„Wie unfreundlich Sie sind!" ruft Effie aus, „geben Sie mir meine Schuhe und Kleider, gute Frau. Ich werde mit Ihnen gehen, Lady Bell. Ich werde, ich werde Blinkbonny reiten und wenn ich mir den Tod hole."

„Um Himmels Willen, das werden Sie nicht!" sagt Douglas, mit nahezu wilder Leidenschaft, „seit Sie in dieses Haus gekommen sind, möchte ich Sie sicher bis zu ihrer eigenen Tür sehen."

Ohne sich herabzulassen weiter zu diskutieren, verläßt Lady Bell den Raum und macht ihrem Liebhaber ein Zeichen zu folgen, aber Arthur Lamont zögert für einen Moment und sagt:

„Ich entschuldige mich, Effie, für all das Unglück. Es ist verflucht unangenehm für jeden und . . ."

„Oh, vergiß es, geh zu Lady Bell", antwortet das Mädchen. Und wieder kommt der harte Blick in ihre sanften Augen und schreckliche Falten kann man um ihren Mund sehen.

„Komm, Arthur", sagt Mr. Aird von der Tür aus, „unser Freund Douglas wird ein wachsames Auge auf Miss Hetherington haben. Es wird kein Halloween diese Nacht sein, eh es zwölf schlägt, wenn wir uns nicht beeilen. Langsam und anscheinend Widerstrebend folgt der junge Lamont seinem Bruder und dem Rechtsanwalt, hält an der Tür inne, um einen letzten Blick auf Effie zu werfen.

„Nimm die Lampe, Frau", sagt Douglas zu Elspeth, „und leuchte den Leuten zur Tür."

Die alte Frau nimmt die kleine Öllampe, die über dem Kamin hängt und eilt aus der Küche. Als sie gegangen ist, schaut Effie auf Douglas und sagt betrübt zu ihm, ganz frei, wie zu einem Freund:

„Sie sehen, was ich zu ertragen habe! Seit sie mit Mr. Arthur verlobt ist, ist sie immer so. Ich bin sicher", setzt sie mit einem kleinen nervösen Lacher hinzu, „sie möchte die Maske noch ein bisschen länger tragen. Sie ist nicht mit ihm verheiratet, *noch nicht!*"

Douglas ist still und tief in seinen Gedanken versunken.

„Sie denken, sie ist charmant?" fragt Effie nach einer Weile.

„Sie? Wer?" antwortet er halb abwesend.

„Lady Bell. Sagen Sie es mir nun frei heraus."

„Ich bin kein Richter", war die Antwort, „sie scheint sich aufzuspielen, um jeden Preis."

„Sie hat schöne Augen", fährt Effie fort, gedankenvoll ins Feuer schauend, „und sie ist sehr reich und sehr vollendet."

„Und stolzer als der Teufel!" sagt Douglas mit einem Lacher.

„Genau so! Sie ist sehr, sehr stolz. Sie ist von ihrem Vater und durch all ihre Verwandten verwöhnt worden."

„Das sollte mich nicht wundern. Dieser junge Gefährte scheint von ihr eingenommen. Ich bewundere weder *seinen* noch *ihren* Geschmack."

„Sie mögen keine geheimnisvollen Frauen?" fragt Effie lächelnd.

„Nein."

„Das ist sehr deutlich."

„Es ist Gottes Wahrheit. Ich mag Frauen, die freundlich sind wie – wie die Madonna."

Voll mit ihren eigenen Gedanken beschäftigt, nimmt das Mädchen weder in der gesprochenen Tonart, noch im Blick den leidenschaftlichen Ausdruck im Gesicht des Sprechers wahr. Sie hat sich abgewandt.

Rau und anmaßend, ungewohnt in weiblicher Gesellschaft, verhält sich Douglas selbst ungemäß, was auch in Lady Bells Beschreibung ihn zu einem ‚Wilden' stempelte.

Nach einer Pause sagt Effie:

„Obgleich sie verlobt sind, denke ich, daß er sie nicht wirklich liebt. Es ist die alte Geschichte. Mr. Arthur ist reich, aber er hat nicht genug Wohlstand und er heiratet sie – wegen ihres Geldes."

„Ja?"

„Es ist eine Abmachung zwischen den beiden Familien. Furchtbar, nicht? Wenn ich an solche Dinge denke, kranke ich an dieser Welt!"

Jetzt sind Hufgetrappel und Stimmen von draußen zu hören, die zeigen, daß die Reiter fertig zu Fortreiten sind. Im nächsten Moment kommt Arthur Lamont, schon reisefertig, zurück. Er zögert einen Moment, als er Douglas sieht und sagt dann schnell:

„Du läßt dich nicht aufhalten, Effie? Wir werden gleich nach der Ankunft unsere Kleider wechseln und auf die Party gehen. Wenn du schnell bist, wirst du vor Mitternacht vor uns allen im Ballsaal sein. Diesmal wendet sie ihren Kopf nicht, antwortet nicht und nickt ihrem Gast nur ein ‚Gute Nacht' zu und der junge Mann entfernt sich.

„Dann ist die Gesellschaft dort drüben? Fragt der Hausherr.

„Oh ja – ein Ball, ein Essen und all die verrückten alten Kostüme zu Halloween. Die Farmer werden alle dort sein und viele sogenannte Adlige. Aber ich bin sicher *ich* werde zu müde sein, um zu tanzen!"

Wieder hört man die Stimmen und Pferdegetrappel und dann kehrt Alt-Elspeth mit der Lampe in der Hand zurück.

„Sind sie fort?" fragt der Herr.

„Gewiß, sie sind fort", ist die Antwort, „die Wolken haben sich verzogen und sie werden einen guten Ritt haben. Eh, Lady Bell ist hübsch, aber entsetzlich gekünstelt!"

„Werden wir ihnen bald folgen?" fragt Effie ungeduldig, „ich hoffe wir werden nicht allzu weit hinterher sein."

„Ich werde das Pferd herausholen", antwortet Douglas, „du, Elspeth, kümmerst dich um Miss Hetherington und machst sie reisefertig. Ich werde nicht lange brauchen."

Elspeth die Lampe aus der Hand nehmend, eilt er aus dem Zimmer.

Darauf kniet sich die alte Frau nieder und hilft Effie die Strümpfe und Schuhe anzuziehen, die in der Zwischenzeit getrocknet sind.

„Was für eine Art gute alte Seele Sie sind!" sagt das Mädchen, „Sie waren sicher eine ‚Lady-Dienstmagd'. Aber sagen Sie, Mr. Douglas hat keine anderen Bediensteten?"

„Der Hausherr? Na, er ist der oberste Diener und sein eigener Diener und sein eigener Bursche. Er ist noch im Stall. Er zäumt das einzige Tier, das er besitzt – ein Tier welches nur Sattel und Zügel und sonst niemanden duldet, ausgenommen der Reiter ist ein Herr von Douglas."

„Dann ist er sehr arm?"

„Nein, diese Art Armut nicht", entgegnet Elspeth, den letzten Strumpf anziehend, „eh, Mädchen, Deine Beine sind wie weißer Satin und Du hast einen sehr schmalen Fuß, gerade recht für Aschenputtels Pantoffeln! Du wirst eine der Hetherington von Lochryan sein, vermute ich richtig?"

„Ja, Elspeth, ich bin vom Geschlecht des Mädchens in einer alten Ballade", sagt sie, springt heiter auf, in den warmen Strümpfen und Schuhen an ihren Füßen und halb sprechend und halb singend deklamiert sie die alten Familienzeilen:

„And ‚Hey, Annie? And ‚How Annie',
Ad 'Annie, winna ye bide?'
And aye the more he cried, Annie',
The louder rair'd the tide!"

"Bewahre uns", sagt Elspeth bewundernd, "Du bist ein ungewöhnliches Mädchen! Du singst wie ein Hausfink und schaust so hell wie ein Morgen im Mai!"

Effie lacht und legt ihre Hand auf die Schulter der alten Frau.

„Der Sturm ist vorüber", sagt sie, „warum sollten die Vögel nicht singen?"

Kapitel III

Wie Effie an die Schönheit und die Bestie denkt

„Wenn die Liebe ihre Saat aussät,
Eilt sie frei im dornigen Grund.
Und die frohen grünen Schosse
Ranken sich um manchen Stiel,
Auf dem unfruchtbaren Moor,
Mit seinem Nebel und Regen.

Aber wenn die Liebe kommt
Über die Blumenwiese geeilt,
Hier und da erwacht die Saat,
Und manche wird zerdrückt
Von lieben Schuh,
Und die meisten werden krank,
Dachten, ein wenig Glück zu erfahren."

Jenny o'the Knowes

In weniger als zehn Minuten öffnet sich die Küchentür und der Herr tritt ein.

„Nun, Miss Hetherington, wenn Sie fertig sind…" sagt er.

Effie ist fertig und war tatsächlich bekümmert zu gehen. Sie steht auf, sie fühlt sich wohl in ihren warmen, trockenen Strümpfen und Schuhen und schaut sich nach ihrem Mantel um, den ihr der Hausherr eilig bringt und ihr über die Schultern legt.

Als er ihr diesen Dienst leistet, ist Douglas erstaunt über den Wandel des Mädchens. Ihr Gesicht, das vor kurzer Zeit noch lächelte und hell wie der Sonnenschein war, ist wieder traurig, verdrießlich und tränenvoll. Sie ist eine junge Lady mit vielen Stimmungen, und ihre Stimmung wechselt schnell wie das Wetter an einem Apriltag.

Während sie zunächst niedergedrückt in der Küche sitzt, dann aber ins Zentrum des Interesses und durch die empfangene Ehre, die ihr durch Elspeth entgegengebracht wurde, fühlt sie sich nun zufrieden mit sich selbst und in Folge auch mit jedem, der um sie ist.

Schon bald aber bedauert sie ihre Haltung, ihre Cousine provoziert und sich durchgesetzt zu haben hier zu bleiben und somit ihrer Cousine ermöglicht zu haben mit Arthur Lamont fortzureiten.

„Ich kann den Mantel selbst zu machen, danke", sagt sie kalt, seine Hände wegstoßend, die ihr den Mantel über die Schultern legten. Douglas geht einen Schritt zurück, schaut wie ein diensteifriger Hund, der einen Schlag von seinem Herrn erhielt, sagt aber nichts.

Mit zitternden Fingern verschließt das Mädchen die Schnallen ihres Mantels, dann schaut sie kritisch auf ihren Gastgeber: ‚Himmel, was für ein häßlicher Mann', denkt sie, ‚ich hätte nicht gedacht, daß er so häßlich ist! Wir sind, hmm, ‚Die Schöne und das Biest'.'

Sie aber lächelt zart und sagt:

„Sie sagen die Kutsche sei bereit, Mr. Douglas?"

„Die Kutsche, die eine sein soll, steht vor der Tür, Miss Hetherington", antwortet er, „und der Sturm hat sich gelegt."

Während er spricht , macht er die Tür weit auf, als ob er erwartet, daß sie hinaus in die Nacht trete. Sie sehen sich für nur einen Moment einander an, sprechen aber, um alles in der Welt, kein Wort. Und als das Mädchen den Gastgeber passiert, fühlt sie einen unbekannten Schauer und wünscht sich von ganzem Herzen, daß sie sicher in ihrer Wohnung im Schloß ankommt.

„Was für eine dunkel aussehende Nacht!" sagt sie, als sie auf der Schwelle steht und in die Dunkelheit hinausspäht.

„Sie sind sicher, daß der Sturm vorüber ist?"

Anstatt ihr zu antworten, dreht sich der Hausherr zu seiner Bediensteten:

„Schnell, Elspeth", sagt er, „gebe ein paar Decken, die Nacht ist kalt nach dem Sturm und bevor wir das Schloß erreichen, wird es Miss Hetherington kalt sein."

Mit einem Blick auf die beiden, geht Elspeth, um der Bitte ihres Herrn nachzukommen, während Effie auf der Schwelle stehen bleibt und auf das Beförderungsmittel schaut, das sie nach Hause bringen soll. Als ihr Blick auf das Gefährt fällt, ändert sich ihr Stimmung erneut. Ihre Augen funkeln vor Fröhlichkeit, ihre Lippen ziehen sich zusammen, sie hat zu tun, ihr Lachen zu unterdrücken. Das ‚Fuhrwerk' ist mehr oder weniger ein zerbrochener, baufälliger, zweirädriger Einspänner, welcher der Erscheinung nach, möglicherweise vor einem halben Jahrhundert oder so ähnlich, im Besitz der Douglas-Familie gekommen sein muß. Und eingespannt in dieses nicht gerade einladend aussehende Beförderungsmittel ist eine zottige und ungepflegte Mähre, mehr standfest, als schön und die Einzige, die Douglas besitzt. Die junge Frau bezwingt durch gewaltige Anstrengung ihre Neigung zum Spott.

Als Elspeth mit den wollenen Reisedecken zurückkommt und das Mädchen in den gefahrvollen Einspänner aufsteigen will, macht sie eine neue Entdeckung:

„Warum ist hier keine Straße?" sagt sie, „wir können nicht über das Moor fahren, Mr. Douglas. Was tun wir?"

Der Hausherr lacht.

„Sie sind furchtsamer und eigenwilliger, als ein Kind", sagt er, „alles, was Sie tun müssen ist: sich selbst und *mir* zu vertrauen."

Noch zögert das Mädchen und durch den Tonfall ihres zukünftigen Beschützers abgeschreckt, läßt sie noch furchtsamer werden. Ihr Zögern bemerkend, fährt Douglas fort: „Der Reitweg, welchen wir folgen, erstreckt sich eine halbe Meile, Miss Hetherington, dann kommen wir auf die Landstraße, dort besteht nicht die Notwendigkeit furchtsam zu sein. Bis wir die Landstraße erreichen, werde ich mein Pferd führen, denn Sie scheinen nicht viel Vertrauen zu haben."
Bevor sie Zeit hatte, dieses Vorhaben zu hinterfragen, fühlt sie sich von den starken Armen des Mannes hochgehoben und wird in den Einspänner gesetzt. Sie errötet nervös und Douglas geht, das Pferd führend los...

Auf der Landstraße angelangt sitzt Douglas mit im Einspänner.
„Sie meinen, daß Sie heiraten sollten?" sagt sie sehr leise und etwas verschüchtert an der Seite ihres Begleiters.
„Ich denke", sagt er, „ich habe die Eine gefunden, die mir mein Leben nicht nur erträglich machen kann, sondern mir den Himmel auf Erden bedeuten könnte. Gewiß auch, wenn wir in einem Haus leben würden, was hundert Mal öder wäre als auf Douglas und niemals etwas anderes zu sehen wäre, als das unfruchtbare Moor. Ohne sie werde ich immer bleiben was ich bin, ein einsamer unglücklicher Mann."
Er hält inne, aber das Mädchen ist still. Wieder überkommt sie das Gefühl der Furcht. Sie schaut in Todesschrecken auf die öde Landschaft, die sie umgibt.
„Können Sie etwas schneller fahren, Mr. Douglas?" fragt sie und versucht mit all ihrer Kraft das Zittern in ihrer Stimme zu meistern, „wir sind so langsam, daß es Mitternacht sein wird, bevor wir das Schloß erreichen."
„Sie sind so bange, nicht schnell genug dort zu sein. Sind Sie so glücklich in dem Schloß, Miss Hetherington?"

„Glücklich!" echot sie, mit einem harten, freudlosen Lacher, „nennen Sie es Glück in armen Verhältnissen zu sein? Als ich mich als Waise mit fünfzig Pfund im Jahr fand und meine reichen verwandten mir ein Heim boten, das ich fröhlich annahm, ein wenig träumend, was dieses Angebot wohl bringe. Bald entdeckte ich, daß ich ein klein wenig besser dran war, wie die Bediensteten, nur daß ich keinen Lohn erhielt. Ich mußte mit Geduld die kranken Launen meiner Lady Bell ertragen. Ich mußte alles ertragen, was nicht ihre Billigung bekam. Alles war gut genug für Effie Hetherington. Sie sehen, Mr. Douglas", nach einer Pause fortfahrend, „ich bin genau so einsam wie Sie."

„Sie sind genauso einsam wie ich!" wiederholt er gedankenvoll ihre Worte, „aber sagen Sie mir, würden Sie Ihr Leben ändern und die Abhängigkeit für eine Unabhängigkeit tauschen, wenn sich die Gelegenheit böte?"

„Es ist wie eine Scherzfrage", sagt sie, „die ich niemals erraten kann. Sehen Sie, Mr. Douglas, es gibt so viele Für und Wider – das Leben in Unabhängigkeit, welches mir angeboten wird, mag für mich genauso furchtbar sein, wie auch das Leben in Abhängigkeit, keiner weiß es."

„Sie sind ein sonderbares Mädchen!" sagt er und während er spricht umschließt seine breite, braune Hand die schmalen behandschuhten Finger, die im Schoß des Mädchens liegen. Das Mädchen stößt einen Schmerzensschrei aus und will ihre Hand fortziehen, aber, obwohl sein Griff ziemlich locker ist, läßt er nicht los. Er beugt sich ganz nah zu ihr und fixiert seine schwarzen Augen nahezu hitzig auf ihr Gesicht.

„Was sind Sie?" nahezu, als ob er mit sich selbst spricht, „sind Sie ein Geist oder sind Sie eine Frau? Sagen Sie mir, Miss Hetherington, warum mögen Sie mich nicht?"

„Es stimmt nicht, daß ich Sie nicht mag", sagt sie.

„Doch, das tun Sie, ich sehe es an Ihren Augen, in ihrer widerwilligen Förmlichkeit! Schauen Sie sich an! Wenn ich Sie losgelassen hätte, wären Sie von Einspänner gesprungen und wären in die Dunkelheit geflohen. Ja, dann lieber bei mir bleiben. Sie würden stürzen, Gott weiß wo, und Gott weiß, ich würde Ihnen kein Haar krümmen. Was für eine einfache Sache das wäre!" und er setzt hinzu: „Sehen Sie, ich könnte Sie niederwerfen wie ein Blatt. Schade ich Ihnen? Füge ich Ihnen Schmerzen zu? Und doch fürchten Sie sich vor mir!"

„Ich wünschte, wir würden uns beeilen!" sagt sie halb lachend, halb schreiend.

„Warum sollten wir uns beeilen?" fragt er, „wenn wir das Schloß erreichen und Sie sind gegangen, was wird das für ein Leben für mich sein? Haben Sie verstanden, was ich gerade sagte? Hatte ich mich deutlich ausgedrückt? Sie wissen wer es ist, der mein Leben heller machen könnte? Gewiß, und darum würden Sie Freude auf Douglas bringen!"

„Oh, ich flehe Sie an, mich nicht zu fragen!" sagt sie nervös, „ich war von dem Sturm so umgeworfen worden. Wirklich, es ist nicht fair nun mit mir in dieser Weise zu sprechen!"

Er läßt ihre Hand los, nimmt die Zügel und treibt die Mähre an. Während des Restes der Fahrt wird kein Wort gesprochen. Aber als sie anlangten, der Einspänner vor der Eingangstür des Schlosses anhält, Douglas abgesprungen war und höflich seiner Begleiterin aussteigen hilft, wendet sie sich mit einem Lächeln an ihn:

„Ich schicke nach einem Burschen, der sich um Ihre Mähre kümmert und Sie werden zu unserer Gesellschaft mit hereinkommen?"

Aber er schüttelt den Kopf.

„Ich muß nach Hause fahren."

Schloß Lindsay

„Aber sicher – sicher nicht ohne die Schwelle übertreten zu haben! Sie fürchten das Gesicht der Lady Bell? Sie wird wie die Güte selbst zu Ihnen sein."

„Ich fürchte weder Mann noch Frau, aber es ist nicht mein Platz hier."

„Ein eigenwilliger Mann wird seinen Weg haben", sagt sie, „gut, wenn es so sein soll, so soll es sein, ich verstehe, also ‚Gute Nacht'!"

Sie hält ihm ihre Hand hin und im nächsten Moment bedauert sie es schon. Er nimmt sie in seine beiden Hände und bedeckt sie mit Küssen.

„Gute Nacht, Miss Hetherington und Gott segne Sie!" murmelt er und im nächsten Moment geht er.

Für eine kurze Zeit verbleibt das Mädchen wo er sie eben verlassen hat und steht an der Treppe des Schlosses. Sie fühlt sich nun sicher und kann nun über den Mann lachen, der noch vor kurzem ihr solche Furcht einflößte.

„Mistress of Douglas", sagt sie schließlich zu sich, „der geliebteste Meister und stolzer Besitzer eines ruinösen Einspänners und einer ungepflegten Mähre – welche Ehre! Wie meine Pflegemutter, Lady Bell, triumphieren würde ihre Prophezeiung erfüllt zu sehen! Der Mann ist eine wilde Kreatur! Ich würde lieber eine Kröte liebkosen! Nichtsdestotrotz, er mag nützlich sein – nur muß ich in Zukunft Liebesszenen im einsamen Moor vermeiden!"

Ein frostiger Windstoß trifft sie und läßt sie erschauern. Leichtfüßig rennt sie die Treppe hoch und betritt geräuschlos das Schloß.

Endlich drin, hält sie wieder inne. Klänge der Heiterkeit kommen aus dem Raum der Bediensteten, Klänge von Musik aus dem Salon. Die Freude ist augenscheinlich gut fortgeschritten – und sie, wer sollte zur Hand sein, sie zu unterhalten und die Gäste amüsieren, sie erschauert in ihren halb trockenen Kleidern. Ein Lakai quert die Eingangshalle und sieht sie und sofort will er ihr die Tür zum Salon öffnen, aber sie stoppt ihn.

„Ich gehe hinauf auf mein Zimmer, um mich umzuziehen", sagt sie, „wollen Sie Lady Bell ausrichten, daß ich angekommen bin?"

Sie rennt zu ihrem Zimmer hinauf. Hier brennt ein helles Feuer, brennende Kerzen stehen auf ihrem Toilettentischchen, währen auf dem Bett alle schönen Dinge ausgebreitet sind, die sie diese Nacht anziehen soll.

Eilig zieht sie den Mantel aus, setzt den Hut ab, läuft zum Fenster hinüber und öffnet es, lehnt sich aufs Fensterbrett und schaut hinaus. Alles scheint nun erhellt, daß sie einmal mehr geschützt und sicher ist! Der Mond, der darum kämpft frei von den vielen Wolken zu sein, um ihr Gesicht zu bescheinen, scheint nun in all seiner Pracht auf die Landschaft mit einer Helligkeit der zeitigen Morgendämmerung. Man kann den entfernten Fluß hören und die Schreie von einigen aufgeschreckten Baumvögeln, die plötzlich aus ihrer Ruhe erwachten.

Sie denkt an den einsamen Mann, der zurückfährt in seine einsame Wohnung und erschauert erneut. Als an der Tür Schritte zu hören sind, beeilt sie sich vom Fenster weg zu gehen.

„Herein!" ruft sie.

Die Tür öffnet sich und es tritt eine Frau herein, Lady Bells Mädchen.

„Die Lady sandte mich Ihnen beim Anziehen zu helfen, Miss Hetherington", sagt sie in halb familiären und halb respektvollen Ton, „und sie bat mich Ihnen zu sagen, nicht zu verzögern. Gott behüte uns!" ruft sie, als sie das offene Fenster sieht, „wünschen Sie sich den Tod zu holen?"

Effie schließt das Fenster und geht gemächlich hinüber zum Feuer.

„Du kannst mir beim Anziehen helfen, Maggie", sagt sie, „aber ich bin nicht gewillt mich heute Nacht zu beeilen, auch nicht für alle Lady Bells der Welt."

Sie zieht ihre Oberkleider aus und setzt sich ans Feuer, während Maggie beginnt ihr goldenes Haar zu bürsten.

Maggie Mitchell, die für Lady Bell für das Gehalt eines Mädchens tätig ist, fühlt sich selbst als privilegierte Insassin des Schlosses Lindsay. Für viele Jahre war sie im Dienst des

Earls. Sie ist eine kleine, kräftig aussehende Frau von etwa fünfundzwanzig Jahren, mit harter , schlichter Gestalt und einem Paar schwarzer Augen, die Scheinen Gedanken lesen zu können.

„Es ist eine stürmische Nacht für Halloween", sagt sie letztlich, „da ist nichts außer übler Laune im Innern des Hausgefängnisses und draußen ist Sturm. Sagen Sie, Miss Effie, was haben Sie meiner Lady getan?"

„Der Lady Bell? Nichts ."

„Weil sie in einer furchtbaren Laune ist und ebenfalls der Earl. Er war ärgerlich, daß Sie bei dem Sturm fort sind, und dann, als die Lady und der Rest ohne Sie zurück kamen, war er noch ärgerlicher."

„Die Dinge gehen beträchtlich den Berg hinunter, war denn wirklich so üble Laune im Raum?"

„Nun, jetzt ist es etwas besser. Mr. Arthur bekehrte Lady Bell, aber sie ist nicht gut auf Sie zu sprechen."

„Wer ist alles dort unten, Maggie?"

„Oh, dort ist eine beträchtliche Gesellschaft versammelt, der Raum ist vollgestopft mit Pächtern, ebenso der Salon. All die Adligen aus dieser Gegend scheinen sich aus nah und fern versammelt zu haben und der Earl in ihrer Mitte, sieht wie ihr König aus."

„Und was machen sie, ich meine im Salon?"

Oh, scherzen und schwätzen dumm. Als die Lady mich zu Ihnen sandte, habe ich einen Scherz gehört, Sie schien in einer Menge töricht blökender Schafe zu sitzen. Hören Sie das?" fragt sie, als der Klang der Musik von unten abflaute, „ das ist Lady Bells Ansage, ich erkenne das unter Tausenden. Möglicherweise hat das sonnige Lächeln Mr. Arthurs ihre üble Laune besiegt. Eh! Sie sehen hübsch aus", fährt sie fort, als sie das Mädchen von Kopf bis Fuß betrachtet, mit dem eleganten Kleid und den Satinschuhen könnten Sie eine Fee sein und könnten der reichen Lady Bells üble Laune zu beenden!"

Effie lacht und zuckt mit ihren schönen Schultern, dann nickt sie lächelnd sich und der Magd zu.

„Ich kann mich nun allein behelfen, Mitchell", sagt sie, „gehe nach unten und erfreue Dich selbst in der Halle."

„Und Sie werden das Nach-unten-Kommen nicht verzögern?"

„Sobald ich fertig bin werde ich kommen, ich habe nicht mehr viel zu tun."

Das Dienstmädchen geht und Effie ist allein.

Sie steht noch vor dem Spiegel, schaut sich an und lächelt. Ihr Haar, frisch gebürstet, sieht wie eine Krone aus Gold aus, ihr Kleid umschließt sie mit lichtdurchlässigen Falten und ihre Arme und der Nacken sind frei. Sie hat keine Diamanten, wie Lady Bell, aber ihre Schönheit ist so strahlend, daß sie keine benötigt. Ihre Lippen sind voll und rot. Wenn sie lacht, was sie sehr oft tut, wird ihr Gesicht strahlend, ein Grübchen ist an ihrem Kinn und ihre Zähne sind wie Elfenbein.

„Warum sollte es unmöglich sein?" sagt sie zu sich selbst, „ich bin hübsch, obwohl sie Braut ist. Es würde für meine Lady Bell ein Triumph sein – bin aber weit entfernt von dem Schicksal Mistress von Douglas zu werden."

Kapitel IV

Das hohe Fest auf Schloß Lindsay

,Schön und sonderbar sind die Feen anzusehen,
die Ladies mögen den Wandermusikanten mit hohem Niveau;
Und sie nehmen seine Hand und lassen ihn herein,
Und sie tanzen zur Musik des tollen Mannes.
In Hemden von Seide und weißen Roben,
Dreimal umtanzen sie ihn, dreimal,
Und der beklagenswerte Mann lächelt inmitten
Dieses wunderbaren Zaubers!
Und die Mondfee war die glücklichste dort,
und er starrt auf ihr goldenes Haar;
Und wehe ist mir
Vor dieser Zauberei,
Und wehe ist mir vor des Herzens Hoffnungslosigkeit'

Das Erscheinen der schönen Feen

Effie Hetherington hat, in der Beschreibung ihres Lebens auf Schloß Lindsay, nicht übertrieben. Als das einzige Kind eines entfernten Verwandten der Familie mütterlicherseits, war sie, in völliger Armut, in dem großen Haus empfangen worden und kam so in die Gesellschaft der einzigen Tochter des Earls, Lady Bell. Es ist kein lebhaftes Haus, der Earl lebt zurückgezogen. Er fährt nur von Zeit zu Zeit nach Edinburgh oder London und hielt die Aufenthalte so kurz wie möglich.

Von seinen zwei Söhnen, Lord Lindsay, der Erbe, beschäftigt sich hauptsächlich mit auswärtigen Liebeleien, selten oder fast niemals langweilt er ihn durch sein Heimkommen, während der andere, ein Offizier in einem Highland – Regiment und auswärts untergebracht, verbringt seine Zeit mit Ausbildung, Kartenspiel und Tigerjagd. Lady Bell ist zur angemessenen Zeit in gehöriger Weise in die Gesellschaft eingeführt worden, aber in einer ziemlich verlorenen und geistlosen Art, die bezeichnend für das kaledonische Klima ist und hat sich dann geziemend nach Schottland zurückgezogen.

Der Earl von Drumshairn ist ein grimmiger und ziemlich melancholischer Mann, der vor vielen Jahren Witwer geworden war und der von seinen calvinistischen (4) Vorfahren ein starkes und düsteres Vorurteil hinsichtlich theologischer Anschauungen hat. Er hat umfangreich über religiöse Themen geschrieben und seine Polemik der ‚Gnadenwahl' an seinen tüchtigen Gegner, den Referent Andrew Muckleneb aus Glasgow, gerichtet, das ihn im Land bekannt machte. Die größte Prüfung in seinem Leben scheint die Periode des religiösen Wiederaufblühens gewesen zu sein, als das Schloß ein Jagdgrund für alle Fanatiker von Südschottland geworden war. So innig wie John Knox selbst, dem er sich respektvoll in Verehrung annäherte, haßte und brandmarkte er die Kirche in Rom.

All diese starken puritanischen (5) Vorurteile hielten den Earl nicht davon ab, ein wachsames Auge auf seinen Besitzstand zu haben, der Beibehaltung seines Spiels, seinen Lachsfluß zu schützen und all seine anderen Privilegien eines Land-Lords beizubehalten. Außerdem ist er stolz auf seine Geburt und Abstammung wie irgendein Ebenbürtiger in Schottland.

Wenn er Gott anfleht mit ihm, einem Sünder, barmherzig zu sein, zeigt er, daß ein sterblicher Mann durch den Glauben und nicht durch die Arbeit erlöst werden kann. Er zweifelt keinen Moment daran, daß ausgenommen Anstand, alles geerbter Besitz für ihn und seine Familienangehörigen sei. Obwohl schlicht und schmucklos in den Kleidern eines geistlichen der Freien Kirche, zeigt er in seiner Art die Erhabenheit seines Geschlechts. Er vermittelt jedem seiner Gefolgsleute zum Morgen- und Abendgottesdienst oder vor und nach dem Essen, daß er in seinem Recht der Geburt im persönlichen Vertrauen auf die Allmacht Gottes setzt.

Sein Neffe, Arthur Lamont, ist das Kind seines Halbbruders, der des Earls religiöse Ansichten teilte oder vor gab zu teilen. Arthur ererbte ein kleines Besitztum in Tweeddale und schaut bereits nach Lady Bells Mitgift, um die durch seinen Vater schwer belasteten Morgen Land, damit zu retten. Ruhig und oberflächlich liebenswürdig gewann er seinen Onkel, nicht zuletzt durch seine Übereinstimmung in allen Fragen der Theologie und als Lady Bell schon seit ihrer Kindheit eine starke Vorliebe für ihn zeigte, akzeptierte der Earl ihn notgedrungen als ihren zukünftigen Ehemann. Nichtsdestotrotz, wer mehr mit dem Charakter des jungen Mannes vertraut ist, sieht, daß es ihm an der Glaubwürdigkeit seiner übermenschlichen Unbescholtenheit mangelt. Er sieht einen guten Handel für das an, was man allgemein ,Leben' nennt. Seine private Belesenheit, falls er überhaupt las, ist sicher nicht sehr groß. Er fand es häufig für nötig, aus Gründen des Geschäfts oder des Studiums, London oder den Kontinent zu besuchen und wenn er zurück kam, sah er in Allgemeinen sehr ermüdet aus.

Lady Bell versteht ihren Liebhaber ganz und gar und sie mag ihn, nicht zuletzt, weil er weder religiös noch asketisch ist. Sie ist ein scharf beobachtendes, energisches Mädchen, ohne eine einzige zärtliche Vorliebe. Wenn im Vertrauen auf die bevorstehende Verwandtschaft und des ,Hofmachens' Arthur ihr erschreckende Geschichten seiner Abenteuer in den großen Städten erzählt, ist sie letztlich nicht geschockt. Sie kannte bereits diese Sachen durch ihre Brüder, aber Arthur lernte ihr mehr. Sie ist gänzlich überzeugt, daß eine Hochzeit ihre Bildung komplettieren würde.

Lady Bell und Effie Hetherington hatten sich für lange Zeit gut verstanden, beide waren jung und voller Lebensfreude. Sie ritten, jagten, studierten, spielten, tanzten (nur zu besonderen Anlässen, wenn das Tanzen erlaubt war) und amüsierten sich allgemein, selbst in diesem düsteren Haus.

Wenn der Earl und seine Tochter in den Süden, nach London, oder nach Norden, nach Edinburgh, fuhren, begleitete Effie sie meistens. Die jungen Ladies verstanden sich gegenseitig, wie sie sich beide auch mit Arthur Lamont verstanden. Nur, wenn kleine Differenzen auftraten, verlor irgendeiner sein Gesicht; allgemein gesprochen zeigten sie offen ihre Launen, ihr Temperament, ihre Liebe zum Abenteuer und ihre Abscheu zu der strengen Religion. Schließlich wurde ihre Art zueinander immer unverfrorener und ihr Verhalten verlor das Vertrauen. Lady Bell wurde boshaft und sarkastisch. Effie wurde von Stimmungen und eines lang anhaltenden Martyriums befallen. Effie nahm die Position der größeren Schönheit ein, Lady Bell die höhere soziale Position. Die Ursache braucht man nicht zu suchen: Arthur Lamont.

Lady Bell sah sich vor, ihm so wenig wie möglich in der Gesellschaft von Effie zu vertrauen, und Effie ihrerseits fühlte das perfekte Vertrauen, daß es keine Gelegenheit gibt, die den jungen Mann abhalten würde bei der ersten besten Gelegenheit seiner Phantasie zu folgen. Er hat weder den geringsten Respekt, noch moralische Bedenken. Beides macht ihn, trotz seiner Unzulänglichkeit der öffentlichen Tugend, sehr bewundernswert. Er ist ansehnlich, unterhaltend und gewissenlos – welche anderen möglichen Verblendungen könnten die Herzen und das heftige Begehren junger Frauen erwecken? Durch seine eigentümliche Triebhaftigkeit zu Frauen erkennt Lady Bell ihre Widersacherin. Sich zu verstellen ist völlig unnötig und, um der Gerechtigkeit zu genügen, Effie ist in ihrer ‚Kriegsführung' sehr offen. Als ihren Freund und Gefährten und einem vergnüglichen *Vertrauten* wirft sie ihr Netz der Faszination über den verlobten jungen Mann aus. Der Arme versucht vergeblich dagegen anzugehen .

Ein Zuschauer, besonders ein männlicher, würde das alles nicht gesehen haben und hätte nie vermutet, daß solch ein Kampf vor sich geht; aber die zwei Mädchen wissen das und auch Arthur weiß es, der insgeheim längst entschieden hat, die Verwirrung für sich auszunutzen.

Zwischen Lady Bell und ihrem Liebhaber ergeben sich natürlich laute Szenen und zwischen Lady Bell und Effie bittere und sarkastische. Diplomatie ist vonnöten, wie sie aber Lady Bell auf keinen Fall hat. Obgleich sie weiß, dass Effie nach Arthur angelt und daß er heimlich der Faszination nachgeben wird, kann sie in ihrem äußerlichen Verhalten keinen offenen Fehler finden. Mehr als einmal war sie in ihrer Entrüstung kurz davor das Spiel abzubrechen, aber ihr Haß auf ihre Rivalin hatte nicht nachgelassen. Außerdem liebt sie Arthur Lamont auf ihre Weise und nicht einmal seine offenbare Unechtheit hatte die Kraft, sie in ihrer Vernarrtheit zu heilen. Sie versucht Effie aus dem Weg zu gehen, aber ohne einen ausgesprochenen Krieg war das unmöglich. Zu ihrem Vater hat sie kein Vertrauen, dessen erste Handlung sicher gewesen wäre, die Vereinbarung abzubrechen und Arthur für immer die Tür zu weisen. Sie entschied deshalb, ihre Augen offen zu halten und dem Hochzeitstag entgegenzufiebern.

So stehen die Dinge in der Nacht, als sie ihren denkwürdigen Besuch bei Douglas machten.

Niemals war Lady Bell mehr beunruhigt und irritiert. Während ihres Heimritts mit Arthur und den Anderen spricht sie kaum ein Wort. Ein bißschen ist sie unter Arthurs beruhigenden Einfluß während des Abends aufgetaut.

Hübsch in schwarz angezogen, besetzt mit weißer Spitze und blitzenden Diamanten in ihrem Haar, schaut Lady Bell ganz wie die Schönheit der ganzen Versammlung aus, als sie am Arm ihres Liebhabers hin und her flaniert. Ihr Triumph währte nur kurz.

Schön und hell, einfach angezogen in weißem Kaschmir, tritt Effie Hetherington ein und alle Blicke fallen auf sie. Ein paar Perlen sind ihr einziger Schmuck und auch diese sind eigentlich nutzlos. Sie ist die perfekte Erscheinung der Jugend und der Schönheit. Die arme Lady Bell fühlt sich in dem Moment in den Schatten gestellt.

Lächelnd und errötet geht Effie leichtfüßig zu ihr und sagt mit einem Nicken zu Arthur:

„Hier bin ich, Sie sehen, sicher und gesund! Und das nach solch einer Reise! Sie sollten den vorsintflutlichen Triumphwagen gesehen haben, in dem mich dieser entsetzliche Mann nach Hause gefahren hat. Es war komischer, als des Doktors Einspänner. Ich dachte jeden Moment er würde dasselbe Schicksal erleiden und auseinanderfallen."

„Sie sind ein bißschen undankbar", antwortet Lady Bell mit dem Zurückwerfen ihres Kopfes und ein aufblitzen ihrer dunklen Augen, „Mr. Douglas ist ein Gentleman und brachte sich selbst in Unannehmlichkeiten für dich. Du wärst ganz gut in der Lage gewesen nach Hause zu reiten, wie ich es auch war."

„Ich war einfach erschrocken! Und, wirklich, ich war keinesfalls undankbar, ich war nur erheitert."

„Ich hoffe, Sie hatten die Höflichkeit Mr. Douglas herein zu bitten?" sagt Lady Bell kalt.

„Ich fragte ihn und er lehnte ab. Er ist nicht sehr gesellig."

„Gesellig oder nicht", ist die Antwort, „er ist von vornehmen Blut und kann seine Linie weiter zurückverfolgen, als manch anderer Gentleman im Land. Mein Vater hat großen Respekt vor seiner Familie und hätte ihn gern gesehen, da bin ich mir sicher."

„Nun, er ist ein Kamerad von der wilden Sorte", unterbricht Arthur, „Effie hat recht!"

Lady Bell wirft ihm einen ärgerlichen Blick zu und dann, ausdrücklich boshaft lächelnd:

„Ich denke Effie verpaßte eine gute Chance. Wenn sie ihre Karten gut spielt, könnte sie Mistress Douglas sein."

„Danke!" sagt Effie mit einem Lacher und mit einem kleinen spöttischen Knicks, aber ihre Augen trafen sich mit Arthurs

Blick und schienen zu sagen: ‚Du siehst wie spöttisch sie ist, nicht ich.'

In diesem Moment ging eine Bewegung durch den Raum und jeder scheint zur Tür zu schauen. Der allgemeinen Blickrichtung folgend, sieht Lady Bell zu ihrem Erstaunen, eben diesen Mann, von dem sie eben sprachen, an der Schwelle stehen. Er hat gewöhnliche Kleider und noch seinen Mantel an. Anscheinend hat er zu Wasser und Seife und gewaschenen Kleidern Zuflucht gefunden. Auch sein Haupthaar war sorgfältig gewaschen. Obgleich er sicher etwas unbeholfen schaut, ist etwas in seinem kraftvollen Gesicht und den tief liegenden, gedankenvollen Augen, daß ihn zu einem ungewöhnlichen Mann erklärt.

„Schau, warum wohl ist nach allem ihr Kavalier hier?" sagt Lady Bell und zieht, ohne Effies ärgerlichen Blick zu beachten, Arthur mit sich in Richtung Tür.

„Ich bin froh, Mr. Douglas", sagt sie und streckt ihre Hand aus, „daß Sie nicht gegangen sind, ohne uns zu erlauben für Ihre Gastfreundschaft zu danken. Effie hat uns gerade erzählt, Sie wären nach Hause gefahren."

„Ich änderte meine Meinung", antwortet Douglas mit einem grimmigen Lächeln, „ich hielt im drüben gelegenen Gasthaus an und kam zurück. Ich muß Sie um Vergebung bitten für meinen Aufzug, weil ich keine Zeit hatte mich etwas herzurichten."

„Warum, natürlich!" sagt Lady Bell strahlend, „weil es eine freie Halle ist heute Nacht. Wenn Sie tanzen möchten, ich wähle Sie als Partner!"

Arthur schaut verwundert zu seiner Cousine und fragt sich, was sie so überschwänglich absurd mit diesen Wilden redet. Aber Arthur ist eingebildet und flach, er kennt wenig über Frauen. Hätte er mehr gewußt, vielleicht wären dann seine Abenteuer mit ihnen weniger glücklich gewesen. Er ist ein Mann der Kraft, aber im Inneren dringt er nicht zu den Quellen weiblicher Launen und liest nicht das weibliche Herz wie ein Buch, er steht bestürzt bei seinen Entdeckungen und läßt jede goldenen Chance entweichen.

In Antwort zu Lady Bells Angebot antwortet Douglas:

„Ich fürchte ich muß Sie verlassen, für jemanden mit mehr Anmut und hellere Schuhen. Aber ich dachte, Ihr Vater, der Earl, sieht das Tanzen als heidnischen Brauch an und die Religion verbietet es."

„Dann haben Sie ihn völlig falsch verstanden", sagt Lady Bell, „mein Vater, das ist wahr, billigt das Tanzen im Allgemeinen und verbietet religiös nur den Walzer. In Zeiten von Festen und besonders zu Halloween erlaubt er den ‚Country Dance', toleriert die Quadrille und billigt das Herumwirbeln. Sie werden es selbst sehen. Ich beharre darauf Sie ihm vorzustellen."

Hierauf überläßt sie ihm ihren Arm und segelt mit ihm quer durch den Raum zu der Stelle, wo der Earl, von verschiedenen Mitgliedern des Adels und des niederen Adels und zwei älteren Geistlichen umgeben, steht.

„Papa, ich möchte Dir Mr. Douglas vorstellen."

Der Earl lächelt und verneigt sich, während ein Flüstern, nicht ohne Lächeln und Kichern begleitet zu sein, sich im Raum ausbreitet.

„Mr. Douglas desselben Namens, nehme ich an?" sagt der Earl feierlich, „Sir, ich bin froh Sie kennenzulernen. Ich kannte Ihren Vater, obgleich schließlich erst kurz vor seinem Tod, wir trafen uns nur selten."

Eine bewundernswert freundliche Rede in dem Wissen, daß der letzte Gutsherr auf Douglas einen zweifelhaften Charakter und den Herrn von Schloß Lindsay sogar etwas übertroffen und beide eine Wagenladung moralischer Schuld auf sich geladen hatten. Der Gutsherr, obwohl ein harter Trinker, war ein tüchtiger Presbyterianer (6) gewesen.

„Und bitte, Papa", sagt Lady Bell, „wir alle schulden Mr. Douglas Dankbarkeit. Der Sturm überraschte uns, als wir über das Moor ritten und der Gutsherr gab uns ein würdiges Willkommen!"

‚Würdig'! Douglas reißt seine Augen auf und zeigt ein grimmiges Lächeln.

Ermutigt durch die Billigung des Earls, machen die Mitglieder der lokalen Aristokraten dergestalt Bekanntschaft mit dem Neuangekommenen, daß seine heftige Kleidung und seine hausgemachte Art augenblicklich vergessen sind. Ihn betreffendes Gemurmel geht in dem Raum um.

„Ein Mann dieser Geburt und vornehmen Erziehung, obgleich exzentrisch und einsiedlerisch."

„Ein Teufelskerl, wissen Sie, und wild, sagt man, wie sein Vater."

„Ein ewiger Junggeselle, sagt man, er soll ein Frauenfeind sein und das Frauenvolk hassen."

„Ein ansehnlicher Mann, und stolz wie edelmütig!"

„Gott segne uns alle! Sehen Sie noch den Schmutz an seinen Schuhen!"

Ohne der kleinsten Bestürzung und Beunruhigung war Effie Zeuge der Ankunft Douglas'. Sie hatte zuletzt für einen Tag gänzlich genug von dem Mann gehabt.

Als Lady Bell ihre Vorstellung beim Earl machte, fand Arthur seine Gelegenheit und schlenderte zu ihr hinüber. Sie flüsterte, mit ihren schönen Schultern zuckend:

„Er sieht aus wie einer der phlegmatischen Indianer in Coopers Romanen, ist es so?"

„Barbar genug, wenn es das ist, was Du meinst", entgegnet Arthur träge, „aber sei vorsichtig und halte Dich zurück und erfreue Dich seiner Gesellschaft."

„Nichts dergleichen. Ich bleibe im Hintergrund, weil Du unangenehm warst und Lady Bell in Hochstimmung!"

„Sieh, er stiert nach Dir. Ich glaube, er ist ein Kannibale!"

Bevor die Unterhaltung weitergehen konnte, kommt Douglas in Begleitung von Lady Bell, die noch die Güte selbst ist, herüber.

„Sieh, Effie, ich habe Dir Mr. Douglas gebracht. Du mußt ihm Deine Dankbarkeit zeigen, indem Du ihn soviel wie möglich unterhältst. Arthur," setzt sie hinzu, „Papa fragt nach Dir."

Und sie führt, Douglas und Effie allein lassend, ihren Gefangenen weg.

Das Geheimnis der Güte Lady Bells wohl wissend, läuft Effie rot an. Douglas' schwarze Augen weiden sich an der außerordentlichen Schönheit des Mädchens.

„Haben Sie gehört?" sagt er, „ich bin zu unterhalten. Wie schlagen Sie vor, es zu tun?"

„Ich bin sicher, ich weiß es nicht", antwortet das Mädchen, im vollen Bewußtsein, daß alle Blicke auf sie gerichtet sind.

„Sie würden besser mir Ihren Arm geben und ich werde Ihnen alles zeigen."

Froh wegzugehen, eilt Effie mit ihm vom Festsaal durch den Vorsaal, entlang der Empfangslobby und an der Bedienstetenhalle vorbei. Aber sie hat kaum ein Wort gesprochen, sie ist gründlich aufgewühlt über Lady Bells Trick.

„Wie eng es ist!" sagt sie, „kommen Sie, nehmen wir diesen Weg, wo wir etwas Luft schnappen können."

Sie führt ihn zu Füßen der großen Freitreppe, nahe der Eingangstür, welche weit offen steht. Der Mond scheint hell auf die Schwelle und hier hält Effie im vollen Mondlicht inne.

„Mein Gott, wie schön Sie sind!" sagt Douglas und starrt sie bewundernd an.

Sie schreckt ärgerlich zurück, sie ist jetzt nicht in der Stimmung für Schmeicheleien und die primitive Bewunderung des Mannes irritiert sie darüber hinaus über alle Maßen.

„Ich flehe Sie an, reden Sie keinen Unsinn, Mr. Douglas!" sagt sie.

„Ich werde nicht mehr sprechen, wenn Sie mich Sie nur ansehen lassen."

„Danke, ich bin kein Ausstellungsstück, ich erhebe Einspruch, mich mit starren Blicken zu verwirren. Vielleicht möchten Sie etwas Erfrischung? Wenn es so ist, dann gehen Sie in diesen Raum", und sie deutet zur Lobby, „und Sie finden alles, was Sie wünschen."

„Ich wünsche nichts!" sagt er.

„Dann werden Sie mich entschuldigen, ich werde Sie verlassen. Ich muß jetzt wirklich gehen.

Er antwortet nicht, blickt aber weiter still auf sie. Dann, als sie sich zum Gehen umwendet, nimmt er plötzlich ihre Hand.

„Effie!" sagt er und es scheint, als wolle er sie an seine Brust ziehen. Mit einer ärgerlichen Gebärde zieht sie sich weg und rennt mehr, als sie läuft, zurück in den Festsaal.

‚Effie, wirklich', sagt sie zu sich selbst, ‚der Wilde macht Fortschritte, aber es ist alles Lady Bells Schuld, das werde ich ihr nie vergessen!'

Allein gelassen, regt sich Douglas nicht, lehnt sich zurück an die Tür, verschränkt seine Arme und schaut zum Mond, der sein Gesicht bescheint. Seine Gestalt scheint wie umgewandelt. Er schaut wie ein Mann, der eine übernatürliche Vision gesehen hat und das hat er.

Obgleich sein Kopf verwirrt ist, klingt die alte Seemannsballade in seinen Ohren:

> „And ‚Hey, Annie' and How, Annie!'
> And 'Annie, winna ye bide!'
> The Lig't grew dark, the moon grew stark
> And gurly grew the tide.
>
> "And 'Hey, Annie!' and 'How, Annie!'
> And 'Annie, come hither to me!'
> And aye the mair that he cried 'Annie,'
> The louder riar'd the sea!"

Er hat sich niemals so glücklich gefühlt und nie so schrecklich. Was er erwartet und erfleht scheint ihm so nah und doch so weit entfernt zu sein.

In der Zwischenzeit hat Effie Hetherington die Gesellschaft erreicht und bemüht sich mit aller Macht ihren Ärger zu vergessen. Als im großen Festsaal der Tanz beginnt schaut sie aus Furcht schreckerfüllt in die Runde, daß ihr hartnäckiger Verehrer sie finden könnte, aber er erscheint nicht.

„Was hast Du mit Mr. Douglas gemacht?" fragt Lady Bell

„Ich denke er ist nach Hause gegangen", entgegnet Effie, „ich bin sicher, ich hoffe es!"

Lady Bell holt Erkundigungen ein und ermittelt von einigen Bediensteten, daß der Gutsherr tatsächlich das Schloß verlassen hat, augenscheinlich nicht in der Absicht zurückzukehren."

„Ich vermute Du hast den armen Gentleman fortgeschickt", sagt sie zur Seite zu Effie.

„Wirklich, ich habe nichts dergleichen getan!" ist die Antwort, „ich war höflich zu ihm, Lady Bell!"

„Oh ja, natürlich!" sagt Lady Bell lächelnd und sehr verächtlich.

Effie Hetherington ist keine junge Lady mit engelhaften Neigungen, jeder ärgerliche Impuls in ihr wird stimuliert durch ihre geerbte Art, so daß die zarten Linien in ihrem Gesicht sich verhärten und die rosige Färbung aus ihren Wangen weicht. Habe ich schon diese chamäleongleiche Lady in dieser Weise dem Leser dargestellt? Wenn nicht, dann war es Zeit es zu versuchen, obwohl durch eine analytische Beschreibung eines menschlichen Gesichts selten eine Vermittlung des korrekten Eindrucks erfolgt.

Ihr Haar ist in der Farbe von dunklem Gold; es ist im Nacken kurz geschnitten, aber hängt in kleinen gekräuselten Locken über ihre Stirn. Ihre Augen scheinen blau, sind aber in Wirklichkeit durch und durch mit grauen Schatten durchzogen mit ganz schwachen Anzeichen von Gelb und sind, wie sie selbst wechselvoll und chamäleonartig. Sie sind blau, wenn sie glücklich oder traurig ist, grau, wenn sie elend oder nachdenklich ist und wie bei einer Katze, wenn sie sehr ärgerlich ist. Ihre Nase ist klein und wohlgeformt, aber leicht nach oben gewölbt und darunter ist eine wahrhafte Rosenknospe von einem Mund, mit der vollen Unterlippe – gut beschrieben von *Suckling*: ‚irgend eine Biene hatte sie jüngst gestochen'. Das Kinn ist hervorragend, der Kiefer ist ziemlich abgerundet, beide erwecken den Eindruck von Entschlossenheit, welchem Mund und Nase widersprechen. Der Kopf wird von einem starken, festen Nacken gehalten und ist vorwärts gerichtet. Die Schultern sind für eine Frau breit, die Brust klein, die Taille dünn und fest geschnürt, die Arme lang und wohlgeformt und die unteren Partien des Körpers sind großzügig und schön gerundet. Weder Hände noch Füße sind klein, aber beides mit dem großen geschmeidigen Körper zusammenpassend.

So eine Beschreibung, mit all seinen Gegensätzen, vermittelt nichts über den Charme des Mädchens. Kein Zug davon kann als perfekt gelten, außer als Gesamtwirkung, die liebenswürdig ist.

Vornehm, launenhaft, empfindlich, eigenwillig, physisch furchtsam und moralisch unbekümmert, mit Lichtgeschwindigkeit von einer Stimmung in die andere geraten. Effie ist, wie ich schon sagte, chamäleonisch. Wenn ihre Launen ungeheuer sind, so ist es auch ihr Anmut. Sie ist von der Sorte Frau, die ein stupider Mann sofort ergründet (oder denkt sie zu ergründen). Ein Mann von bescheidener Intelligenz würde als schwierig und unbegreiflich von ihr abgeschreckt. Ein Mann mit Kraft und Scharfblick würde jede mögliche Analyse über geistiges Unvermögen zulassen.

Es ist spät geworden, es geht auf Mitternacht zu, als Effie sich von einer Gruppe Verehrer absetzt und die Treppe hinauf in ihr

Schlafgemach rennt. Sie hat den ganzen Abend, eben seit Douglas' Weggang, überlegt, wie sie ungesehen aus dem Haus gelangen kann. Wie die meisten Personen mit hoher Intelligenz und unklaren moralischen Antrieb, ist Effie abergläubisch. Sie zieht sich hinter den Fenstervorhang zurück, sieht, daß der Mond hell scheint, will es aber versuchen. Sie öffnet einen Schubkasten, nimmt ein Knäuel dickes Garn, das sie in ihr Kleid steckt, hält wieder inne, kehrt um, schaut in den Spiegel, berührt das bleiche Spiegelbild ihres Gesichts, fühlt ihr Herz furchtbar klopfen und eilt mit einem nervösen Lacher aus dem Raum.

Kapitel V

Wie Effie den Geist beschwört

„Junger Bursche und Liebchen – nehmt euch in acht heut Nacht!
Da ist Zauber in der Luft!

Winde schreien schrill, und, horcht!
Geister stöhnen in der Dunkelheit!

Wer wird dursten diese Halloween- Nacht?
Wer verläßt das glückliche Herdfeuerlicht?

Wer wird dursten allein,
Während die Fee den Faden zwirnt?

Wer in dieser Nacht frei von Furcht ist,
sag es ihr, und sie wird es hören!"

Ganz unauffällig schleicht Effie die Treppe hinab, bis sie die Große Halle erreicht, die sie leer und wüst findet. Die Tür steht weit offen, das Mondlicht bescheint den Rasen und die Blumenbeete und dahinter stehen die dunklen Bäume. Der Wind weht noch heftig und von den Zweigen, die sich traurig gegen den Himmel strecken, kommt das düstere Sausen, welche so sehr der traurigen Brandung der See an der Küste ähnelt. Einen Moment auf der Schwelle innehaltend schaut sie nervös nach draußen. Alles ist finster und still, außer der seltsamen Musik des Windes.

Von drinnen kommt lautes Lachen und man hört einige Stimmen aus der Küche und freundliche Musik und die Geräusche tanzender Füße vom Festsaal oben.

Die Luft ist kalt und Effie hat nur ihr weißes Ballkleid an, so daß ihr Nacken und Arme unbekleidet sind und ihre Füße stecken in dünnen Tanzschuhen aus Satin. Sie rennt in die Halle zurück zur Garderobe, wo die Mäntel, Übermäntel und Decken der Gäste hängen. Sie nimmt einen schweren Pelzmantel, der einem der Gäste gehört und hängt ihn sich über die Schultern. Nervös lachend rennt sie nun hinaus in die Nacht. Sie überquert die Lichtung und wendet sich nach rechts zwischen die Büsche. Sie folgt dem Kiespfad, der sich im Schatten stattlicher Rüstern windet. Als sie in der ziemlichen Dunkelheit aufschaut, kann sie im Mondlicht die oberen Blätter, die von frostigem Silber berührt sind, sehen. Wegen der gefürchteten Dunkelheit beginnt ihr Herz schneller zu schlagen. Sie ist sehr abergläubisch und sie rennt los, wie ein erschrecktes Reh, ohne auf die Regenpfützen zu achten, die ihre Strümpfe und Schuhe durchweichen. Dunkler und dunkler wird es, als der Mond hinter einer Wolke verschwindet.

Plötzlich hält sie vor Schreck inne, weil sie denkt, dass sie Fußtritte hinter sich hört. Sie schaut in die Runde und lauscht. Sie sieht nur eine große Mauer der Dunkelheit und hört nur den Wind in den Wipfeln über ihr.

‚Ich bin zum Glück nur eine Närrin', denkt sie, ‚aber ich werde hin gelangen. Mit einer Hand ihr weißes Kleid hochhaltend und mit der anderen vor sich tastend. Glücklicherweise kennt sie den Weg gut und in ein paar Minuten hört sie schon den Klang des Wasserfalles, der im Innern des Waldes liegt. Die Worte eines alten Zaubergesangs kommen ihr in den Sinn:

‚Über deinen Rücken läuft Wasser,
Werfe ab die seidene Strähne;
Dann sieh in die Dunkelheit,
Und du wirst deine wahre Liebe deutlich sehen!'

Sie ist noch ziemlich nah am Schloß, so daß sie die entfernte Musik spielen hört und hinter ihr durch die Büsche schimmern schwach die Lichter des Ballsaales. Aber die Musik und die Lichter von dort drüben scheinen nur die Einsamkeit und Finsternis des sie umgebenden Waldes noch zu vertiefen.

„Ich wünschte, ich hätte niemals hier her kommen sollen", seufzt sie, „ich will meine wahre Liebe nicht sehen, in Wirklichkeit kenne ich ihn und er kennt mich. Natürlich ist alles Nonsens. Ich würde gut daran tun zurück zu gehen."

Aber vor sich sieht sie im Mondschein eine Lichtung und den Fuß des Wasserfalles und, verlockt durch die Helligkeit, geht sie weiter und steht an der Wasserkante. Hier scheint das Mondlicht voll auf sie, lässt ihr goldenes Haar und das weiße Satinkleid schimmern. Obgleich der Wasserfall über ihr braust und die Luft voller betäubenden Krachs des fallenden Wassers ist, sieht sie den offenen Himmel und fühlt sich etwas beruhigt. Aber noch von Kopf bis Fuß zitternd, steckt sie ihre Hand in den Busen und holt das Knäuel Garn hervor. Wie ihr Herz rast! Wie ihr Kopf dreht! Benommen durch das Getöse des Wasserfalls und krank vor Furcht, dreht sie ihren Rücken am Fuße des Wasserfalls dem dunklen Teich zu, ihr Gesicht schaut zum Wald. Die schwarzen Zweige kann sie nahezu mit ihrer ausgestreckten Hand berühren. Dann, hysterisch lachend, nimmt sie ein Ende des Bindfadens in ihre zitternden Finger ihrer rechten Hand und bereitet sich vor das Knäuel in die Dunkelheit zu werfen. Obgleich ihre Zunge und ihr Hals trocken sind und sie vor Schrecken dürstet versucht sie zu sprechen. Ihre Gefühle meisternd wirft sie das Knäuel fort, welches sich im Flug durch die Luft abwickelt. Das freie Ende des Garns krampfhaft festhaltend, murmelt sie nahezu unhörbar:

„Wahre Liebe, wahre Liebe, wenn du dort bist,
bevor ich dreimal bis drei zähle,
greife den Faden und antworte mir!"

Kaum hat die Zauberformel ihre Lippen verlassen, als zu ihrem Schrecken in der Dunkelheit etwas leicht an dem Faden zieht. Sie weicht mit einem Schrei zurück, aber ihre Finger halten den Faden fest und fühlt das andere Ende wird festgehalten. Halb ohnmächtig und kaum wissend was sie tut, murmelt sie verzweifelt:

„Wahre Liebe, wahre Liebe, wenn du dort bist,
bevor ich dreimal bis drei zähle, zeige mir dein lebendiges Gesicht!"

Ist sie verrückt oder träumt sie. Gerade vor ihr, wo das Mondlicht den Waldrand bescheint, sieht sie, oder denkt im dichten Blattwerk die Umrisse eines menschlichen Gesichts mit zwei großen dunklen Augen zu sehen, die sie fixieren! Es ist nur für einen Moment, aber in diesen Moment erkennt sie, oder scheint sie die Gestalt des hoffnungslosen Herrn von Douglas zu erkennen. Sie erfasst panischer Schrecken, ist halb ohnmächtig, stößt einen wilden Schrei aus, läßt den Faden los und flieht den Weg zurück zum Schloß. Es scheint als gäbe die Furcht ihr Flügel und immer noch Schreie ausstoßend flieht sie wie ein verrücktes Ding. Gott sei Dank, sie kann schon entfernt die Lichter sehen und jeden Moment kommt sie näher. Während sie rennt glaubt sie hinter sich Schritte zu hören und eine Stimme ruft:
„Bleib stehen! Effie! Effie!"
Dies läßt sie noch schneller rennen. Durch die Dunkelheit, weiter und weiter flieht sie, bis an den Rand der Lichtung, von wo aus schon das Licht der offenen Tür zu sehen ist. Quer über die Lichtung durch das Mondlicht stürzend, sieht sie eine Gestalt auf dem Kiesweg stehen und sie erkennt Arthur Lamont.

„Arthur!" schreit sie, heftig ihre Arme ausstreckend. Dann, mit einem hysterischen Lacher, wäre sie beinahe hingefallen, wenn er sie nicht in seinen Armen aufgefangen hätte.

In ihrem Schreck und der Hysterie bemerkte sie nicht Lady Bell, die auf der Schwelle gestanden und sich mit ihrem Liebhaber unterhalten hatte, der eine Zigarre rauchte.

„Wer ist es?" ruft Lady Bell.

„Effie Hetherington", antwortet der junge Mann.

„Bell, sie ist ohnmächtig!"

Er trägt sie in die Halle und setzt sie in einen Sessel.

Durch den Krach aufmerksam geworden kommen verschiedene Bedienstete aus der Küche und eine Anzahl Ladies und Gentleman, die sich gerade auf der Treppe etwas abkühlen wollen, herabgestiegen murmeln verwundert.

Blaß wie der Tod und zitternd erschauernd legt sich Effie mit Hilfe des jungen Mannes hin.

Lady Bell schaut in nicht gerade barmherziger Stimmung zu, während Wasser gebracht wird und auf das Gesicht des Mädchens gesprenkelt wird. Dann folgen die gewöhnlichen Details, die für eine Ohnmacht einer jungen Lady typisch sind, angemessene Schwäche, krampfartiges Beben des Körpers, allmähliche Erholung bis sie letztendlich ihre Augen öffnet und sich umschaut. Effie bedeckt ihr Gesicht mit ihren Händen und beginnt himmelschreiend zu weinen.

„Was bedeutet das?" fragt Lady Bell zuletzt, „Effie, ich möchte eine Antwort! Sprich!"

„Gib ihr Zeit", sagt Arthur Lamont, „sie ist noch nicht ganz bei sich. Etwas hat sie erschreckt, denke ich."

Ein mitfühlendes Gemurmel kommt von den Umstehenden.

„Da ist kein Ende ihrer Narrheiten", sagt Lady Bell laut, „sie ist mehr eine verrückte Kreatur, als ein christliches Mädchen! Warum? Schaut! Ihre Füße sind schlammig, sie war im Wald gewesen!"

Nun hört Effie auf zu schluchzen und schaut aufgeregt in Lady Bells Gesicht Ihr Atem geht krampfartig, ihr Herz schlägt in ihrer Brust wie wild.

„Oh, Lady Bell, vergeben Sie mir!" stöhnt sie, „ich hätte niemals gehen dürfen. Ich dachte nur es ist ein Spaß, aber ich hatte mich furchtbar erschrocken!"

„Was meinst Du?" fragt Lady Bell scharf, „was hat Dich so erschreckt? Hat es diesmal wieder geblitzt, oder was?"

„Nein, nein! Es war – ein Gesicht!"

„Ein Gesicht?"

„Ein Gesicht im Wald. Ich wollte den alten Zauberspruch versuchen und ich rannte hinunter zum Wasserfall und warf den Faden und –oh – irgendetwas faßte ihn und ich hörte eine Stimme und ich sah – ich sah – das Gesicht!"

Furchtbar wie es für die Sprecherin war, rief diese Erklärung nur ein allgemeines Lachen hervor. Jeder der Anwesenden weiß von dem wohlbekannten Aberglaube und manch eine Lady sehnt sich danach diesen Zauber zu versuchen, aber es ermangelt an Mut.

„Was für ein Unsinn!" sagt Arthur Lamont, „warum, Effie? Ich dachte Du hättest mehr praktischen verstand, als an solchen Unsinn zu glauben. Nun, geht es Dir schon wieder besser?"

„Sag, wessen Gesicht hast Du gesehen?" fragt Lady Bell, mit einem höhnischen Lächeln, da sie sich über die große Besorgtheit und Aufmerksamkeit ihres Liebhabers ärgert.

„War es das eines Mannes oder eines Phantoms?"

„Eines Mannes", antwortet Effie erschauernd.

„Und es war natürlich Deine wahre Liebe, Effie Hetherington! Ich hoffe es erfüllte Deine Erwartungen. Aber Du hättest keinem erzählen sollen, was Du getan hast, so hast Du den Zauber gänzlich zerstört und möglicherweise wirst Du nie einen Liebhaber bekommen. Scheinbar willst Du einen!"

„Ich *will gar keinen*", sagt Effie ärgerlich in das allgemeine Gelächter hinein, „ich versuchte den Zauber nur aus Spaß. Sie haben nicht das Recht zu behaupten, ich würde einen Liebhaber wollen! Das ist sehr unfreundlich."

„Quäle sie nicht länger, Bell", sagt Arthur nervös, „es war, wie sie schon sagte, nur ein Spaß."

„Natürlich, natürlich!" erklingt es von mehreren Stimmen.

„Und wenn ich den Zauber gebrochen habe", fährt Effie fort, „dann bin ich sehr froh, wirklich. Das Gesicht, das ich sah – und ich *sah* es, Mr. Arthur – war keine lebende Kreatur. Redet nun nicht weiter davon. Ich kann es nicht ertragen darüber zu sprechen. Es ist zu schrecklich!"

Lautes Gelächter und Händeklatschen erklingt nun aus dem Saal der Bediensteten, wo die Fröhlichkeit offenbar auf ihrem Höhepunkt ist.

Jeder beginnt sich nun in diese Richtung zu bewegen und Lady Bell nimmt Arthurs Arm und bedeutet ihm, daß er mit ihr hinüber gehen soll. Mit einem mitleidsvollen Blick zu Effie, gehorcht er. Obgleich verschiedene junge Männer, die sich bisher gaffend im Hintergrund gehalten hatten, auf Effie zukommen und ihr Sympathie entgegenbringen, achtet sie nicht auf sie, sondern schaut ihrer Cousine und Arthur nach, bis sie verschwunden sind. Dann holt sie tief Luft, beißt ihre weißen Zähne zusammen und vergißt, in der Bitternis der Eifersucht, den letzten Schreck.

„Soll ich Ihnen ein Glas Sherry bringen, Miss Hetherington?" fragt ein schmucker junger Farmer, der bis ins kleinste Detail gemäß seines Standes angezogen und als Kavalier von hoher Geburt etwas anmaßend ist.

„Eh, Sie sehen ehrwürdig blaß aus!" sagt ein anderer. Es ist kein Wunder! Ein Tropfen Whisky würde gänzlich viel besser sein, um die Kehle der jungen Lady anzufeuchten."

„Nein, nein!" ruft sie unduldsam, „mir geht es nun ganz gut. Ich ersuche Sie, kümmern Sie sich nicht um mich – gehen Sie und amüsieren sie sich."

In diesem Moment sieht sie den Earl die Treppe herabsteigen, an seinem Arm hängend eine ältere Lady, die prächtig mit Federn geschmückt und in Brokat gekleidet ist. Als er unten in der Halle ankommt, fällt sein Blick auf die kleine Gruppe und er winkt Effie zu sich.

„Was für ein Unsinn ist das, Miss Hetherington?" sagt er, „ich hörte, Sie haben die ganze Gesellschaft durch das Vorgeben eine Erscheinung gesehen zu haben alarmiert."

„Tatsächlich", antwortet Effie, „ich meinte nichts Böses. Ich versuchte einen Zauber und …und…"

„Närrin! Sie sind ein närrisches Mädchen! Deine Religion sollte Dir lehren, daß solche Dinge nur Torheiten und Aberglaube sind."

Er spricht mit einem strengen Dumfriesshire Akzent, den er ungewöhnlich betont.

„Der Glaube an Geister und Zauberer ist gegen die Schrift und gehört in das dunkle Mittelalter."

„Sicher", sagt die alte Lady zu ihrem Begleiter, „aber junges Volk will zu jungem Volk – es ist Halloween!"

„In meinen jungen Jahren, Madam", sagt der Earl, „war Halloween eine heilige und festliche Zeit, kein heidnischer Festtag. Die Zeiten haben sich seitdem geändert, und auch ich, sehen Sie, muß mit der Zeit gehen. Nicht, daß ich ein wenig Sport und Spiel verbiete, aber ich verabscheue Aberglaube."

Die alte Lady lacht und die beiden gehen weiter zum Saal der Bediensteten und auch der junge Mann geht.

Effie steht allein in der großen Halle, unschlüssig, ob sie ihnen folgen, oder sich heimlich ins Bett wegschleichen soll. Sie entscheidet sich für Ersteres, aus Neugierde, was Arthur Lamont und Lady Bell wohl machen. Jetzt hat sie nahezu ihre Fassung wiedererlangt, obwohl sie hin und wieder erschauernd an das Gesicht denkt, welches sie unten am Wasserfall gesehen hatte.

‚Sicher war das nur meine Phantasie!' denkt sie, ‚dieser schreckliche Mann war so in meinen Gedanken, als ich den Zauber probierte, daß sein Gesicht überhand gewann. Ich werde Lady Bell nie verzeihen, daß sie mich zum Gespött gemacht hat! Es wird demnächst *meine* Sache sein über *sie* zu lachen'.

Von drinnen ertönt lautes Lachen, Stimmengewirr und Händeklatschen. Sie geht durch die Halle in Richtung des Lärms. Sie trifft auf Jeanie Munro, eine Bedienstete.

„Was machen sie?" fragt Effie.

„Die Dienstmädchen und die jungen Ladies spielen ‚Hey Willie Wine' Der Earl schaut so feierlich zu, als wäre er in der Kirche. Und die Lehrerin, Miss Jess, hat das Rederecht bekommen und hat sich Mr. Arthur ausgesucht."

Ohne stehen zu bleiben und ohne Weiteres zu hören, rennt Effie die Lobby entlang bis sie an den Eingang des Saales gelangt, der von einer lachenden Menge blockiert wird. Auf Zehenspitzen stehend und über die Schultern der Anderen spähend, sieht sie, daß die Tische in einen Halbkreis um das Feuer arrangiert worden sind. Alle Mitglieder der Gesellschaft und der Bediensteten sitzen oder stehen und beobachten mit größten Vergnügen die zwei führenden Akteure in dem alten schottischen Spiel. Der Earl steht in der Nähe und schaut feierlich zu, während vor dem Feuer und Arthur Lamont gegenüber in ihrem Kostüm und in Seidenstrümpfen Miss Jess Forsyth sitzt. Sie ist eine frisch und gesund aussehende Frau mit hellen Augen zwei-oder dreiunddreißig Jahre jung mit fröhlichem Blick und einer scharfen Zunge. Dicht dabei, an den Kamin gelehnt, steht Lady Bell.

„Bleiben Sie ein bißschen, Mr. Arthur", ruft Miss Jess, „bleiben Sie und ich werde Sie in Verlegenheit bringen." Und ihr Blick ist auf eins der Mädchen fixiert, welches errötet und ihr Gesicht bei der Erwähnung ihres Namens verbirgt. Dann beginnt sie zu singen:

„Ich werde Ihnen Mary aus Cumell geben, sie wird Ihre Kühe melken und Ihre Kleider waschen!"

Allgemeines Lachen in der Runde über diesen aus dem Stehgreif gedichteten Vers.
Arthur Lamont steht auf, schwenkt sein Taschentuch und antwortet:
„Mary ist hübsch und Mary ist freundlich, ihr Käse und Butter sind sauber und weiß; sie macht sie für einen Farmer und nicht für mich; aber ich danke für die Höflichkeit!

„Bravo! Bravo!" rufen viele Stimmen und die und alle Lachen wieder Die Lehrerin schaut in die Runde und beginnt erneut:
„Hey Willie Wine, und ho Willie Wine, ich hoffe von Hause aus, du wirst dich nicht beugen, du würdest besser strahlen und alle Nächte bleiben. Und ich werde dir geben eine Lady fein."

Darauf antwortet Arthur in einer gebräuchlichen Form:
„Wen willst du mir geben, wenn ich zögere, meine hübsche blühende Braut, liegt lieblich an meiner Seite?"

Diesmal erhebt Miss Jess ihre Stimme in einem unglaublich jungfernhaften Ton eines unsicheren Alters zu der einzigen Tochter eines reichen Landbesitzers im Rang eines Earls:
„Ich werde Ihnen die hübsche Miss Datrymple geben. Sie ist schön und angenehm, sie ist süß und einfach; Ihre Wange ist wie eine Rose, in ihrem Kinn ist ein Grübchen!"

Dies entlockt der Gesellschaft ein Lachen des Entzückens, selbst die fragliche Jungfer.

Durchaus nicht verdutzt, verbeugt sich der junge Lamont zu der Lady und antwortet:

„Miss Datrymple ist eine ungewöhnliche Lady, ihr Charakter
ist fein und ihr Gesicht ist schön;
aber sie ist für Tam Peebles und nicht für mich bestimmt,
so danke ich Ihnen für die Höflichkeit!"

Die ganze Gesellschaft lacht. Die Jungfer ist keinesfalls schön und ihr Charakter ist geistig betrachtet nicht der süßeste, während Tam Peebles ein junger Doktor der Medizin ist, der angeblich einen heimlichen Blick auf sie geworfen haben soll. Die Lehrerin schaut schalkhaft in die Runde und ist auf den ,coup de grace'(7) vorbereitet, mit welchem das ziemlich monotone Spiel immer endet. Sie räuspert sich feierlich und erhebt ihren Zeigefinger und singt:

„Was sagst Du dann zu Lady Bell?
Sie ist rechtschaffend und eindrucksvoll
Wie Du selbst!"

Arthur lächelt und geht hinüber zu Lady Bell, verbeugt sich vor ihr, nimmt sie bei der Hand und führt sie in die Mitte des Halbkreises und sagt:

„Ich werde sie in mein Herz schließen,
mit Kuchen und Wein ernähren. Sie ist für keinen Anderen,
sondern für mich,
so danke ich für Deine Höflichkeit!"

Zum Entzücken aller Anwesenden faßt er sie um die Taille und küßt sie dreimal, während sie sich windet und vor Vergnügen errötet.

Effie Hetherington sieht das alles und ihre Lippen werden weiß und ihre Augen werden hart wie Stahl. Dann spricht irgendeiner zu ihr, wer es ist kann sie kaum sagen, denn sie ist so voller eigenen nervösen Verdrusses. Die Szene verschwimmt vor ihren Augen. Sie sieht, als wäre es in einem Traum, die Burschen zwei große Kübel mit Wasser tragen und sie in die Ecke des Saales stellen. In den Kübeln schwimmen große rotbäckige Äpfel, um welche sich die jüngeren Mitglieder der Gesellschaft sich zu ‚dook' oder ‚duck' machen. In der Zwischenzeit ist die Mitte des Saales zum Tanzen frei gemacht worden. Zwei Pfeifer und drei Geiger thronen an einem langen Tisch am Ende des Saales und beginnen sich einzustimmen, während die Gesellschaft damit beschäftigt ist sich Partner zu suchen. Der junge Tam Peeples hat die Ehre von Lady Bell ausgesucht worden zu sein und beim ‚county reel', dem lebhaften schottischen Tanz, zu führen.

Gedankenversunken schaut Effie dem Treiben zu, bis sie eine Berührung an ihrem Arm fühlt und Arthur Lamont an ihrer Seite steht.

„Effie, wo warst Du gewesen? Ich möchte Dich als Tanzpartnerin", sagt er nervös lächelnd.

„Ich möchte heute nicht tanzen", erwidert sie und dreht ihren Kopf weg. Aber er besteht darauf und während sie noch zögert, sieht sie Lady Bell quer durch den Saal zu ihm sehend. Erpicht darauf sich gegen ihre Rivalin zu behaupten, was auch immer das Ergebnis sein würde, mischt sie sich mit ihrem Partner unter die Tanzenden.

Kapitel VI

Wie der Zauberspruch sich entwickelt

Diese Nacht ist markant wie ein Blutstein im Kalender des Lebens eines Mannes, sie ist niemals aus dem Gedächtnis zu streichen oder von der Seele zu vergessen.

Zugleich glücklich und verzweifelt, gesegnet und gefoltert weiden sich seine Augen an Effie Hetherington, bis er es innerlich nicht mehr ertragen kann. Als sie von Arthur Lamont im Tanz herumgewirbelt wird, schleicht er sich aus dem Festsaal und kehrt schwermütig nach Hause zurück.

Es dämmert bereits, als er sein einsames Haus erreicht. Nachdem er das Pferd ausgespannt und in den Stall geführt hat, wandert er hinunter an die Seeküste und, im Sand schreitend, beobachtet er das graue Wasser der Solvay, das sich, wie seine eigenen Gedanken, heftig überschlägt. Die aufgehende Sonne überzieht den Himmel, die See und die Erde mit einem Karmesinrot, sie steht niedrig am Himmel, wie ein anderer großer Blutstein und blendet ihn mit ihren Strahlen.

Von dieser Zeit an ist für einige Tage und Nächte sein Geist voll eines unbekannten Entzückens und läuft fast über. Er fühlt sich nicht länger einsam, auch wenn er meist allein ist. All die Auftritte an diesem denkwürdigen Abend ruft er sich wieder und wieder ins Gedächtnis. Er braucht nur an der See zu stehen, oder beim Feuer zu sitzen, oder ein Buch zu öffnen, dann steigt das Gesicht des Mädchens vor ihm auf. Jede Nacht ist der Himmel voll ihrer Augen und die Erde ist an allen Tagen voll ihres Atems. In seiner schwer lastenden Einbildung reißt er manchmal die Arme hoch und ruft sie zu sich. Obgleich sie noch in Schrecken vor ihm zurückgewichen war, schien sie halb nachgiebig zu dem Zauber zu sein. Er muß schmunzeln, als er an ihre große Furcht denkt, ohne eigentlich zu wissen, vor was sie Furcht hat. Er denkt so intensiv an sie, daß er an

Telepathie glaubt, daß irgendwelche Gehirnwellen von ihm zu ihr wechseln und so auch ihre Gedanken zu ihm. Effie liebt Bewunderung. Bewunderung eben von einem unzivilisierten Mann, einem offenkundigen Frauenverachter, der nicht gänzlich zu verachten ist. Inmitten ihres gelangweilten Lebens im Schloß, wo sie täglich zwischen Stolz und Neid gefoltert wird und sich wieder und wieder denkt: ‚Da ist einer da drüben, der auf einen Fingerzeig kommen würde und aus meiner Hand frißt und er denkt, er ist ein ernstzunehmender Mann, nicht hübsch anzusehen, weder gelockt noch wohlriechend, noch sanft sprechend‘.

Sie verlangt von seiner Gegenwart daß sie einfach ihre Weiblichkeit realisieren will. Zuneigung für solch ein Scheusal steht außer Frage. Ihre physischen Gefühle zu ihm sind nahezu Abneigung. Aber Frauen können tun, was Männer unmöglich finden: Sich erfreuen am Ansehen des Anderen und wenn es sich ergibt, sogar durch das persönliche Abstoßendsein.

So trägt es sich zu, daß Douglas hinüber zum Randgebiet des Schlosses Lindsay geht und wie der Zufall es will, daß er nach zwei oder drei Besuchen, die bisher erfolglos waren, mit Effie Hetherington zusammentrifft. Sie kommt die Landstraße vom Dorf entlang und trifft ihn ziemlich einfältig nahe dem Schloßtor spazieren.

„Mr. Douglas!" ruft sie rührend, charmant erstaunt, „so sind Sie letztlich wieder herüber gekommen."

„Das überrascht Sie?" fragt er lächelnd.

„Nein, nein", erwidert sie und beantwortet das Lächeln mit vergnügtem Blick, „ich *dachte*, daß Sie früher oder später kommen würden. Gehen Sie ins Schloß?"

Douglas schüttelt den Kopf.

„Sie gehen nur vorüber?" fährt sie strahlend fort und auf seine ‚ja‘-Antwort spricht sie weiter:

„Ich bin auf jeden Fall froh, daß Sie gekommen sind. Es ist äußerst dumm dort drinnen, wie Sie es sich vorstellen können.

Ein Paar verlobter Menschen und ein alter Presbyterianer mit Adelstitel sind keine amüsante Gesellschaft. Sie erinnern sich an die vergnügliche Fahrt, die wir in jener Nacht hatten? Es war nett von Ihnen mich herüber zu fahren!"

All das sagt sie in einem Atemzug und in völliger überschwänglicher Fröhlichkeit.

Sie nimmt während der ganzen Zeit den Mann für sich ein und dachte insgeheim: ‚Ich hatte recht, er ist perfekt ungehobelt und primitiv'.

Nicht ein Wort, das sie sprach, hegte den Verdacht unangenehm empfunden zu werden . . . und sie sagt sich:

‚Wenn er sich erdreistet einen Trick bei mir anzuwenden, werde ich ihm seine Anmaßung heimzahlen'.

Dieses Treffen geht ereignislos vorüber, aber andere Treffen folgen in ziemlich großen Abständen.

Als der Herbst zu Ende geht und der Schnee des Winters zu fallen beginnt, fährt Effie Hetherington für einige Monate in Begleitung von Arthur Lamont und Lady Bell zu Besuch der Verwandten in Edinburgh. Dort verbringt sie eine schöne Zeit, mit vielen Flirts und vielem Nachdenken. Es war aber nicht oft, daß sie an Douglas dachte.

Wie auch immer, zweimal schreibt sie an ihn, nette kleine Notizen auf pinkfarbenem Papier und beginnend mit: „Lieber Mr. Douglas", behandelt triviales Geschwätz der Stadt und endet: „Ihre sehr ergebene Effie Hetherington".

Das letzte dieser Schreiben beinhaltet folgendes post scriptum:

‚Wir werden im Schloß Lindsay Anfang Februar zurück sein und ich hoffe, daß Sie zu Hause sind und wir uns wiedersehen werden. Ich vergesse niemals, wie freundlich Sie zu mir gewesen sind, wie kaum ein *Freund* in der Welt. Wie geht es Elspeth? Grüßen Sie sie von mir. Ich nehme an, Sie sind *eingeschneit*?"

Das ist alles, aber das genügt, um die Flamme im Herzen des Mannes brennen zu lassen.

Douglas bewahrt die eleganten Fetzen Papier auf, liest wieder und wieder die netten Zeilen und versetzt sich durch den Anblick und der Berührung in einen Rausch. Wirkte der Zauber? Würde diese elegante Frau immer seine sein und bleiben? Er denkt an sie, er träumt von ihr. Er ist sich fortwährend ihres Zaubers auf ihn bewußt und es gibt nichts weiter im Universum als ihr hübsches Gesicht und ihre schöne Gestalt.

So ist nun das düstere Haus nicht mehr so düster und der einsame Mann ist nicht mehr allein. Sturm und Sonnenschein sind ihm gleich, er ist sich seiner selbstgenügenden Leidenschaft im Herzen sicher. Ob draußen an der bewegten Seeküste, unterwegs im trostlosen Moor oder zu Hause, zwischen seinen Büchern, er ist immer voll derselben Sehnsucht: nach Effie Hetherington's Rückkehr. Mehr als einmal war er geneigt zu ihr zu gehen, sie in seine Arme zu nehmen und sie zu fragen seine Frau zu werden. Wieder und wieder schreibt er ihr wie ein verliebter Schuljunge lange, aufgewühlte Briefe. Aber seine Briefe werden nie abgesandt. Nur einmal wird ein Brief abgesandt und das war die Antwort auf den Brief mit dem post criptum. Er beinhaltet nur zwei Worte: Komm zurück!

Der Februar geht vorüber und es wehten schon die Winde des März, als Effie Hetherington zurückkehrt. Sie kommt ins Schloß Lindsay und die Vögel der Lüfte bringen die Neuigkeit ihrer Ankunft zu Douglas, aber sie selbst gibt kein Zeichen. Die einfache Wahrheit ist, daß ihr schöner Kopf voll anderer Gedanken ist. Lady Bell und sie selbst sind ermattet von den Aufregungen in Edinburgh, wo beide etwas gereizt und nicht in Stimmung waren.

Vierzehn Tage vergehen und Douglas, ihrer nahen Gegenwart bewußt, leidet Seelenqualen, lauscht auf Tritte, die nicht kommen. Mit charakteristischer Seelenstärke wartet er geduldig, immer denkend: Morgen, morgen werden wir uns treffen.

Zuletzt reitet er hinüber, läßt sein Pferd auf der Wiese des Nachbarn und schreitet kühn zum Schloß Lindsay. Er hat kaum das Tor passiert, als er auf Effie trifft, die von Schloß kommt. Ihr Gesichtsausdruck strahlt über seine Ankunft und alle Himmel ergießen sich über ihn, als sie sich die Hände geben.

„Endlich", sagt Effie lächelnd, „ich dachte Sie würden niemals kommen."

„Ich wartete auf *Sie*", antwortet er, „ich dachte…"

„Daß ich kommen würde? Nun, ich dachte nicht daran es zu tun, es wäre nicht anständig gewesen. Außerdem war ich sehr beschäftigt gewesen und so – so beunruhigt. Lady Bell ist schlechter gelaunt wie nie und Sie kennen meine abhängige Position."

„Wohin gehen Sie?" fragt Douglas nach einer langen Pause, während er beständig in das Gesicht seiner Partnerin schaut.

„Irgendwo ins Dorf, nirgendwo bestimmtes. Ich bin nur rausgegangen, um von Lady Bell fort zu sein."

„Dann lassen Sie uns zusammen gehen", sagt Douglas, „ich möchte mit Ihnen sprechen. Ich habe all die Monate darauf gewartet."

Sie blickt ihn an und weiß instinktiv was kommen wird. Mit einem kleinen Schauder der Befürchtung geht sie an seiner Seite weiter. Er zittert wie Espenlaub, seine Lippen sind blutlos, sein Mund ist trocken wie Staub und wieder und wieder benetzt er mit der Zunge seine Lippen, bevor er spricht. Keines dieser Zeichen ist bei Effie zu beobachten und obgleich sie sich stolz fühlt, die Herrschaft über diesen Mann zu haben, fühlt sie für ihn nichts als eine charmante Verachtung.

‚Wie verschieden er doch zu Arthur Lamont ist' , denkt sie für sich.

Sie gehen durch das Parktor und schlendern auf der offenen Hauptstraße dahin, bevor Douglas leidenschaftlich herausplatzt:

„Effie", sagt er, „ich möchte, daß Sie meine Frau werden."

Ohne etwas zu erwidern, läuft sie weiter, ihre Blicke fixieren den Boden. Sie scheint nicht gerade erschreckt oder überrascht.

Am ganzen Körper zitternd, versucht er ihre Hand zu nehmen.

„Bitte nicht!" ruft sie gereizt und geht zur Seite.

„Haben Sie gehört, was ich sagte?" fragt er und versucht vergeblich ihr in die Augen zu sehen.

„Ja, Mr. Douglas", antwortet sie, ohne jegliche Regung, „ich habe es gehört und es tut mir leid. Ich hoffe und bitte flehentlich so sehr, Sie würden niemals unsere Freundschaft durch solche Worte verderben."

Er ist wie betäubt, er versteht die Frau nicht, der er seine Seele entdeckt hat.

„Effie, Sie wissen von Anfang an, daß ich Sie liebe und ich bin heute gekommen eine Antwort zu erhalten. Nun dann: Ja oder Nein? Lassen Sie es ‚Ja' sein und ich bin der glücklichste Mensch, den Gott je gemacht hat. Wenn Sie es ‚Nein' sein lassen, so empfange ich die Hölle von Ihnen, so wie ich den Himmel nehmen würde!"

Wie er sich in seiner alten Art selbst behauptet und die Stärke in ihm bohrt. Ungewöhnlich für dieses linkische Wesen zu solch einem Glaubensbekenntnis, ihre Achtung vor ihm kehrt zurück und anstatt ihm grausam zu antworten, wie sie es vorhatte, gebraucht sie Ausflüchte.

„Sie haben mich überrascht. Ich würde Ihnen eher noch nicht antworten, geben Sie mir Zeit."

„Sie haben Zeit genug gehabt und ich auch!" sagt er, „ich frage Sie erneut meine Frau zu werden. Gott weiß, ich habe Ihnen nur wenig zu bieten, weder Güter noch an Habe. Und Gott weiß auch, ich bin kein Mann, der das Schicksal eines Mädchens sein muß. Aber ich habe mein Herz *hier* ausgebreitet und meine Seele verloren, ich bin der Ihre, Effie, in Verdammnis oder Seligkeit!"

„Sie sind ein fremder Mann", ist Effies irrelevante Antwort.

„Das sagten Sie mir bereits vor langer Zeit!"

Plötzlich wendet sie sich um und schaut ihn in die Augen.

„Sie wissen natürlich, daß es unmöglich ist", sagt sie.

„Wie – wie?"

„Erstens bin ich nicht fürs Heiraten, ich zieh es vor allein zu bleiben. Zweitens, Mr. Douglas, ich mag Sie nicht in diese Richtung."

Seine Brauen ziehen sich zusammen und sein Gesicht verfinstert sich, aber sein Blick bleibt auf sie gerichtet.

Sie fährt mit mehr Entschlossenheit fort:

„Ich bin mir sicher, Sie wünschen sich von mir, daß ich die Wahrheit sage. Ich könnte niemals als Mädchen an Sie als Ehemann denken. Es gibt niemanden auf der Welt, den ich mehr achte, als einen guten Freund, aber wenn Sie zu mir von Liebe oder Hochzeit sprechen, fühle ich nichts anderes als Widerwillen. Ich weiß, es ist häßlich von mir es zu sagen: auf diese Weise brüskieren Sie mich mehr, als jeder andere Mann, den ich jemals traf."

Er schwankt wie von einem Schlag getroffen und scheint fast zu fallen. Dann, seine Herrschaft über sich wiedergewonnen, ruft er heiser:

„Das ist genug. Auf Wiedersehen!"

Und bevor sie ein weiteres Wort sagen kann, läuft er schnell fort. Bestürzt und überrascht ruft sie ihm nach, aber er scheint nicht zu hören. In wenigen Minuten ist er verschwunden.

Drei oder vier Tage vergingen, in denen sich Douglas in seinem einsamen Zuhause verbarg.

Ich übergehe die Leiden des Mannes, welche nur durch ein altes Sprichwort beschrieben werden können: ‚Die Folter der Verdammten'.

Aber eines Morgens, als er auf seiner Schwelle stehend auf die See starrt, bringt die Post ihm diesen Brief:
Unter der handschriftlichen Überschrift: *,Un petit mot'* (Ein kleines Wort) steht:

,Ich muß Sie sprechen. Ich bitte Sie flehentlich zu kommen und mich zu treffen. Ich werde nicht mehr glücklich, bis mir vergeben wurde.

E.H.'

Ein paar Stunden später ist er am Schloß Lindsay. Sie sieht ihn vom Haus aus, lächelt und geht ihm entgegen. Sie hat ein neues schönes Frühlingskleid an und hat einem Sonnenschirm aufgespannt.

Sie geben sich ohne ein Wort die Hand, aber er fühlt einen
zarten Druck, welcher in ihm Leben regen läßt. Seite an Seite
gehen sie den breiten Weg entlang, biegen dann in einen Pfad
ein und wandern durch den Schloßpark.

Kapitel VII

Wie die Ringeltaube leise singt

‚Hast du das leise Singen der Ringeltauben gehört,
die durch die Zweige des belaubten Tals springen?
Bis sie in den Zweigen schlafen,
(Tief, tief, tief, tief!)
wo sie in das Murmeln des Traumlands fallen‘.

Sie laufen weiter bis sie den Schatten des Waldes erreichen. Sie führt und schleppt teilnahmslos ihren Sonnenschirm. Er folgt und ergötzt sich an ihrer Gestalt. Das Blattwerk rund um sie ist voll lebendigen Geschwätzes. Von Zeit zu Zeit überquert ein Kaninchen den Pfad, oder ein Eichhörnchen rennt die Tanne hinauf. Die zahlreichen verliebten Schreie (deep! deep!) der Waldringeltaube sind allen Geräuschen vorherrschend.

Sie ist die erste, die die Stille bricht. *Er* hätte für immer so weitergehen können!

Sie hält inne, wendet sich zu ihm um, lacht und schaut ihm ins Gesicht.

„Wie still Sie sind!" sagt sie, „haben Sie ein Wort für sich selbst einzulegen?"

Er schüttelt seinen Kopf und versucht zu lächeln, aber alles was er kann ist, sie mit dem lebenslangen Hunger, den sie kennt, anzusehen.

„Soll ich Ihnen mehr über Lady Bell erzählen?" fragt sie höflich. Er nickt.

„Gut. Ich denke sie haßt mich mehr denn je und nur, weil so viel Männervolks denkt, mich unterhalten zu müssen. Und ihre schlechte Laune zeigt sich immer besonders, wenn ich und Mr. Arthur ein Wort zusammen reden. Gestern, als ich im Salon etwas alte deutsche Musik spielte, kam er herein und setzte sich, um zuzuhören. Und ich erkläre, er hat kein einziges Wort gesprochen. Aber Lady Bell fand uns dort und war entsetzlich ärgerlich."

Das ist eine unkluge Wahrheit, aber für Douglas ist es Musik. Er hört sein eigenes Herz schlagen.

‚Deep! Deep!' klingt der Ruf der Ringeltauben über ihnen.

„Es ist befremdlich, daß sie mich so wenig leiden kann. Ich würde niemals mit Vergnügen jemand beleidigen und ich war einmal ganz vernarrt in Lady Bell! Sie plant nun mich aus dem Haus zu bekommen und ich würde ihr den Gefallen tun, wenn ich wüßte wohin ich gehen soll. Aber ich bin ein hilfloses Ding. Alles kommt, weil ich eine Frau bin. Ihr Männer habt es da besser. Ihr könnt tun , was ihr wollt, gehen wohin ihr wollt und sehen, was ihr wollt. Oh, wie würde ich es lieben, die Welt zu sehen, die großen Städte, die sündhaften Plätze, wie London und Paris! Lady Bell geht auf Hochzeitsreise nach Paris. Wenn ich daran denke, *hasse* ich sie beinahe."

Etwa zwanzig Yards entfernt steht eine einfache Holzbank und während sie spricht schlendert sie dorthin, setzt sich und läßt den Kopf hängen und sticht mit der Spitze ihres Sonnenschirms in den bemoosten Rasen. Die zahlreichen Äste der Tannen und Lärchen verdunkeln den Platz über und um sie und auf jeder Seite befinden sich im Unterholz Nußbäume und Brombeersträucher.

Er setzt sich neben sie und nahezu instinktiv rückt sie etwas beiseite

„Sie hassen mich mehr denn je?" fragt er in einer heiseren Stimme.

„Wie dumm von Ihnen so eine Frage zu stellen! Sie wissen, ich würde Sie niemals hassen. Sollte ich Sie lieber nicht gefragt haben, daß wir uns treffen und uns unterhalten?"

„Aber Sie wissen, was die Öffentlichkeit sagen würde, wenn man uns hier zusammen sitzen sähe?"

Sie schaut ihn mit ihren klaren blauen Augen ruhig an. „Ich vermute man würde sagen, daß wir Geliebte seien, oder es sein sollten", entgegnet sie lachend, „aber weder weiß ich es, noch sorge ich mich darum, was gesagt werden könnte, was sollte es mich auch angehen? Es ist nur schön, jemanden zum Sprechen zu haben und Sie sind ein exzellenter Zuhörer."

„Ja, wenn Sie sprechen."

„Sind wir auf jeden Fall gute Freunde?"

„Wir werden es immer sein, das hoffe ich."

„Und nicht mehr?"

„Nicht mehr", antwortet sie mit Entschlossenheit, „ich denke, Sie sollten es jetzt völlig verstehen. Ich hatte es wieder und wieder gesagt."

Er steht auf, zittert heftig, seine Augen brennen, sein Gesicht ist aschfahl.

„Erzählen Sie mir *jetzt* nicht das wieder! Nicht wenn wir allein zusammen sind, weit entfernt von jeder menschlichen Seele!"

„Ich bin nicht ängstlich, weil ich gut weiß, daß Sie mir nie schaden würden", sagt Effie höflich.

„Ihnen schaden? Ihnen schaden?" sagt er aufwärts schauend, „Höre Sie! Horch auf sie, Gott im Himmel! Ich könnte sie mit der flachen Hand zerdrücken, ich könnte sie leichter, als einen Schmetterling töten und sie sagt zu mir mit einer Stimme wie ein schreiendes Kind: ,Ich bin nicht ängstlich!' Antworten Sie mir", setzt er hinzu und wendet sich ihr zu, „was ist so haßvoll an mir? Warum lächeln Sie über mich und schrecken vor mir zurück? Warum treffen Sie sich mit mir, erzählen mir Ihre Probleme und dann lassen Sie mich die Folter eines Verdammten erdulden?"

Während er spricht langt er mit seinen kraftvollen Armen hinauf, reißt einen großen überhängenden Ast vom Baum herunter und zerbricht ihn mit seinen zitternden Händen. Sein Gesicht zeigt Erschütterung durch einen grausamen Schmerz.

„Oh, Sie sind unmöglich!" sagt sie und erhebt sich, „ich werde nach Hause gehen."

Mit erregtem Körper und blutunterlaufenen Augen eines Bergbullen schaut er auf sie.

„Sie werden nicht gehen, bis ich es mit Ihnen getan habe!" sagt er, während sie aufgebracht zurückschreckt.

„Was hält mich eigentlich davon ab, Sie in meine Arme zu nehmen und Sie für immer zu der Meinen zu machen? Ich würde im Recht sein, ich könnte Sie zerdrücken und zerbrechen, wie ich diesen Ast zerbrochen habe. Und wenn ich es täte, niemand würde Mitleid mit Ihnen haben. Sie verdienen kein Mitleid. Sie spielen mit der Seele eines Mannes, als wäre sie ein Ball aus Nähseide, hin und her geworfen, auf-oder abgewickelt, wie es Ihrer Stimmung gefällt. Sie wissen was Sie tun, Frau? Sie wissen welche Teufel Sie heraufbeschwören?"

Blaß vor Furcht und Zorn, dreht sie sich zu ihm und schaut ihm fest entschlossen ins Gesicht.

„Wenn Sie meinen, ich hätte jemals zu Ihnen gesagt, daß ich Sie mehr als einen Freund mag, dann tun Sie mir Unrecht. Ich bin keine Kokette!"

„Das sind Sie und eine schlechte!" antwortet er durch seine zusammengebissenen Zähne.

„Wenn das Ihre Meinung über mich ist, Mr. Douglas, hätten wir uns besser nicht wiedertreffen sollen. Ich lag falsch – ich vertraute auf Ihre Freundschaft. Ich dachte, aber was soll es, warum sollten wir weiter diskutieren? Erlauben Sie mir zu gehen."

Er geht zur Seite und sie geht an ihm vorbei, dann bereitet sie in der Art der Jungfrauen ihren Pfeil vor:

„Ich war immer ehrlich zu Ihnen. Ich sagte immer, ich kann niemals Sie so gern haben, wie Sie es wünschen. Ich versuchte alles, Ihre Gefühle nicht zu verletzen und ich sagte Ihnen nicht, wie sehr Sie mich abstoßen. Vielleicht hätte ich es tun müssen.

Vielleicht sollte ich gesagt haben, wie ich fühle, daß alle Männer . . .‟

„Kalt und herzlos, wie ich weiß‟, murmelt er , sie unterbrechend.

„Ich bin keines von beiden! Ich bin nicht kalt und ich bin nicht herzlos. Ich bin eine Frau mit der Leidenschaft einer Frau, glaube ich. Aber wenn Sie mich fragen Ihre Frau zu sein, schüttelt es mich, als ob etwas grausiges über mich kommt. Sogar die Berührung Ihrer Hand macht mich krank. Und wenn ich daran denke, daß Sie sagten, daß Sie sich um mich sorgten, fühlte ich mich erniedrigt – greulich . . .‟

„Stop hier! Stop!‟ er stöhnt vor Schmerz in seinem Herzen auf, „Stop und geh –geh! Ich wünsche nichts weiter zu hören!‟ und wirft sich auf die Bank und vergräbt sein Gesicht in seinen Händen. Nun war lange Ruhe, die Luft war nur gefüllt mit dem Rauschen der Bäume und dem Gurren der Ringeltaube. Als er gebrochen und verstört aufschaut, steht sie noch immer da, mit ihren sehnsuchtsvollen blauen Augen ihn anschauend. Mit einer Geste deutet er ihr an zu gehen.

„Warum sind Sie so unvernünftig?‟ fragt sie, zurückkehrend und sich dicht neben ihn setzend, „warum zwingen Sie mich so scheinbar unfreundlich zu sein? Ich verabscheue mich selbst, wenn ich solche Dinge zu Ihnen sage, aber Sie mögen mich wirklich!‟

Sein Gesicht ist von ihr abgewandt und er antwortet ihr nicht, aber heimlich über seine Schultern schauend, sieht sie eine dicke Träne rollen. In einem Anfall von Mitleid, streckt sie ihre kleine behandschuhte Hand aus und berührt seine Schulter.

„Mr. Douglas!‟

Es sich selbst befehlend und mit größter Anstrengung, wendet er sein Gesicht zu ihr.

„Also?‟

„Ich möchte, Daß Sie mir vergeben. Ich bitte Sie zu verstehen, daß es mir wirklich leid tut, und daß ich . . . ich Sie respektiere. Warum können wir nicht Freunde sein?"

Er schaut gespannt zu ihr.

„Wir können, wenn Sie eine Sache schwören."

„Ja!"

„Mich oft zu treffen – lassen Sie mich Sie sehen, Ihren Atem spüren – mir alles zu erzählen, was Sie denken und tun, nichts zu verschweigen und Sie sich selbst sagen: ‚Ich habe einen Freund, einen vertrauten, Richard Douglas!'"

„Das mag ich", antwortet sie lächelnd, „oh, ich werde es versprechen! Ich schwöre es!"

„Aber eine Sache dürfen Sie mir *nicht* erzählen. Und ich warne Sie jetzt, wie Sie *mich* gewarnt hatten."

„Und was ist es?"

„Wenn immer Sie Ihre Liebe einem anderen Mann geben, dann sagen Sie mir *dies* nicht, sagen Sie mir nicht seinen Namen."

Jetzt wieder ganz sie selbst, schmollt Effie liebenswürdig:

„Dann ist es nur ein halbes Vertrauen. Ich denke mein Beichtvater sollte der Erste sein, der es erfährt. Warum darf ich es Ihnen nicht erzählen?"

„Weil . . ."

Er macht eine Pause, sein Blick fixiert sie, aber sein Gesicht ist ernst und angespannt, seine Lippen fest zusammengepreßt.

„Weil?" fragt sie.

„Weil", antwortet er, „wenn Sie es tun, werde ich ihn *töten* - sei dessen sicher."

„Oh, das ist perfekter Unsinn", sagt sie aufstehend, „Sie reden, als lebten wir im Mittelalter! Außerdem haben Sie kein *Recht* sich in mein Glück einzumischen!"

Insgeheim denkt sie für sich: ‚Der Mann ist *schrecklich*! Ich wünschte wir würden uns nie mehr treffen'.

„Ich kann nur für mich selbst antworten", sagt Douglas, „so habe ich Sie gewarnt. Gott weiß, ich möchte, daß Sie glücklich sind! Und ich denke, wenn mein eigener Tod Ihnen helfen könnte, ich würde mein Leben Ihnen freiwillig geben, wie ich Ihnen meine Liebe gegeben habe. Aber ich könnte es nicht ertragen zu sehen, daß ein anderer Mann erlangt, was ich verloren habe oder eigentlich, was niemals mein war. Ich neide die bloße Luft, die Sie atmen, die bloße Kleidung, die Sie umhüllt! Es gibt nichts in Gottes Universum für mich, als Sie, Effie!"

Einer Liebe so hinreißend dargeboten, mag schnell eine andere Frau berührt haben, mag eine andere Frau sich selbst fragen lassen: ‚Wenn, nach allem, mein Glück nun *hier* liegt? ‘ Aber Effie, wenngleich berührt, stellt sich solche Frage nicht. Für sie ist es kein großer Anstoß, keine Wende der stürmischen Gefühle, immer neben dieser edlen Stimmung und kein Aufschrei der Seele hat die Kraft ihre Natur plötzlich zu einer Gemütsbewegung geistiger Einsicht zu bringen.

Es schmeichelt ihr und sie ist bewegt von der Ergebenheit des Mannes. Sie freut sich über alle Maßen und nicht ohne Sympathie und Mitleid über das Schauspiel seiner Erniedrigung. Ihr physischer Instinkt beherrscht sie immer, trotz ihrer Launenhaftigkeit. Douglas drängt sie in die sinnliche Seite und das bei einer Person ihres Temperaments und das genügt. Wie sie seine Agonie beobachtet, kommt sie nicht umhin festzustellen, wie unendlich erfreulicher das gute Aussehen und das Äußere der männlichen Schönheit bei Arthur Lamont sind.

Und nun, bei all dem – die Gesellschaft des Mannes, ihr geheimes Treffen mit ihm, ihre häufigen Mißverständnisse, seine Kraft und Schwäche – erfüllt sie mit einem Entzücken des Besitzes, in dem Sinne wie Circe sich gefühlt haben mag, als sie ihren nackten Fuß auf das Genick des neuen Verehrers setzte und dessen menschliche Eigenart sich langsam in die einer Bestie ändert.

Seit ihrer gänzlichen Trennung ist sie ein oder zwei Tage unglücklich. Ihr Leben machte die Gefahr und die Faszination aus. Aber sie ist überdies scharfsinnig genug, klar zu erkennen, daß die Leidenschaft des Mannes von Beginn an ihr widerwärtig ist. Sie sieht, daß es ihre Seele ist, oder was er für ihre Seele hält, deswegen er sich quält. Es ist weit mehr, als der Besitz ihrer Person. Ein ‚ich liebe dich' von ihren Lippen ausgereicht haben würde, den Tumult auf Lebenszeit zu stillen, er würde gekämpft haben, als passiv zu sitzen und für immer sie nur anzusehen, wenn er sich ihrer Liebe sicher gewesen wäre. Es ist ihre sinnliche Zurückweisung, was ihn wütend macht und in mehr brutale Formen der Leidenschaft bringt. Auch das weiß sie gut. Ein Wort oder Blick der geistigen Liebe, hätte ihn in ein Lamm verwandelt, zahm und edel und friedlich. Aber mit der geheimen Raffinesse der Grausamkeit, welche bei den meisten der schönen Frauen existiert, und bei allen leichten Frauen, die es lieben den Löwen in Rage zu sehen, gerade und obwohl es Gefahr für sie selbst bedeutet.

„Ich muß nun gehen", sagt sie stammelnd, „sie werden sich wundern, was mir passiert ist."

Douglas antwortet nicht. Sein Blick ist in die Ferne gerichtet, tief in Gedanken versunken.

„Auf Wiedersehen", sagt sie zart.

Ohne sie anzusehen antwortet er: „Auf Wiedersehen!"

Nun weicht die Frische aus ihren Augen und sie wendet sich zu ihm und hält ihm die Hand hin. Er nimmt sie und hält sie in seinem kräftigen Griff, schaut in beredsamer Hoffnungslosigkeit in ihr Gesicht.

In diesem Moment fühlt sie sich sehr traurig, beugt sich zu ihm, sie küßt ihn schnell, erst auf die eine, dann auf die andere Wange.

„Da!" sagt sie, „*nun* werden Sie mir vergeben und wissen, daß es mir leid tut?"

Die Berührung ihrer Lippen, obwohl sie kalt und leidenschaftslos waren, öffneten die Schleusentore seines Herzens, so daß die Tränen seinen Wangen herablaufen und gänzlich schluchzend hält er ihre Hände an seine Lippen und küßt sie ungestüm.

Sie leistet keinen Widerstand, aber wartet bis er seine Selbstbeherrschung wiedererlangt hat, als er sie von seinem Griff befreit und mit seiner Hand die Augen bedeckt, steht sie entschlossen auf.

„Es ist vorüber", sagt er, „oh, mein Engel, mein Liebling, denke nicht ich sei eine Memme – verachte mich nicht dafür, was Sie heute gesehen haben.

„Ich denke nicht, daß Sie eine Memme sind", antwortet sie freundlich, „und natürlich verachte ich Sie nicht. Ich mag Sie sehr, sehr gern."

„Ich weiß, ich weiß", sagt er mit einem Anflug seiner alten Rohheit, „lassen Sie uns nicht weiter darüber sprechen…wie es in einem alten Lied heißt: jeder Mann muß sich seinem Schicksal fügen."

„Natürlich", sagt sie, während sie Seite an Seite zurück gehen, „und jede Frau. Ich bin sicher, ich habe meines zu ertragen. Mein Leben dort drüben ist bestimmt verabscheuungswürdig. Nebenbei, Mr. Douglas, ich wollte schon oft eine Frage stellen: Waren Sie es, der den Trick bei mir anwandte, als ich den Zauber im Wald zu Halloween versuchte?"

Douglas nickt.

„Es war ziemlich schrecklich für Sie, nicht wahr?"

„Ich war so fürchterlich entmutigt. Ich dachte wirklich es war Ihr Geist und ich machte mich zu einem fürchterlichen Narren aus mir vor Lady Bell und all den Anderen, als ich zurück zum Schloß kam. Was haben Sie sich dabei gedacht?"

„Meine Torheit!"

„Sie wollten mich entmutigen?"

„Nein! Das wäre ein schwacher Trost gewesen. Reden wir nicht mehr davon. Es ist keine erfreuliche Erinnerung für uns beide."

Sie laufen schweigend weiter durch die länger werdenden Schatten der Bäume. Als sie so gehen, legt Douglas instinktiv seine Hand auf ihren Arm.

„Oh, machen Sie das bitte nicht!" ruft sie aus, „ich kann Ihnen nicht sagen, wie ich das nicht mag!"

Zu ihrer Überraschung, anstatt friedlich nachzugeben, stößt er einen wilden Schrei aus und stellt sich gespreizt vor sie hin.

„Versuchen Sie sich wie ein Gentleman zu benehmen", sagt sie, „ nach allem hoffe ich, Sie *sind* einer?"

„Ich bin es *nicht*", antwortet er mit einem rauen Lacher, „ich bin Richard Douglas, auf Douglas, den Gott von der Wiege an verfluchte.Sie wissen was ich tue, wenn wir uns trennen?"

„Nein – was?"

„Ich reite nach Dumfries und betrinke mich, wie mein Vater es tat. Vielleicht werde ich glücklich wie er und breche mir das Genick auf der Straße nach Hause."

„Wie schrecklich von Ihnen so zu sprechen!"

„Ich *bin* schrecklich, wie Sie es schon sagten, mir kommt es vor, als nehmen Sie mir all meine Menschlichkeit weg. Ich fühle mich als ein von Kopf bis Fuß abstoßendes Tier!"

„Dann bitte ich um Entschuldigung, daß ich Sie küßte. Ich hasse abstoßende Tiere."

„Ja, ganz richtig, Effie. Hassen Sie mich, das ist der Weg mich zu retten."

„Und ich wende zu Ihrer Unterstellung ein, daß *ich* Sie dazu machte. Sie werden als Nächstes sagen, daß ich Sie lehrte zu schwören! Im Gegenteil, ich habe Sie zivilisiert. Allein an diesem barbarischen Platz zu leben, mit dieser hexenartigen alten Frau, haben Sie schnell Ihre Dienste als Mitglied einer guten Gesellschaft vergessen."

Er lacht laut und schaut sie an. Ihr Gesicht scheint ganz vergnügt.

„Was für ein kleines Chamäleon Sie sind!" sagt er, „singe mit irgendwas, fahre fort Sorge und Teufel!"

Sie nimmt ihn beim Wort und singt beim Weitergehen in einer leisen Stimme einen Vers eines alten ländlichen Volksliedes... Als die letzten Töne erklingen, sieht sie zu ihrem Erstaunen zwei gestalten auf der Straße am Wald stehen – Arthur Lamont und Lady Bell.

Kapitel VIII

Wie Effie sich auf den Krieg vorbereitet

Der Klang der singenden Stimme fesseln natürlich ihre Aufmerksamkeit, als sie die Straße entlang kommen. Lady Bell lächelt neugierig und sagt etwas Sarkastisches zu ihrem Begleiter, dessen Ausdruck kein bißchen Erstaunen zeigt, so doch Beunruhigung.

„Wir sind entdeckt!" flüstert Effie und wird rot. Dann nimmt sie all ihren Mut zusammen, rennt schnell weiter und passiert das weiße Tor. Douglas folgt langsam, grollend um sich blickend.

„Meine liebe Effie, wo warst Du gewesen?" fragt Lady Bell, immer noch lächelnd, „wir wunderten uns, was für ein Wildes Ding durch den Wald singt. Ich sehe, Du hast Begleitung – ist es nicht Mr. Douglas?"

„Ja", keucht Effie, „wir trafen uns rein zufällig und . . ."

„Natürlich", sagt Arthur mit einem trockenen Lacher.

Lady Bell schaut in Richtung Douglas, der am Tor pausiert. Effie wirft einen schnellen Blick zu Arthur und macht ein kleines Zeichen demütiger Bitte.

„Guten Tag, Mr. Douglas!" ruft Lady Bell mit gesteigerter Freundlichkeit, „ich bin froh, daß der Einsiedler geneigt war von seinem sumpfigen Gefängnis herüber nach Schloß Lindsay zu kommen. Und was für ein bezauberndes Konzert Sie gehabt haben!"

„Ja", sagt Douglas grimmig lächelnd.

„Ich schlenderte durch den Wald", sagt Effie, „als ich Mr. Douglas fand, der dort lesend saß. Ihr könnt Euch mein Überraschung vorstellen."

Lady Bell nickt.

„Oh ganz und gar! Ein abgemachtes ‚ich bin sicher – ihr seid solch alte Freunde! Ich hoffe, Mr. Douglas, Sie gehen noch ins Schloß Lindsay?"

„Nein. Ich gehe weiter nach Dumfries."

„Aber Sie werden bald kommen, nicht wahr? Mein Vater wird sehr froh sein Sie zu sehen, ich kenne die Leidenschaften der alten Landfamilien, nicht wahr, Arthur?"

„Unermesslich", sagt Arthur mit demselben trockenen Lacher wie zuvor.

Es ist ein unangenehmes Treffen für die beiden Männer, als auch für die zwei Frauen. Es wechselt schnell zu dauernden Ärger.

Effie ist ganz blaß geworden und ihre Unterlippe bebt ärgerlich. Sie weiß, daß Lady Bell sie unbarmherzig höhnisch aufziehen wird. Und Douglas fühlt ein starkes Verlangen, etwas Wütendes zu sagen oder zu tun. Sein Instinkt sagt ihm, daß der hübsche Aristokrat, zarter Gestalt und perfekt gekleidet, ihn entsetzlich überlegen sei. Ohne der Lady zu ihrer Einladung zu antworten, kommt er auf die Straße, zieht vor Lady Bell und Effie seinen Hut und geht gemächlich davon.

„Es ist besser ihm nachzugehen, Effie", sagt Lady Bell, „er ist böse mit uns, weil wir Eure Zusammenkunft gestört haben."

„Wie unfreundlich von Ihnen, so zu reden! Ich kenne den Mann kaum und unser Zusammentreffen war ganz zufällig."

„Wirklich. Als Ihr den Pfad entlang kamt, sah es aus wie ein Liebespaar. Nun, dafür braucht sich niemand zu schämen. Manche der Mädchen würden den Gutsherrn freudig nehmen."

„Ich habe keine Absicht ihn oder irgendjemand freudig anzunehmen", protestiert Effie.

„Sieh! Er schaut zurück! Er hat Dir augenscheinlich etwas mehr zu sagen und Arthur und ich sind dabei klar im Weg. Komm Arthur."

Und mit einem Lächeln der entzückten Bosheit, nimmt Lady Bell den Arm ihres Verlobten und geht weg, Effie verdutzt in der Mitte der Straße zurücklassend.

Sie schauten nicht zurück, sonst hätten sie das Mädchen unschlüssig stehen sehen.

„Sie ist abscheulich", sagt Effie zu sich selbst, ihr ist zum Schreien zumute.

‚Nur keine Bange. Wenn ich mich mit Mr. Douglas treffen will, so ist das meine Sache und nicht Eure. Was soll ich heute Abend zu Arthur sagen? Ich kann ihm nicht sagen, daß dieser schreckliche Mann mich liebt und mein bekennender Hausarzt ist.'

Letztlich, allen Mut zusammennehmend, läuft sie schnell die Straße entlang, wo sie nach einer Biegung bei der Kreuzung den Gutsherrn findet.

„Sie haben mich in Schwierigkeiten gebracht", sagt sie ärgerlich, „wie Sie bemerkt haben, will sie uns verkuppeln."

„Das ist eine Ehre für mich", entgegnet Douglas, „obgleich eine wertlose. Dieser Mann war der gleichen Meinung und ließ mich beinahe dazu verführen ihn für seine Unverschämtheit zu verprügeln."

Mit weißen Lippen innehaltend sagt Effie plötzlich:

„Auf Wiedersehen, Sie sollten mich besser weiter nicht sehen – letztlich nicht hier. Wenn ich Ihnen irgendetwas sagen will, werde ich zu Ihnen reiten."

„Wenn Sie versprechen dies zu tun, so werde ich etwas haben, daß mich vorwärts schauen läßt."

„Oh, ich werde es versprechen. Ich *möchte* kommen, wenn ich denke, daß es genehm ist."

Sie nimmt seine dargebotene Hand und drückt seine sanft. Sie eilt davon und ist bald aus seinem Blickfeld verschwunden. Der Gutsherr von Douglas steht da, wie ein Mann, der darauf wartet, daß die Sonne wieder lacht. Die Schatten auf seinem Gesicht sind dunkel, schrecklich und bitter.

‚Gott segne sie', denkt er, ‚wie sie lügen kann! Aber desto mehr liebe ich sie! Nach all dem ist es schon etwas, ein Geheimnis zu haben. Ein bißchen mehr Folter, ein Strick mehr auf der Folterbank und pure Verzweiflung möge sie in meine Arme treiben. Aber nein, dazu wird es niemals kommen, außer – oh Gott – wenn sie krank und gebrochen, verflucht, verachtet und gehaßt wird, daß ich mich dann über sie beuge und sie aufhebe und sie an meiner Brust schütze. Außerdem ist sie ein kleiner Teufel, dieser Engel! Weiß ich denn, daß ein Lächeln dieses hübschen Gesichts nicht das Gesicht eines jenes Kalbs, welches süßer sein würde als das Beste meines Herzbluts? Sie wird mich *niemals* lieben! Sie wird niemals irgendetwas lieben, außer ihre eigene flüchtige Phantasie, den Sonnenschein und die Laune des Vergnügens und Marterns.'

Mit diesen Überlegungen geht er die Straße entlang, die ihn zu der Wiese führt, wo er sein Pferd gelassen hatte. Ganz plötzlich hält er inne, reißt seine Arme empor und ruft mit einem Schrei: „Effie! Effie! Soll sie mich segnen oder verdammen, sie ist die einzige Frau in der Welt für mich!"

Effie Hetherington hatte die Unannehmlichkeiten, die die Entdeckung ihres geheimen Treffens mit Douglas heraufbeschwört richtig beurteilt und bereits am Abend kam sie in einer Form, die sie kaum voraussehen konnte.

Zum Dinner, obgleich sie still und verlegen ist, ist Lady Bell ungewöhnlich freundlich und gütig, lächelt und nickt Effie zu, als wäre ein geheimes Einverständnis zwischen ihnen. Das große Mahl ist vorüber und Arthur verläßt mit dem Earl die Tafel. Lady Bell eilt Effie in den Gesellschaftsraum nach, setzt sich neben sie und beginnt eine belebte Unterhaltung:

„Ich hoffe, Effie, daß Du nicht ärgerlich mit uns bist, weil wir Dich am Morgen beobachtet hatten. Es war reiner Zufall, das versichere ich Dir. Aber ich wollte Dir sagen, daß ich nicht erstaunt darüber war, sondern mich sehr froh gemacht hat."

„Froh? Warum?" fragt Effie und macht große Augen.

„Euch Zwei zusammen zu sehen. Komm, komm, ziehe mich als Erste in Dein Vertrauen, ja?"

„Da ist wirklich nichts Vertrauliches für Sie, Lady Bell. Unser Treffen, wie ich schon sagte, war Zufall, wie es Ihre Beobachtung war."

„Dann ist er nicht in Dich verliebt?"

„Ich bin mir sicher, ich weiß es nicht. Vermuten Sie, daß er es ist?"

„Nun, ich denke Sie machen die Sache schlecht. Er ist kein reicher Mann, aber er ist aus einer alten Familie und braucht eine gute Frau, die ihn umgestaltet. . . Ich habe mich oft gewundert, Liebe, was würde aus Dir werden, nach Arthurs und meiner Heirat und ich denke wirklich . . ."

„Nun, es ist nicht nötig darüber nachzudenken", unterbricht Effie mit wachsendem Ärger, „ich habe nicht die Absicht irgendjemand umzugestalten, am wenigsten Mr. Douglas."

Die beiden Mädchen schauen einander fest an. Zwischen ihnen war niemals die Liebe verloren gegangen und nun, obwohl beide eine Maske aufsetzen, kann die gegenseitige Abneigung und der Argwohn nicht verborgen bleiben. Lady Bell ist die Erste, die die Stille bricht:

„Arthur denkt auch, das würde eine gute Sache sein."

„Ich bin mir sicher, daß ich Mr. Arthur sehr verpflichtet bin", entgegnet Effie mit einem gezwungenen Lacher, „dafür, daß er so viel Anteil an meinem Glück nimmt. Aber wirklich, Lady Bell, es ist absurd. Und was Mr. Douglas angeht, er ist einfach schrecklich!"

„Du meinst als Ehemann?"

„Natürlich als Ehemann, in anderer Beziehung ist er unterhaltend genug."

„Das schien er wirklich, als wir Dich heute Morgen überraschten."

Effie springt mit einem Schrei hoch.

„Ich fühle mich sehr müde", sagt sie, „ich denke, ich werde zu Bett gehen, wenn Sie nichts dagegen haben?"

„Oh nein! Aber ich bedaure, daß Du mir nicht vertrauen willst."

„Natürlich vertraue ich Ihnen, aber tatsächlich sind die Dinge nur in Ihrer Phantasie, darauf mein Wort. Gute Nacht, Lady Bell."

„Gute Nacht."

Im Gesellschaftszimmer allein gelassen, sieht Lady Bell blaß und ärgerlich aus.

„Ich bin sicher sie täuscht mich", sagt sie zu sich selbst, „wie sie jeden täuscht. Aber ich würde meinen kleinen Finger geben, wenn Mr. Douglas sie entführen würde und ich nie mehr ihr Gesicht sehen muß."

Und nun, als der Earl über ein Buch eingenickt ist und sie und Arthur Seite an Seite sitzend flüstert Lady Bell zu ihm:

„Ich habe mit Effie gesprochen und sie bestreitet, daß etwas zwischen ihr und Mr. Douglas sei."

„Nach Allem, was macht das?"entgegnet Arthur.

„Ganz schön viel. Effie ist eine offenkundige Kokette und es würde ihr gut bekommen mit einem ehrenwerten Mann zusammenzuziehen, der ihr den Unsinn austreibt."

„Was für ein Mann?" fragt Arthur mit einem Lachen, „wenn sie so schlecht ist, wie Du sagst, würde es ziemlich hart für *ihn* werden."

Weiter wird an diesem Abend zu dieser Sache nichts gesagt, aber Lady Bell ist sich ganz gewiß, daß Arthur viel mehr Interesse an Effie Hetherington hat, als er vorgibt. Tatsächlich hätte eine Frau mit weit geringerem Scharfsinn, als sie selbst, es schon viel früher vermutet als sie. Sie fühlt sich niemals ganz sicher in ihrem Gefühl, während Effie bereits handelt. Des Mädchens unbestreitbare Schönheit, ihre Vornehmheit, ihr allgemeiner eigentümlicher Einfluß auf Männer ärgert sie über alle Maßen.

Spät in der Nacht, als alles im Hause schläft, stehen Arthur Lamont und Effie flüsternd in einer der einsamsten Ecken des Schlosses Lindsay zusammen. Der vom Mondlicht überflutete Platz, wo sie stehen ist eine tiefe Schießscharte, von der man aus den ganzen Garten übersehen kann.

„Wenn irgendjemand eifersüchtig sein kann", sagt das Mädchen, „so bin ich es. Wenn Lady Bell wüßte…"

„Ich bitte Dich flehentlich, ihr nichts zu sagen!" war der Einwurf, „ich bin nicht vorsichtig genug. Du weißt so gut wie ich, daß ich sie zu heiraten *habe* und dazu gibt es keinen Ausweg, aber ich denke, Du sorgst Dich um mich, Effie, und es tut mir leid, wenn ich mich irre."

Das Mädchen, bekleidet mit einem pinkfarbenen Überkleid und mit Sandalen an ihren nackten Füßen, schaut müde in das Mondlicht.

„Ich habe nicht das Recht, mich um Dich zu sorgen", sagt sie mit bebenden Lippen und die Augen voller Tränen . . .

„Es ist völlig sündhaft und hoffnungslos und jedes Mal, wenn ich Lady Bell in die Augen sehe, fühle ich mich beschämt. Immer mein Glück, Arthur! Immer, wenn jemand mich mag, dann gehört er schon jemand anderen, ist verheiratet oder so gut wie verheiratet."

„Du schließt Douglas ein?"

„Er respektiert mich letztendlich. Er würde eher sterben, als irgendetwas zu tun, mich in eine schlimme Lage zu bringen!"

„Großmütiger Barbar! Warum machst Du ihn dann nicht glücklich oder unglücklich, je nach Situation?"

Sie schluchzt leise

„Du liebst mich nicht, Arthur. Du wirst mich niemals lieben!"

„Komm, Du weißt es doch besser", antwortet er und legt seinen Arm um sie und sie legt ihren Kopf an seine Schulter.

„Du liebst mich?" flüstert sie. Als Antwort küßt er ihren warmen Nacken. Mit Tränen in den Augen sagt sie schluchzend:

„Oh, Arthur, ich muß fortgehen! Ich werde es nicht ertragen können, wenn Du Lady Bell heiratest!"

Ein wenig später ist Effie in ihrem Schlafzimmer und steht vor einem mannshohen Spiegel und bürstet beim Schein zweier Kerzen ihr goldenes Haar. Ihre Tränen sind getrocknet und ihr Gesicht ist gerötet und strahlt. Von Zeit zu Zeit beugt sie sich vor und betrachtet ihr Gesicht im Spiegel näher.

‚Sie haßt mich, weil ich schöner bin', denkt sie, sich selbst anlächelnd. ‚Wenn Paris über den Sieg der Schönheit entscheiden könnte, würde es nicht Lady Bell sein, die den goldenen Apfel bekäme. Da sind eine Menge Fehler um der Mundpartie, meine Lady Bell! Ich vermute, es sollte Effie Hetherington sein, anstatt Ihr. Es ist wie einer Frau den Hof machen und eine andere heiraten. Ich denke, ich werde Douglas heiraten oder den Teufel selbst, zum Ärger Ihrer Ladyschaft! '

Und voll dieser Gemütsregung steigt sie ins Bett und schläft kurz darauf ein.

Kapitel IX

... Effie Hetherington reitet zu Richard Douglas.

Nachdem er ihr Pferd versorgt hat, führt er sie in das getäfelte Wohnzimmer, welches als Wohn- und Arbeitszimmer kombiniert ist. Der Tisch ist mit Büchern, Papieren, Angelgeräte und anderen unterschiedlichsten Dingen und Kleinigkeiten belegt. Die Hunde sind an ihrem gewohnten Platz vor dem Feuer.

„Ich bin heute allein", sagt er , „Elspeth ist zum Einkaufen nach Dumfries gegangen."

Sie wirft sich in den großen Sessel. Langsam und gedankenversunken beginnt sie ihre Handschuhe auszuziehen. Die Hunde versammeln sich um sie und geben ihr ein freundliches Willkommen. Aber ihr Herrchen bringt sie ohne Förmlichkeit in die Küche. Dann, am Kaminsims stehend, betrachtet er sie merkwürdig lange.

„Nun?" sagt sie schließlich ihn ansehend, „Sie wundern sich, was mich hier herüber brachte?"

„Ich wundere mich niemals über einen Glücksfall", antwortet er, „oder hadere mit unerwarteten Geschenken. Ich denke nur, daß Sie erschöpft und ein wenig betrübt aussehen."

„Ich bin beides. Natürlich haben Sie die Neuigkeit gehört?"

„Die Hochzeit auf Schloß Lindsay? Ja."

„Sie sind gestern Nachmittag fort und wollten den Nachtzug in den Süden erreichen. Sie sind geradewegs über London nach Paris, dann nach Wien und dann an verschiedene Seen in Österreich – ich vergaß die Namen. Sie werden möglicherweise sechs Monate oder ein Jahr bleiben."

Sie spricht langsam und teilnahmslos, aber da ist ein helles Licht in ihren Augen und ihre Wangen sind gerötet.

„Es war eine langweilige Hochzeit", fährt sie mit einem kraftlosen Lachen fort, „der alte Pfarrer Mr. Sinclair verließ zweimal die Kanzel, während er die Predigt hielt, ich dachte er geht, um eine Beerdigung zu machen. Lady Bell schaute nicht wie eine Braut aus und hatte ihre Reisekleider an – ein häßliches grünes Ding, welches ihren Teint schrecklich erschienen ließ. Mr. Arthur schaute für sein Leben gelangweilt aus. Danach war eine Menge Gesellschaft und am Abend war Tanz. Aber ich dachte die ganze Zeit: ‚Ich nehme an , da wird ein Zugunglück sein, was für ein Ende würde das für die Hochzeit sein!'"

Er liebt es, den Klang ihrer Stimme zu hören, während seine Augen sich an ihrem Gesicht weiden. Aber da war etwas in ihren Worten, was ihn besorgt und überrascht – ein Ton der Verbitterung. Das war ungewöhnlich für sie.

„Möchten Sie etwas?" fragt er, „etwas Wein? Hier ist eine Flasche irgendwo im Haus."

„Vielleicht bevor ich gehe. Nicht jetzt", antwortet sie und streckt ihr Hand aus und blättert ein Buch durch.

„Sie würden es besser nicht anschauen", sagt Douglas schnell und etwas nervös, „es ist nicht schön – zuletzt für die Augen einer Frau."

„Wirklich? Gut, umso besser, wenn es häßlich ist."

„Bitte nicht!" ruft er und legt seine Hand auf die ihre.

Sie schaut ihn mit einem vergnügten Blick an.

„Sie meinen es ist nicht anständig?"

„Möglicherweise."

„Nur keine Bange, ich bin nicht so eine sehr anständige Person", sagt sie lachend und schiebt seine Hand beiseite. Dann sagt sie, während sie sich die Seiten ansieht: „Oh, Sie brauchen nicht beunruhigt zu sein – es ist italienisch und meine Kenntnisse gehen nicht über das Französische und etwas Deutsch hinaus."

„Umso besser."

„Ich bin mir nicht sicher", entgegnete sie gedankenvoll und spitzt ihre Lippen, „ich möchte gern alles wissen was Männer wissen und alles lesen, was Männer lesen. Ich weiß es ist schrecklich von mir, aber es ist die Wahrheit. Ich vermute Sie denken Frauen wären aus Zucker und Gewürzen gemacht und das alles ist schön? Da machen Sie keinen größeren Fehler in Ihrem Leben. Wir haben eine natürliche Faszination für alles was sündhaft ist. Da ist Lady Bell zum Beispiel, die hübsche Braut von gestern. Sie wollte so lange Mr. Arthur nicht nehmen, weil sie herausfinden wollte was *sie* ist!"

„Sie sind sehr hart mit ihr", sagt Douglas, „und waren es immer gewesen."

„Weil ich sie hasse!" sagt das Mädchen mit flammenden Blick, „und wenn Sie alles wüßten, würden Sie sagen: aus gutem Grund. Ich bin ganz sicher, wie auch immer, sie würde das Kompliment erwidern. Zwischen uns gab es keine Liebe."

So sprechend, steht sie auf und geht zum Fenster und schaut auf die Küste der Bucht. Er folgt ihr und stellt sich an ihre Seite.

„Und Sie leben hier ganz allein?" sagt sie sanft, „ich würde verrückt werden mit nur diese grauen See und diesen langweiligen Bergen, auf die man in der Ferne sieht. Warum verlassen Sie diesen Platz nicht und führen ein Leben wie ein Mann? *Ich* würde es tun, wenn Gott mich nicht zu einem Mädchen gemacht und mich mit einem Frauenrock versehen hätte."

„Ich habe genug von der Welt gesehen, keine Sorge."

„Waren Sie im Ausland? Auf dem Kontinent, ich meine in den großen Städten?"

„Ja."

„In Paris? Deutschland? Italien?"

Douglas nickt.

„Und da können Sie noch hierbleiben?"

„Möglicherweise ist das der Grund, ich wollte mich austoben bis ich müde wurde, und nun – bleibe ich hier."

Effie schaut äußerst erstaunt und lacht.

„Mein Respekt vor Ihnen wächst, Mr. Douglas. Ich beneide Sie auch. Jede Frau, die eine Frau *ist*, sehnt sich meist danach, sich auszutoben, bevor sie seßhaft wird."

„Das ist nur Mädchengeschwätz", entgegnet Douglas lächelnd, „sich auszutoben sind häßliche Sachen."

„Häßlich oder schön, ich habe ein reichliches Vermögen an der Hand. Ich könnte *Jahre* damit verbringen es auszugeben. Ich würde hingehen, wo immer getrunken wird, Musik spielt, Wein funkelt, Leute herumwirbeln bis sie umfallen. Ich hasse Ruhe. Ich will leben. Sagen Sie mir", setzt sie hinzu und fixiert ihren hellen Blick auf ihn, „waren Sie jemals verliebt?"

„Verliebt", wiederholt er und sein Herz hüpft, „ich..."

„Oh, ich meine nicht die Liebe der Leute hier im Norden. Ich meine eher die Liebe mit einer, Sie wissen schon, sündhaft sein – schlechten Frau, eine dieser Frauen, die ein reines Mädchen nur für einen Tag sein möchte – die Frau, die alles kennt, die das Leben auskostet und nur eine Freude fehlt, den Mann, den sie trifft so schrecklich zu machen wie sie selbst ist. Kommen Sie , erzählen Sie! Ich würde es gern wissen."

„Nun, ich habe solche Frauen gekannt."

„Und sie geliebt?"

„Ich dachte es", antwortet er, „aber ich weiß nun, daß es dort keine Liebe war. Effie, ich habe nur *einmal* geliebt und denke, ich sollte leben für eine Ewigkeit. Ich sollte nie wieder lieben. Oft denke ich hier in meinem alten Zuhause, daß Frauen nicht *so* lieben können!"

„Ich glaube Sie haben recht", sagt sie mit einem Seufzer, „ich bin sicher, *ich* könnte es nicht."

„Nein – nicht irgendjemand?"

„Nicht irgendjemand. Die Natur hat mich nicht für eine Märtyrerin gemacht, Mr. Douglas."

„Sie sind besser und großmütiger, als Sie es von sich denken."

„Ich bin überhaupt nicht großmütig. Ich bin nicht einmal gut. Ich flehe Sie an, glauben Sie nicht an meine eingebildete

Tugend. Alles was ich wünsche ist mein volles Maß an Glück zu leben - die Art von Glück, die ich will und welches viele verachten würden."

Ihre Augen glänzen, ihre Wangen sind gerötet und sie sah noch nie so schön aus. Durch einen verrückten Einfall nimmt er sie in seinen Arm und drückt sie an sein Herz. Aber in dem Moment befreit sie sich verächtlich keuchend und zornig und wendet sich mit einem weiß gewordenen Gesicht gegen ihn.

„Es war falsch herzukommen",sagt sie, „ich sehe, Sie wollen mich beleidigen."

„Sie beleidigen! Mein Gott!"

„Ich war von Anfang an offen zu Ihnen gewesen. Ich kann Sie niemals so gern haben, wie Sie es sich wünschen. Wie oft muß ich Sie ermahnen, daß, wenn Sie mich so behandeln wie eben, Sie mich krank machen und mich meine Selbstachtung verlieren lassen! Sie tun es in jeden Moment, mit jedem Blick, jedem Wort und am allermeisten mit Ihrer Berührung. Sie sollten das diesmal verstehen."

„Was ist es, was Sie fürchten? Ihr Gewissen ..."

„Es hat nichts mit Gewissen zu tun. Ich *habe* kein Gewissen. Wenn ich Sie liebte, wenn ich mich sorgen würde um Sie, als die Sorgen einer Frau für einen Mann, dann hätte ich meine Skrupel irgendeiner Art. Ich nehme an, ich bin anders als andere Frauen. Anderen Frauen würde es schmeicheln und würden sich fortreißen lassen durch solche Gefühle wie die Ihrigen, durch solchen - wenn Sie das Wort mögen - Eifer. Es berührt mich nicht im Geringsten. Es macht mich nur krank."

Sie durchquert den Raum und setzt sich wieder ans Feuer.

Dann ist es lange still. Es ist schrecklich für den Mann, der heftig durch Effies unbarmherzige Grausamkeit getroffen ist. Unbesonnen und verwirrt wie er ist, weiß er im Innersten seiner Seele, daß solche Worte niemals über die Lippen einer liebenden Frau kommen konnten; daß jede Stimmung dieser Person den Anderen Lügen straft; daß nichts edel ist, daß dies in ihrer Natur eine Spitzfindigkeit der Abneigung ist, welche seinen Ursprung nur in einem Ekel hat. Hinsichtlich all dessen sehnt er sich nach geistig und schönem menschlichen Feingefühl.

Sie sprach von Geschöpfen, die ihrem Herzen das Leben aussaugen und die Männer haßten. Dieses reine Mädchen, daß in einem Moment so skrupellos erscheint wenn es berührt wird und im nächsten Moment unberechenbar mitleidsvoll sich erniedrigt und den Mann küßt, vor dem sie sich ekelt, der sich zu ihr bekennt und sich nach Dingen sehnt, die verboten sind; dessen Intelligenz, die eines Tieres ist und dessen Moral, die eines schmollenden Kindes ist erlangte den Ästhetizismus, die Ästhetik der Unmoral, ohne irgendwelche Erfahrungen gemacht zu haben, was eigentlich Unmoral ist. Er weiß dies alles und es lehrt ihn nicht, daß seine Leidenschaft nur an einem Haar hängt. Er könnte sich hinlegen wie ein Hund und die Füße küssen, die ihn traten.

Die Stille hält an. Es gibt keine Verdrießlichkeit Effie gegenüber, deren Gedanken weit fort sind, bei Arthur Lamont und seiner Braut.

Aber zuletzt kann es Douglas nicht mehr aushalten und sagt: „Warum sind Sie hergekommen? Warum lassen Sie mich nicht in Frieden?"

„Wenn Sie wünschen, daß ich gehe..."

„Ich wünsche es nicht. Ich wünsche nichts. Sie haben all meine Wünsche und mein Wollen getötet."

„Vergeben Sie mir", sagt sie und Tränen sind in ihren Augen, „ich verursache Ihnen immer Schmerzen;aber wie ich Ihnen vor langer Zeit sagte, Sie sind so *unmöglich*."

Seine loyale Natur wächst mit solcher Feststellung.

„Ich bin zu was Sie mich gemacht haben, Effie Hetherington!"

„Sie meinen, ich habe Sie dazu gebracht? Wenn es so ist, sind Sie sehr unhöflich."

„Sie haben mich verschlimmert. Nicht mit Worten. Nein, Frauen können *damit* lügen – ihre Opfer verwirren und sich selbst betrügen. Aber mit Blicken der Zugeständnisse, Vertrauen, Koketterie, Launen – was haben Sie nicht alles getan? Ich möchte nur ein letztes Gebet für Sie machen, liebe Frau: Mag Gott niemals mit Ihrem Herz spielen, wie Sie es mit meinem tun!"

Diese Worte schlugen ein und das Mädchen schreckt zurück wie von einem Schlag, wird höchst blaß und legt ihre Hand auf ihr Herz. Er geht schnell zu ihr, weil es schien, daß sie ohnmächtig wird. Aber im nächsten Moment findet sie sich wieder und steht zitternd auf.

„Ich werde nun gehen",sagt sie.

„Lassen Sie mich Ihnen eine Erfrischung geben. Es ist ein langer Ritt hierher und wieder nach Haus zurück und möglicherweise..."

„Ich nahm kein Frühstück", erwidert sie, „nur eine Tasse Tee. Wenn Sie nichts dagegen haben, würde ich gern etwas essen – ein Biskuit, ein Stück Brot, irgend etwas."

Er schaut sie für einen Moment an und verläßt den Raum. Er kehrt zurück mit einem Tablett, etwas Brot und Butter und kaltem Fleisch.

„Das Beste was ich habe", sagt er entschuldigend, als er es vor sie hinstellt.

„Warum, es ist ausgezeichnet", sagt sie lächelnd,"wie schlecht müssen Sie von mir denken. Aber wirklich,ich bin keine Zauberin und kann nicht von Luft leben."

Sie ißt tüchtig, mit lebhaften Appetit und er überredet sie zu einem Glas Wein, welche sie mit Wasser verdünnt. Der Wein war der letzte eines alten Madeira, welches seinem Vater gehörte.

„Soll ich Ihr Pferd herholen?" fragt Douglas kalt.

„Es hat keine Eile, außer Sie schicken mich weg. Oh, Mr Douglas", und setzt verteidigend hinzu, „warum ist das so, daß wir immer streiten. Ich will so sehr einen treuen Freund und Sie lassen ihn mich nicht in Ihnen finden."

„Ich werde immer Ihr Freund sein, wenn nicht anders."

„Sie hassen mich nicht, für das, was ich Ihnen gesagt habe?"

„Haß kann sich niemals unter dem selben Schutzdach der Liebe vertragen", antwortet er und sein Gesicht ist zu einer grauen Maske eines hoffnungslosen Unglücklichen erstarrt, „Sie können sich auf mich verlassen, im Leben und im Tod."

„Sie können sich so sehr um mich sorgen?"

„Lassen Sie das beiseite, sprechen Sie nicht davon – es tötet mich. Erproben Sie meine Freundschaft, wie Sie es nennen – erproben Sie es im Höllenfeuer, wenn es Ihnen gefällt, ich bin bereit."

Sie schaut ihn still an und ihre Brust hebt und senkt sich in leichten Schluchzern.

„Ich würde es eines Tages."

„Wenn immer der Tag kommt", sagt Douglas schnell, „erinnern Sie sich, was ich sagte. Wenn immer Sie krank oder in Schwierigkeiten sind, wenn alle Türen der Welt für Sie verschlossen sind, wenn Sie weder Freund noch Obdach haben, was Gott verhindere, kommen Sie zu mir – ich werde bereit sein. Was immer geschieht, ich werde derselbe sein, das heißt, wenn ich lebe. Vertrauen Sie mir wie Sie Gott vertrauen – so können Sie sicher sein. Ich denke, Effie, daß, wenn ich in einem Grab liege und Sie würden von oben um Hilfe rufen, ich auferstehen und zu Ihnen kommen würde. Ich schwöre Ihnen, daß Sie mein Licht und mein Leben, meine Welt und meine lebende Seele sind!"

Unbewegt, fest, nahezu ohne zittern in seiner Stimme, spricht er seine Beteuerungen aus, jede Silbe die in das Gedächtnis des zuhörenden Mädchens dringt, türmt sich seine Natur in ihr auf, wie etwas Göttliches und gleichzeitig Furchtbares.

Mit einem hysterischen Schrei streckt sie ihre Hände zu ihm, er nimmt sie in seine und drückt sie sanft, aber macht kein anderes Zeichen von Leidenschaft oder Emotion. Schon wenn er sie stattdessen in seine Arme genommen hätte in all dieser Aufregung und seines Eifers, hätte sie ihn ohne Gegenwehr gewähren lassen; nicht vielleicht aus Liebe, sondern aus großer Furcht vor seiner rauen Stärke...

Sie gehen gemeinsam zur Haustür und stehen nebeneinander im nebligen Sonnenlicht. Ihre Gesichter sind gerötet vom Blut der Jugend und der Kraft, sein finsteres Wesen und das Dunkle sind wie der Schatten der Jahre. Sie betrachtet ihn gedankenvoll, als er sie verläßt, um in den Stall zu gehen. Als er aus ihrem Blickfeld verschwunden ist, atmet sie auf und zuckt mit den Schultern. All ihre Niedergeschlagenheit ist verflogen wie eine Wolke am Sommerhimmel.

Jetzt kommt Douglas zurück, führt ihr und sein eigenes Pferd ebenfalls gesattelt und gezäumt. Sie lächelt zu sich selbst, zeigt aber eine frohe Überraschung.

„Was, Sie kommen mit?"

„Ich werde im Moor auf Sie aufpassen", antwortet er, als er ihr in den Sattel hilft. Dann schwingt er sich auf sein eigenes Pferd und sie reiten los.

Der Reitweg ist schmal und Douglas führt. Eine fremde, wilde Gestalt scheint er, hager aufgetürmt aber kraftvoll. Sein Schlapphut ist ihm über seine Augenbrauen gerutscht, sein Gewand ist grob und abgetragen, er sitzt gebeugt im Sattel, wie ein alter Mann. Unwillkürlich atmet Effie auf und zuckt wieder mit ihren Schultern. Er ist keine Gestalt, um die Neigung eines jungen Mädchens zu gewinnen, keine Schönheit ihr Herz zu ermuntern, nur eine raue, wettergezeichnete Gestalt, rau und robust wie eine verwitterte Eiche. Weiter weg, wo sich der Weg verbreitert galoppiert sie an seiner Seite. Um sie herum erstreckt sich das heidegefärbte, ausgedehnte Moor und linker Hand die Bucht mit seinem gelben Sandstrand. Seemöwen fliegen langsam über sie , als ob sie über der See fliegen. Von den dunklen, tiefen Bächlein, die im Moor entspringen, pfeifen die Strand-und Sumpfläufer. Sie können die sich brechenden Wellen hören, obgleich das Meer gute zwei Meilen entfernt ist. „Wie ich die See liebe!" sagt sie, „wo immer der ununterbrochene Klang der Wellen zu hören ist, man ist niemals ganz allein."

Er blickt flüchtig zu ihr und sieht, daß ihr Gesicht wieder vor Glücklichsein gerötet ist, ihre Nasenflügel erweitern sich und sie trinkt die salzige Luft.

Jetzt schlägt sie einen Galopp vor und sie reiten die feuchte Straße entlang. Sie führt und er folgt bis sie anhalten um Atem zu holen. All ihr heller, sinnlicher Geist scheint zurückgekehrt zu sein, alle Mißverständnisse mit ihrem Begleiter sind vergessen.

So verlassen sie das Moor und kommen auf die Hauptstraße. Ohne in Sichtweite zum Schloß Lindsay zu kommen hält er sein Pferd an und sagt ‚lebe wohl!'

„Was für einen herrlichen Ritt wir hatten!" sagt Effie, „werden Sie mich schelten, wenn ich wieder herüberkomme, und schon bald?"

Sein Gesicht erhellt sich nicht, seine Augen zeigen keine Anzeichen einer freudigen Erwartung.

„Entscheiden Sie selbst", antwortete er, „alles was ich Ihnen sage, ist zu versprechen zu mir zu kommen, wenn immer Sie in Schwierigkeiten sind."

„Ich hoffe Sie erwarten nicht, daß ich Schwierigkeiten erwarte?"

„Ich hoffe nicht, aber wenn immer der Tag kommt, dann denken Sie daran. Dort wird immer die Tür offen sein, ein Mann, ein Wort."

Sie geben sich die Hand und er reitet davon.

Sie sitzt ihm nachschauend im Sattel, bis er sich entfernt hat.Sie lehnt sich auf den Hals ihres Pferdes und denkt nach. Was meinte er, wenn er davon sprach, daß Schwierigkeiten auf mich zu kommen? Seine Blicke schienen in meine Seele zu schauen. Ein unmöglicher Mann, doch der einzige Mann auf der Welt, der mich wirklich liebt. Das ist mein Glück.

Langsam und in Gedanken reitet sie zum Schloß. Die Sonne ist untergegangen, die Bäume sehen schwarz und düster aus und in der Luft ist ein Sausen des Südwestwindes, der den Regen bringt. In der Dämmerung dieses Tages scheinen Effie Hetherington und der Grundherr Douglas ganz grau und alt geworden zu sein.

Buch II

Der Kummer der Effie Hetherington

,Oh Kummer, oh Kummer,
Aber die Liebe ist schön, wenn sie neu ist,
Und ist sie alt, wenn sie noch wachsen könnte,
Welkt sie wie der Morgentau.
Ich setze mich an eine Eiche,
Ich denke es ist ein vertrauter Baum,
Und er neigt seine Äste,als mache er eine Pause,
Für meine wahre Liebe hab ich mich aufgegeben!'

Kapitel I

Wie es wieder einmal Halloween wurde

‚O, was wird Schuh meines schönen Fußes,
und was wird Handschuh, meiner Hand?

Und was wird Schnürband um meine Hüfte
mit dem langen, langen Leinenband?

O, was wird Kamm meinem gelben Haar
wird es ein neuer Silberkamm?

Und wer wird Vater meines jungen Sohnes,
bis Lord Gregory nach Hause kommt ?‘

Annie o'Lochryan

„Herr, Herr!" schreit die alte Elspeth.
Mehrmals klopft sie an die Tür und tritt ein, aber der Herr auf
Douglas, mit den Blick auf das verglimmende Feuer gerichtet
und der längst ausgegangenen Pfeife zwischen seinen Zähnen,
beachtet sie nicht. Er schreckt auf, als die alte Frau ihn an der
Schulter berührt und erwacht aus seiner tiefen Abwesenheit.
„Was? Wer ist da?"
„Wer soll schon da sein?" fragt die alte Frau zurück, „bin ich
es? Ich bin... wir haben gerade kein Brot, der Lieferant Jack
Calmont, der schon vor drei Stunden hier gewesen sein sollte,
ist noch nicht gekommen. Warum, Herr, sitzen Sie hier ohne

Feuer? Die Nacht wird bitter kalt. Sie werden sich den Tod holen. Machen Sie nur weiter so, nehmen keinen Rat an, Sie sind wie ein eigensinniges Kind."

Sie kniet sich vor den Herd und rüttelt mit dem Haken die letzten glühenden Stücken Torf aus der grauen Asche, vorsichtig versorgt sie die sterbende Glut mit neuem Brennmaterial.

Douglas fällt in seine brütende Ruhe zurück. Als sie aufsteht, stopft er sich völlig abwesend seine Pfeife neu, schaut dabei mit einem starren und sorgenvollen Blick in das Feuer. Elspeth beobachtet ihn. Als die Pfeife gefüllt ist verstaut er den Tabaksbeutel in seiner Tasche und fällt wieder zurück in seine Zerstreutheit, ohne sich die Pfeife anzuzünden.

Die alte Frau murmelt leise mit einem Anflug von verzweifelter Gemütsruhe, wirft dann heftig ein Teil einer Zeitung auf den Tisch, beleuchtet es mit der Hängelampe und offeriert es ihrem Herrn. Er nimmt es mechanisch, zieht erregt an seiner nun angezündeten Pfeife und lehnt sich in den Sessel zurück.

„Da ist nichts, was Sie haben wollen, Herr?" fragt sie wie aus purer Vergeßlichkeit und konventionell wie sie es tun konnte.

Es gibt keine Antwort.

„Der Teufel ist in dem Mann!" bricht es aus ihr heraus, das läßt ihn aus seiner Trance erwachen.

„Man redet geradezu wie mit einem Grabstein in diesem verflixten einunddreißigsten Jahr!"

„Ich bitte um Entschuldigung, Elspeth, ich war in Gedanken versunken."

„In Gedanken! Ja und viel Gutes bringt das Denken!" murmelt die alte Frau.

Douglas bewegt sich ungeduldig in seinem Sessel.

„Ich würde ein Sechspence wetten, wen ich eins hätte, daß Sie eben nicht wissen, was für ein Tag aller Tage heute ist, weil Sie denken müssen."

„Halloween, Elspeth. Ich kenne den Tag gut genug. Was ist damit?"

„Was ist damit? Überhaut nichts ist damit. Er kommt wie jeder andere Tag in diesem Haus, mit niemandem hier, nur ein verdrießlicher Herr wie sie selbst und eine närrische Alte Karline wie mich.Und daran zu denken, daß das das Haus der Douglas ist, wo die gute alte Zeit vergessen wurde. Es war besser zu Zeiten Ihres Vaters. Ein Teufelskerl, wie ihn alle kannten. Da gab es etwas zu beißen und Suppe für die, die sich entschlossen aus diesem Anlaß hier her zu kommen und eine schöne Lady, die sie begrüßte, und ein helles Feuer und einen sauberen Herd. Und nun? Huch! Da ist ein Unterschied!"

Elspeth's Absicht ist freundlicher als ihre Worte, sie will ihren Herrn aus der schrecklichen Trance reißen,in welche er in seinen schwachen Stunden fällt. Er sitzt mit hängendem Kopf, so daß sie nicht sein Erröten und den Glanz in seinen Augen sehen kann.

„Die Zeit hat sich schlimm geändert. Wenn ein Mann wie Sie, aus bester Familie und der anmutigste auf viele Meilen, zu Halloween allein in seiner Einsamkeit sitzt. Was sage ich? Halloween? Es ist immer die gleiche Zeit in diesem traurigen Haus!"

Douglas' Fuß schlägt ungeduldig gegen den Herd und er raucht stark und schnell an seiner Pfeife. Elspeth bemerkt diese Zeichen der Beunruhigung und fürchtet den Ausbruch seines Ärgers und will eilends das Thema wechseln.

„Es ist lange nicht zu spät", sagt sie, mit einem Blick zum Fenster, auf die düstere Aussicht, welche mehr erleuchtet vom Schnee ist, als von dem letzten Schein des dahinschwindenden Tageslichts, welches durch einen Streifen am dichtbehangenem Himmel schimmert.

„Ich muß ins Dorf. Gibt es etwas, was Sie brauchen, Herr?"

„Nichts", murmelt Douglas, „nichts."

Ich werde nicht lange fort sein, dann kann ich helfen", sagt Elspeth, „tatsächlich ist es nicht gescheit nachts außerhalb zu sein. Es hat tief geschneit und ich fand heute morgen nur eine Elle von der Küchentür entfernt das Wasser im Topf gefroren." Der Herr gibt keinen Kommentar zu diesem meteorologischen Wunder und sitzt wieder mit dem ins Feuer gebannten Blick wie Elspeth ihn vorfand.sie verweilt noch einen Moment, in der Hoffnung seine Stimme zu hören, aber er gibt kein Zeichen von sich. Sie verläßt den Raum und macht sanft die Tür hinter sich zu.

Die Zeit stand für den Herrn auf Douglas nicht still, tatsächlich hat das letzte Jahr tiefe Spuren in ihm hinterlassen , die keinen glücklichen Mann machen.Die natürliche und gewöhnliche Schwermut blieb tief auf seinem Gesicht haften, die tiefe Falten an seinen traurigen Wangen hinterließ. Der Blick der Verzweiflung war in seinen tiefliegenden Augen; die langen Koboldlocken seiner Haare zeigen hinter den Ohren schon etwas Grau. Wäre er ein bißchen reicher gewesen, oder hätten seine Lebenslinien ihn irgendwo anders hingeworfen, als in diese düstere Nachbarschaft, mit mehr Möglichkeiten etwas zu tun, wäre er viel freundlicher oder weniger tiefgründiger Natur – in einem Wort, wäre er anders, als er ist, würde Douglas Heilmittel gefunden haben, für die bittere und hoffnungslose Leidenschaft, welche sich ihm bemächtigt hat. Er rebelliert dauernd dagegen, aber es ergreift ihn wieder, wie ein Nebel, der sich durch eine Windbö für einen Moment lichtet und den Blick auf dem Berg frei gibt und sich dann wieder zusammenzieht und die Blickfreiheit vorüber ist.

Draußen im öden Moorland kommt der Wind in ungleichmäßigen Windstößen auf, jeder lauter als der vorangegangene und zwischen ihnen fällt Schnee in Flocken, die größer als eine Kinderhand sind. Zuletzt ein lauter Windstoß, der das Haus umzuwerfen schien und heulend mit einer unheimlichen Stimme durch den weiten Kamin fährt, den

Raum mit gelben Torfqualm füllt und den einsamen Mann aus seiner fruchtlosen Meditation reißt. Er geht zur Tür des Landhauses und öffnet sie. Das ganze Land ist mit Schnee bedeckt, schwere Wolken ziehen über ihn und enthüllen hier und da für einen kurzen Moment einen einzelnen Stern in der schwarzen weiten Fläche.

Der stürmische Geist dieser Nacht paßt gut zu seiner Stimmung. Mit zusammengezogenen Brauen läßt er sich die Windstöße ins Gesicht wehen. Gedanke auf Gedanke gehen ihm durch den Kopf, Erinnerung auf Erinnerung – wie Fragmente der ziehenden Wolken. Er hat sich niemals um Existenzprobleme gesorgt, er war hineingeboren in eine sichere Existenz und ohne Furcht aufgewachsen. Ohne Illusionen zu haben, hat er sich eins bewahrt: daß die himmlischste Sache der Welt die Leidenschaft einer Frau ist. Dafür hat er gefleht und sich gequält, lange bevor Effie Hetherington seinen Weg kreuzte; und keine stürmischen Ausschweifungen in seiner Jugend, keine Erfahrungen mit leichten Frauen konnten seine Sehnsucht jemals verändern.Für gute, schöne und konventionelle Frauen, denen er begegnete, fühlte er keine Sympathie; viele schöne Gesichter ließ er unbeachtet. Obgleich der Mann ein ungehobeltes Äußeres besitzt, ist er stark, kritisch und launisch, was den Sex betrifft. Ein Blick, ein Wort, die Art wie sich jemand kleidet, ein Spaziergang, eine Haltung hatte die Kraft ihn sofort zu ernüchtern.Nur einmal in seinem leben war er bis zur Heirat gekommen und das war ein belgisches Mädchen – sie war schön und nicht ohne Besonderheit, trotz ihrer Verderbtheit. Für eine Weile war er von ihrer großartigen Sinnlichkeit besiegt und im höchsten Maße in Harmonie mit sich selbst; aber er war unschlüssig und während seiner Unschlüssigkeit fand sie einen reichen Liebhaber und verschwand.Es war gut für ihn, daß sie das tat, ihre Verbindung, und er beabsichtigte sie tatsächlich zu heiraten, hätte ein viel schrecklicheres Ende gehabt.

Aber in der Nacht, als er in den besten Mannesjahren Effie Hetherington traf, war er in dem Moment gefesselt. Sie faszinierte ihn bis zum Wahnsinn. Ihre ungewöhnlich Schönheit, ihre Gewandtheit, ihre ungeheuren Launen, waren eine Offenbarung für den einsamen Mann, und sie, eine naturgemäße Kokette, mit Lächeln und Tränen auf Befehl, spielt mit seiner Natur wie auf einer Liebeslaute. Der Blick ihrer Augen, die Drehung ihres Kopfes, die Bewegung ihres Körpers, die Berührung ihrer Hand, das Rascheln ihrer Kleidung erhalten die Leidenschaft seiner Natur am Leben; und wenn keine Erwiderung seiner Leidenschaft zu erwarten war, fand er, daß die schönste Sache im Leben auch die schrecklichste war. Anstatt daraus zu lernen, steigerte es seine Leidenschaft um das Zehnfache. Dann kamen die Gespräche bei den heimlichen Treffen, welch zugleich sein Entzücken und seine Folter gewesen waren. Erfreut, gedemütigt, ermutigt, beschwichtigt oder beleidigt, er schwankt weiter mit geschlossenen Augen, dem Traum folgend und nicht wissend wohin. Zuletzt wurde seine Selbstverleugnung noch vervollständigt. Er wurde zu einem Gefangenen eines zerbrechlichen Seins, das ihn mit einer Berührung zunichte gemacht hat.

Und wieder einmal steht er in der Nacht an seiner Haustür, murmelt laut die Worte einer alten Ballade, welche das beklagenswerte Verlangen seiner Seele auszudrücken scheinen:

„Hey Annie! Wie Annie!
Annie komm hierher zu mir!
Ja, je mehr er das schreit, Annie,
desto lauter tobt die See!"

Und plötzlich geschieht ein Wunder! Aus dem schwarzen Nebel der Dunkelheit und dem fallenden Schnee, kommt die Gestalt der Effie Hetherington verwirrt zu seiner Tür. Wie ein verwundeter Vogel, laut seinen Namen rufend, streckt ihre Arme nach ihm aus und stöhnt herzzerreißend und sinkt erschöpft und ohnmächtig vor seine Füße.Mit einem Wehklagen, nahezu einem Schrei, fängt er sie in seinen Armen auf.

Er kann ihr Gesicht nicht sehen, aber es besteht keine Notwendigkeit, er weiß, daß sie es ist. Er würde sie unter Tausenden, inmitten völliger Finsternis, erkennen.

„Effie, Effie!" ruft er und drückt sie an seine Brust.Dann bringt er sie, wie einer der den ganzen Reichtum der Welt trägt, in das Wohnzimmer. Der Wind weht hinter ihnen herein. Er setzt sie ans Feuer in den großen Sessel, in welchen er in so mancher Nacht in Gedanken an sie saß und über seine hoffnungslose Liebe brütete. Mit einem Arm ihr Genick stützend, schaut er in ihr Gesicht: es ist blau von der Kälte und ihr Haar naß vom Schnee und auf ihrem Mantel, in dem sie eingehüllt ist, liegen noch die Schneeflocken. Von Kopf bis Fuß schaut sie geschwächt und gebrochen wie eine zertretene Blume aus.

Teilweise ihr Bewußtsein wiedererlangt, klammert sie sich an ihn, schluchzend und gänzlich undeutlich stöhnt sie.

„Mein Gott!" murmelt er, „was ist los? Warum   sind Sie hergekommen?"

Während er spricht, öffnet sie ihre Augen und schaut ihn an.

„Ich bin gekommen!" sagt sie, „halte, halte Dein Versprechen!" und abermals fällt sie in Ohnmacht.

Gänzlich bestürzt kniet er an ihrer Seite, knöpft ihren Mantel auf, öffnet ihr Kleid am Hals, ruft ihren Namen und murmelt Worte des Trostes. Dann springt er auf seine Füße, nimmt die Schnapsflasche vom Regal, gießt etwas in ein Glas und tröpfelt ihr ein paar Tropfen zwischen ihr zusammengepreßten Zähne. Danach ergreift er ihre kalten Hände und reibt sie sanft.

Sein Versprechen? Was meint sie? Er ist zu verwirrt um zu verstehen und – soll man sagen - zu glücklich? Sie in ihrer gänzlichen Hilflosigkeit hier bei sich zu haben, ihr mit dem

Nötigen zu dienen, sie zu berühren, sich nach ihr zu sehnen – all das *ist* Glück, zu unbekannt und abenteuerlich, um es gedanklich zu ermessen.

Zuletzt kommt zaghaft etwas Farbe in ihre Wangen und sie stöhnt lang und tief; ihre Finger fassen krampfhaft an ihren Nacken und sie scheint um Atem zu ringen. Sie öffnet ihr Kleid etwas mehr und scheint erleichtert. Er wartet besorgt. Dann schaut sie ihn wieder an, aber in solcher Verzweiflung, solcher Seelenqual, daß er absolut erschrickt.

„Effie, mein Mädchen, was ist?" fragt er.

Sie antwortet nicht, aber bedeckt ihr Gesicht mit ihren Händen und weint. Er legt seine Hand auf ihre Schulter und wartet, daß sie spricht. Letztendlich kommen die Worte: „Hasse mich nicht! Schicke mich nicht fort. Schicke mich nicht nach drüben zurück.Tu es nicht, tu es nicht!"

Sie legt sich weinend in den Sessel zurück und hält ihr Gesicht noch bedeckt.

„Was ist passiert?" fragt er, sich wundernd, „Sei unbesorgt. Dein Zuhause ist hier. Aber sprich – erzähle es mir!"

Er hält inne, als sein Blick ihre Gestalt trifft, geht ihm ein Licht auf. Er schreckt mit seiner ausgestreckten zitternden Hand zurück. Widersprüchlichkeit und Besorgtheit wechseln sich ab. So verharrt er für eine Minute wie ein gefrorener Mann, dann reißt er mit einem Ausruf seine zusammengepreßten Hände hoch und sagt:

„Mein Gott! Mein Gott!"

Sie hört seinen verzweifelten Ausruf und schreckt in Furcht auf, ihr Gesicht ist unbedeckt und ihr Blick ist kummervoll und verwundert. Blasser als der Tod, aber nicht mehr weinend, hält sie inne, wie jemand, der sein Todesurteil erwartet. Sein Gesicht ist erstarrt wie eine Maske aus Stein, letztlich die Wahrheit erkennend.

Die Zeit für ihn ist gekommen seinen Schwur zu halten. Sie ist zu ihm gekommen, obwohl er der einzige Mann auf der Welt ist, den sie am meisten kränkte, weil sie freundlos, verlassen und in den Augen aller Scheinheiligen eine elende Sünderin ist. So hart und bewegungslos sein Gesicht scheint und so schmerzvoll sein starrer Blick anhält,kann er es selbst nicht mehr ertragen.

Sie steht wankend und schwach auf und sagt:

„Laß mich gehen! Ich sollte niemals gekommen sein! Vergib mir – ich gehe fort."

Ohne ein weiteres Wort, faßt seine starke Hand ihren Arm und, obwohl sie stark zittert, setzt er sie wieder in den Sessel. Ganz hilflos ihm zu widerstehen und jeden Moment schwächer werdend, sinkt sie mit halb geschlossenen Augen zurück, die Lider zittern, die Tränen rollen nun.

Seine Zunge und Mund sind trocken wie Staub, er versucht zu sprechen, aber es gelingt nicht, nur mit dem lebenslangen Hunger der Augen sättigt er sich an ihren verhärmten und beklagenswerten Gesichtszügen.

„Effie", sagt er nun mit einer leisen Stimme, „Effie, hör mir zu!"

Sie schreckt zurück, hört aber zu.

„An dem Tag, seit ich dich liebe, meine Frau,wußte ich, daß er in einer Verabredung mit dem Tod oder der Schande enden könnte. Ich liebe Dich, Effie, mehr als mich selbst oder Gott. Die Zeit ist gekommen mich zu prüfen und ich bin bereit und wäre es im Angesicht des Todes oder der Hölle."

Zitternd und schluchzend macht sie eine schnelle Handbewegung, als ob sie ihn anfleht still zu sein. Aber er fährt fort.

Plötzlich hört man jemand ins Haus kommen. Effie erschrickt heftig und schluchzt sofort aus Angst. Er rennt los um nachzuschauen. Der Eindringling entpuppt sich als Elspeth.

„Du bist verrückt, Herr", war ihre Begrüßung, „die Haustür in so einer Nacht weit offen zu lassen, für jeden wandernden Dieb als Einladung herein zu kommen? Sieh den Schnee, den es hereingetrieben hat – er ist höher als oben auf dem Berg."

„Der Schnee macht nichts!" sagt der Herr., „warte hier, während ich die Tür schließe."

Da war etwas im Ton seiner Stimme der den Tadel der alten Frau hervorruft, aber sie steht stumm, ihren Mund zuhaltend, bis er die Tür geschlossen hat und zu ihr zurückkehrt.

„Elspeth", sagt er, „Du hast mir lange und gut gedient. Ich denke Du liebst mich und würden mir helfen, wenn Du es könntest?"

„Der Herr weiß es!" antwortet sie, nach einem verwunderten Blick auf ihn, „was ist es, Herr? Du bist weißer als ein Geist! Eh, was ist passiert seit ich aus dem Haus war?"

„Höre dann, Frau! Miss Hetherington ist hier."

Elspeth starrt und wunderlich wiederholt sie den Namen.

„Sie ist krank und in Schwierigkeiten", setzt Douglas hinzu.

„Armes Mädchen!" sagt Elspeth, „was stimmt nicht mit ihr? Und was ist das Ungeheuerliche, was sie hierher brachte?"

„Das", sagt Douglas, „wirst Du selbst herausfinden. Sie ist im Wohnzimmer, bringe sie in mein Zimmer, lege sie ins Bett und behandle sie freundlich. Oh Elspeth! Sei mit ihr milde!"

„Warum sollte ich nicht milde sein mit dem armen Mädchen?" fragt Elspeth, erstaunt über die ungewöhnliche Belehrung und dem entschuldigenden Ton, den er nutzte.

„Bringe mich zu ihr, Herr."

Douglas geht vor der alten Bediensteten in den Raum , tritt zur Seite und Elspeth geht zu Effie. Das arme Mädchen unterdrückt einen Schrei und schaukelt hin und her, wie im großen Schmerz.

„Eh, Liebes! Eh, Liebes!" sagt Elspeth mitleidig zu ihr, „begrüße mich nicht so, meine hübsche Lady!"

Sie streift ihr die Fülle des gelockten Haares aus dem Gesicht.

„Du bist naß wie ein Schaf an einem verregneten Morgen, komm her, komm rein ins Zimmer des Herrn. Das Beste wird es im Bett sein, denke ich, während Deine Kleider trocknen. Du kannst hier ausruhen bis morgen früh und der Herr wird jemanden finden, eine Nachricht, daß Du in Sicherheit bist, ins Schloß bringen."

„Zünde das Feuer im Schlafzimmer an", sagt Douglas, „und ich werde Miss Hetherington hier helfen."

Die alte Frau schlurft davon. Vor Freude halb wahnsinnig nimmt Douglas das Mädchen wieder in seine Arme. Es ist Scham und Unglück, als er sie zur Tür bringt, aber, lieber das, als etwas anderes, sie ist hier, abhängig von ihm, gerettet durch ihn – in der Barmherzigkeit dieser sehnsuchtsvollen Liebe, welch er in seinem Herzen so lange zurückgedrängt hatte. Er bringt sie in das Schlafzimmer, wo Elspeth Feuer gemacht hatte und setzt sie in einen Sessel neben dem Bett. Sie umschlingt ihn mit all ihrer Kraft, als er versucht sie zu verlassen, aber er befreit sich sanft. Eine erregte närrische Freude ist in seinem Gesicht und er weiß, daß sie sich mit jedem Mal vertieft in ihrem lautlosen, hilflosen, flehenden Liebkosungen und er fürchtet sich davor, daß sie es sieht.

Er geht hinaus in die Nacht. Der Schneefall hat aufgehört und der Wind hat bis auf eine schwere Wolkenwand tief unten am Horizont, den Himmel klar geweht. Die kalte Luft bläst über seine klopfenden Schläfen und erfrischt ihn. Er geht vor dem Haus auf und ab und ergibt sich in ungewöhnlichen Gemurmel und in heftige Gebärden zu denen seine Leidenschaft die sich in seiner Brust bewegt veranlaßt und schreit in die Nacht.

Zu dieser heftigen Freude, daß Effie in seinen Haus anwesend ist, folgt die wütende Verwunderung über die Identität ihres Verführers. Welcher höllische Schurke brachte die Idee hervor, diese göttliche Unschuld und Reinheit zu vernichten? Douglas schwört, mit tiefen und erhabenen Stöhnen, daß, wann immer er den Namen des Schuftes erfährt, er ihn rund um die Breiten der Erde folgt und nicht eher ruht, bis er ihn getötet hat. Mitleid, Wut und wahnsinnige Freude lösen in seinem durcheinander geratenen Kopf einander ab.Er ruft sich jeden Umstand seiner früheren Treffen mit Effie ins Gedächtnis, jeden ihrer Töne und Blicke. Er erinnert sich wie sein Herz bebte, vor einem Jahr, als er, versteckt unter den Bäumen, in jener Nacht heimlich zu den erleuchteten Fenstern des Schlosses schaute - dem Kästchen, welches sein Juwel enthielt – sein Blut rann schneller und brannte bei dem Klang ihrer leichten Schritte über dem Rasen. Er sah die hagere weiße Gestalt, die vor ihm inne hielt; er hörte ihren nach Luft schnappenden Atem; sah die Juwelen an der kleinen Hand glitzern, die den Faden geworfen hatte; hörte die Stimme schwach in Furcht den Zauberspruch sagen; und sah ihr Gesicht erbleichen bei seiner Erscheinung zwischen den Büschen. Er erinnert sich an die nachfolgenden Treffen – ihre endlose Koketterie – ihr Gefühl für *Kameradschaft* und platonischer Freundschaft – ihre unberechenbare Willkürherrschaft und seine eigene Hoffnungslosigkeit. Und sie ist dort, dort in seinem eigenen Haus – seiner Barmherzigkeit und unerbittlichen Liebe ausgeliefert, welche sie so lange verfolgte.

Als er wieder ins Haus kommt, findet er Elspeth in der Küche, auf ihn wartend.

Ihre Blicke treffen sich und er sieht, daß auch die alte Frau Effies Geheimnis teilt.

„Gut, ist sie im Bett?" fragt er.

„In dem Bett, in dem Deine Mutter schlief und wo Du geboren bist. Du hältst es nicht für eine Schande, mich gebeten zu haben sie dorthin zu bringen?"

„Nein", antwortet der Herr, „und schweige."

„Ich werde nicht schweigen", sagt Elspeth aufrichtig, „und was ist mit ihr, ich werde nicht die Hebamme für Dein flatterhaftes Weib sein!"

„Meiner Frau!" sagt Douglas und taumelt, als hätte das Wort ihn verletzt.

„Und wenn es nicht Deine ist, Gott behüte, irgend eines anderen Mannes. Ist dort kein Hospital in der Nähe, kein Wagen oder Ginstergestrüpp an der Straße, daß sie herkommen mußte, wo in der Welt muß man ihre Schande kennen?"

Das Gesicht des Mannes verfinstert sich und bekommt einen schrecklichen Ausdruck.

„Verdammt, sei still!" sagt er, „wenn Du der Meinung bist und so redest, dann verlasse das Haus."

„Ich werde es verlassen, Herr, dafür ist kein Platz für eine anständige Frau", und schlurft in Richtung Haustür.

„Nein, bleib stehen!" ruft er und ergreift ihren Arm, „Du schlußfolgerst wie eine Närrin. Angenommen - angenommen sie ist eine Ehefrau."

„Sie trägt keinen Ring."

„Was soll das?"

„Aber keine rechtmäßige Ehefrau die ein Stunde vor dem Gebären eines Kindes bei Nacht in das Haus eines Freundes kommen würde."

„Sie ist gekommen und sie wird bleiben", ist die Antwort, „wenn Du kein Erbarmen mit ihr hast, denke an das ungeborene Kind. Ich bitte Dich. Hilf mir sie durch diese Nacht zu bringen. Wenn Du es ablehnst, werde ich die Arbeit allein tun."

Die alte Frau schaut ihn überrascht an. Sie kennt seinen Charakter und den Entschluß, sie sieht in seinem Gesicht mehr oder weniger einen Blick von außergewöhnlicher Entschlossenheit.

„Was ist das für ein Tag für mich. Ich werde Deiner Bitte nachkommen, Herr, wie ich es mein Leben lang getan habe und Gott vergib mir, daß ich Dich mehr liebe als meinen eigenen guten Namen und den guten Namen dieses Hauses, das mir Obdach gibt."

„Gott segne Dich, Elspeth", sagt Douglas mit einer erstickten Stimme.

Elspeth verläßt den Raum und der Herr setzt sich, nach einem langen erregtem Hin - und Her quer durch das Wohnzimmer, in seinen Sessel. Er sitzt in der Totenstille seines Hauses, strengt sein Gehör an, um den leisesten Ton aus der Kammer, in dem seine grimmige alte Bedienstete, geschäftig aber verständnislos, die unglückliche Lady überwacht. Wut, Barmherzigkeit und leidenschaftliche Freude, sie in Gefahr und Kummer unter seinem Dach zu finden, ringen in seinem Kopf.

Jetzt erscheint Elspeth wieder im Raum.

„Sie hat schlimme Schmerzen, Herr", sagt sie betont streng, um ihre Stimme so unsympathisch wie möglich zu machen.

„Du kennst Dich in Medizin aus. Hast Du nichts im Haus, was ihr ein bißchen Erleichterung bring? Sie ist nun nahe an ihrer Zeit."

Douglas steht auf, nimmt eine Medizinkiste vom Regal, setzt sich, um mit zitternden Händen einen belebenden Tropfen zu bereiten. Elspeth nimmt es und verläßt ihn. Die Zeit schleppt sich mehr und mehr beschwerlich dahin. Die Ermattung und die langandauernde Erregung nimmt nun ihren Lauf und er nickt in seinem Sessel in Intervallen ein, um nach der Bewußtlosigkeit plötzlich schuldbeladen wieder zu erwachen.

Die Nacht geht auf den Morgen zu und er wartet noch immer. Plötzlich kommen Laute an sein Ohr, er springt auf und wartet auf eine Wiederholung. Alles ist wieder ruhig, so ruhig, daß er heftig und dumpf sein Herz schlagen hört. Er geht an die Innentür, die zu seinem Schlafzimmer führt und öffnet sie. Die Laute kommen wieder, klar und unmißverständlich. Es ist der Schrei eines neugeborenen Kindes.

Kapitel III

Wie das Wunder wächst

„Da ist Stille seltsam tief
Bei unserem eigenen Feuer.
Und die Winde sind eingeschlafen
Bei unserem eigenen Feuer.
Aber im Haus bewegt es sich letztlich,
Und ein kraftloses bißchen Laut hört man,
Wie das Piepen eines Vogels
Bei unserem eigenen Feuer.

Das Vogellied

Das Schreien , welches sich in Intervallen wiederholt, unterbricht die Stille der Nacht, während Douglas verstört und betrübt im Stehen etwas trinkt und sich an der Holzwand festhält. Dann sind da Geräusche des sich Hin– und Herbewegens und der leisen, schwachen Stimme Effies. Schwankend wie ein betrunkener Mann geht er zurück in die Küche, setzt sich vor das Feuer und wartet.

Jetzt hört er die Schritte und Elspeth, griesgrämig, erscheint vor ihm und ihre Blicke treffen sich.

„Hast Du das gehört, Herr?" fragt sie.

„Ja", flüstert er und faßt sie an den Arm, „erzähl mir davon, alles, schnell!"

„Der Fluch Gottes liegt auf diesem Haus!" sagt die alte Frau, ein Kind ist geboren, wo niemals eine Braut eintrat; und da ist weder etwas zum Anziehen noch ein Waschlappen, noch ein christliches Trösten für diese Sünde. Aber ich habe Deine Bitte erfüllt und ich kann nichts weiter tun. Das Kind lebt, aber ich denke die Mutter ist in Schwäche gesunken."

„Gesunken!" echot Douglas, „nein, nein, laß mich zu ihr gehen!" und er springt auf.

„Herr, Herr!" schreit Elspeth, ihn festhaltend, „sag mir die Wahrheit, erzähl Alt-Elspeth, was war noch, als Du noch ihre Pflegemutter warst und auf Knien rutschtest. Es ist ein Mädchen mit blauen Augen wie ihre Mutter; ist das Fleisch und Blut von Dir?"

Er schaut sie verzweifelt an und Tränen rennen ihm über die Wangen.

„Ja, meine Frau – mein Kind – ob sie lebt oder stirbt! Was immer *ihres* ist, was immer sie geboren hat, ist ein Teil von mir, verstehe das, jetzt und für immer! Komm nun."

Er folgt ihr entlang der Lobby zu dem einzelnen Raum und als sie eintritt, folgt er ihr. Alles ist ruhig in der Kammer. Totenbleich, ihr schönes Haar hängt ihr strähnig ins Gesicht, liegt Effie auf ihrem Kopfkissen und niemals schien sie in den Augen des Mannes so schön. Halb blind vor Tränen, kommt er ans Bett und schaut sie an. Seine Brust hebt und senkt sich vom schweren Atem, er zitter am ganzen Leib. Ein weißer Arm liegt auf der Bettdecke. Er ergreift ihn und fühlt den schlagenden Puls. Dann wendet er sich an Elspeth und flüstert eilig ein paar Instruktionen. All das hatte er als Jugendlicher im Hospital von Edinburgh während seiner Wanderschaft gelernt. Daran erinnert er sich und entschied sofort, was zu tun ist. Die alte Frau kommt zurück und bringt eine Flasche Branntwein und eine kleine Portion in einem Becher gemixt mit. Douglas befeuchtet mit seinem Zeigefinger die Lippen der Leidenden. Dann fragt er Elspeth in flüsterndem Ton und sie findet, daß kein Arzt die notwendigen Dinge hätte besser machen können. Die ganze Zeit über behält er die Hand am Puls der Patientin und nun fühlt er unter seinem Druckfinger, daß der Puls sich erhöht. Langsam kehren Effies Sinne zurück. Sie sieht ihn, erkennt ihn und wendet ihr Gesicht ab. Alle Schmerzen, aller Zorn verwandelt sich in unendliche Zärtlichkeit und Barmherzigkeit, in nahezu der Verkörperung der Sympathie und Verlangen.

‚Sie wird leben!' sagt er zu sich selbst, ‚Gott sei Dank, sie wird leben!'

Mit hämmernden Schläfen und weit geöffneten Nasenflügeln trinkt er die Wärme irgendein neues Leben. Angespornt von seiner Sympathie, bereitet Elspeth Essen und bringt es ans Bett. Und nun, zum ersten Mal,wendet er seinen Blick und sieht das Kind.

Es liegt warm eingewickelt am Herd, ist ganz still, seine Augen sind geschlossen – eine kleine rosa Blume des Lebens, die sich gerade geöffnet hat. Als er hinüber gehen will, berührt ihn Elspeth an seiner Schulter.

„Gehe nicht, Herr! Lasse mir den Rest tun, das ist kein Platz für einen Mann."

Er wendet sich um und trifft auf Effies Blick, der erregt und flehend auf ihn gerichtet ist. Er stiehlt sich sanft und ruhig auf das Bitten einer verdingten Krankenschwester aus dem Raum.

Wie fremd alles scheint, als er brütend und allein am großen Herdfeuer in der Küche sitzt! Hier realisiert er erst, was für ein Ereignis es war, das ihn, wenn er es sich gestern noch vorgestellt hätte, in den Wahnsinn getrieben hätte, aus Eifersucht und Wut. Und nun ist er hier, Douglas auf Douglas, akzeptiert alles als natürlich, nahezu als selbstverständliche Sache! Da ist kein Funke des Zorns in seinem Herzen, nicht einmal ein Gefühl des Entsetzens und der Überraschung. Er hatte ihr gesagt zu ihm zu kommen, das ist alles. Sie liegt nun hier, eine Mutter, unter seinem Dach.Sie hat Besitz ergriffen von seinem Zuhause und von ihm. Es gibt nichts Außergewöhnliches in allem, nicht erweckte die alte Rohheit und den alten Kummer. Sie hatte getan, wie er sie gebeten hatte und sie ist *hier.*

Wenn von Zeit das Kindergeschrei an sein Ohr dringt, hört er mit einer leidenschaftlichen Art von Vergnügen hin. Es scheint für den Moment, als ob Effie seine Frau wäre – das Kleine ein Teil von seinem Fleisch und Blut. Alles Übrige ist Vision und unrealistisch. Was immer geschehen war, was immer geschehen würde, Effie war nun *sein*, nur sein. Die Welle der Weltereignisse haben sie zu ihm gespült und sie in seiner Obhut gelassen.

Sie schläft noch", sagt Elspeth beim vorsichtigen hereinkommen und setzt sich hin, „ich legte ihr das Kind an ihre Seite und es suchte die Brust.

Ihr war es offensichtlich nicht recht, als sie sah, daß Du dich fortgeschlichen hattest…in ihrem Kopf ist es schon ein bißchen heller, aber sie ist ein starkes Mädchen, sie wird leben.!"

„Denke daran, das ist nicht das erste Mädchen, bei vielen hast Du es hinauslaufen sehen, wie dieses Mal."

„Aber wenn der Tag dämmert und die Geschichte macht die Runde, was werden die Nachbarn sagen? Es wird als Schande des Hauses Douglas betrachtet, außer Du machst sie zu Deiner rechtmäßigen Frau."

Douglas lacht bitter und zieht an seiner Pfeife.

„Höre mir zu Frau", sagt er „ich sagte es bereits, Du bist eine Lügnerin. Das Kind ist nicht von mir!"

„Herr segne uns! Wer ist dann der Vater?"

„Wer weiß oder kümmert es?" entgegnet der Herr.

„Verdammt sei er, wer auch immer das ist. Und möglicherweise irgendwann, werden er und ich einander etwas zu reden haben. Aber heute wecken wir keine schlafenden Hunde."

„Möglicherweise wird er es an ihr wiedergutmachen!"

„Möglicherweise!"

„Aber wenn Du die Wahrheit sagst Herr, was brachte das Mädchen hierher? Schande über sie, die Bürde an die Tür eines ehrenwerten Mannes zu bringen!"

„Sie kam, weil ich es ihr angeboten hatte", antwortet Douglas ungestüm und sein Blick verdunkelt sich.

„Ja Frau, ich habe eine Ewigkeit auf diese Nacht gewartet! Es ist wie Essen und Trinken,wie leben und Blut zu wissen, daß sie hilflos *hier* liegt."

Die alte Frau schaut ihn verwundert an.

‚Verrückt wie sein Vater', dachte sie bei sich, schüttelt traurig den Kopf. Wie sollte sie diesen Mann verstehen, der sich kaum selbst versteht, dessen Leidenschaft, statt im Zorn abzuebben, steigt sie zu voller Flut der Barmherzigkeit und schwillt mit Verachtung der ganzen Welt, ein menschliches Wesen zu retten, das ihm das schändlichste Unrecht antat.

Die Nacht neigt sich und es kriecht das Grau hervor, mit frostigen, hellen Fingern, berührt die vertrauen Gegenstände eins nach dem andern. Elspeth ist in die Kammer zurück gegangen und Douglas sitzt noch am Feuer. Als es heller wird steht es auf und geht zur Tür und schaut hinaus in Richtung See.

Der Nebel der Nacht hat sich schnell auf dem Wasser gelöst und hier und da sind lange Streifen dämmriges Silber unter den sich langsam öffnenden Wolken zu sehen. Es ist ein ruhiger, kalter Morgen mit wenig oder keinem Wind.

Abgehärmt und blaß, besorgt und unruhig steht Douglas den Aufbruch des Morgen beobachtend. Seit längerer Zeit hat sich seine Seele so gänzlich friedlich gefühlt.Sein Gesicht ist dem Licht zugewandt, als ob ein Segen auf ihn fällt. Mit klopfendem Herzen hört er wie die aufgewühlte See abflaut und zur Ruhe kommt. Wieder hört er das Weinen des Kindes, das die Stille des Hauses durchbricht.

Kapitel IV

Wie Richard Douglas sein Wort hält

,Und willst du mein Haus haben, Lady,
Und willst du haben meine Hand?
Das Haus ist ärmlich, das Land ist kahl,
Und leer ist meine Hand!
Aber ich bin hungrig nach dir.
Dieses blutige Messer werde ich dir geben,
So stoße es in meine Brust,
Reiße aus das Herz,
Das krank vor Liebe für dich ist!'

Lord Langsnaw

Einst fuhr ich mit dem Auto durch die Natur Westirlands und
schaute ziellos auf die öde Aussicht von Moor und See, als ich
völlig überrascht ein kleines Objekt einen Steinwurf von mir
entfernt entdeckte. Darauf flog eine kleiner Hänfling über mir
und setzte sich auf meine Hand. Im selben Moment schwingt
sich aus einiger Entfernung ein Sperber auf, der ihn verfolgt
hatte und ihn fast erwischte hätte, fliegt dicht über mein Auto
und entfernt sich schnell wieder außer Sichtweite. Der kleine
Vogel schaut mit ängstlichen Augen rundum bleibt aber noch
auf meiner Hand sitzen.Er wußte, wo er Zuflucht findet und
sicher war. Er blieb mit schnellschlagendem Herz einige
Momente noch auf meiner Hand sitzen. Dann, als er fand, daß
sein Verfolger fort war, flog der kleine Flüchtling davon.
Solch Instinkt wie dieser kleine Vogel zeigte, hatte Effie
Hetherington in das Haus Douglas in dieser Nacht geführt. In
der äußersten Verzweiflung hatte sie an das einzige lebende
Wesen gedacht, das ihr Obdach in ihrer Schande geben und sie

von Verderb und Tod möglicherweise bewahren könnte. Sie hat sich an seine Worte erinnert: Wenn immer sie krank oder in Schwierigkeiten sei, wenn sie weder Freund noch Obdach habe, kommen Sie zu mir – ich werde bereit sein. Was immer passiert, werde ich derselbe sein – das heißt, wenn ich lebe. Vertrauen Sie mir, wie Sie Gott vertrauen würden!

Nach dem Verbergen ihres Geheimnisses bis ganz zuletzt, nachdem jede Hoffnung auf einen Ausweg aus ihren Schwierigkeiten zu dieser Zeit schwand, erkannte sie in ihrer Verzweiflung, daß die Zeit der völligen Entdeckung gekommen war, daraufhin war sie blind und krank vom Schloß Lindsay geflohen. Ihr erster wilder Impuls war, sich zu töten und mehrere Stunden hatte sie über dem Wasser des vorbeifließenden Flusses in todbringender Seelenqual gehangen, wartend auf den Mut zu springen. Aber der Gedanke an den Tod erschreckte sie. Zermürbt von den Schmerzen des Körpers und der Seele, schlich sie sich stöhnend zu dem einsamen Haus im Moor.

Ein Mann, der nichts weiß von der Großmut zu dem eine männliche Liebe fähig ist, hätte zu ihr gesagt: ‚Von allen Wohnungen in der Welt, gehe nicht dorthin; von allen Wesen auf der Welt, meide das Wesen, das du in eine hoffnungslose Liebe gestürzt hast!‘

Gegen ihre Vernunft, geleitet von ihrem Instinkt, vertraute sie dem Mann in ihrem äußersten Elend. Die Ereignisse gaben ihr recht. Die Leidenschaft Richard Douglas entzündete sich in eine helle Flamme der verzweiflungsvollen Ergebenheit inniger Liebe. Unsicher auf irgendeinen Beistand in dieser Welt, war sie zu ihm gekommen; das war genug. Während er als Beschützer über ihr stand, bereit sein Blut für sie zu geben, war ein fast vergessener Hunger nach einem wilden Biest in ihm.

Nach dem ersten spontanen Anflug mitleidiger Gefühle, beschäftigten sich seine Gedanken mit ihrem Kummer und die

Wut der Rache brannte als Funke in seinem gebrochenen Herzen. Er hegte einen Verdacht, sollte der sich bewahrheiten, wollte er bei erster Gelegenheit...

In Anbetracht dessen schien sie niemals so nah und lieb zu ihm zu sein wie in diesen schicksalsvollen Stunden. Das Bewußtsein ihrer Gegenwart erfüllte die Luft wie Parfüm, und der Schrei des Kindes suchte das Haus wie ein Zauber heim. Das Schlimme war eingetreten, aber sie war *hier,* hier in seinem Haus, hier, wo nur einer kommen könnte, sie ihm wegzunehmen, hier, auf Leben und Tod.

Und die Gedanken zu ihm selbst:

‚War es immer Liebe, die mir gehört? Macht es jeder Mann in der Stunde, in der sein Herz bricht, laut und wahrheitsgemäß zu schreien: Gott ist gut?'

Sie war zu ihm gekommen, als Antwort auf seinen Schrei, und die Wellen der Welt mögen über beide hinwegrollen, er war zufrieden.

Einsam wie das Haus ist , da kann solch ein Ereignis nicht vorkommen, ohne die Zungen der Klatschbasen weit und breit aktiv werden zu lassen. Alt-Elspeth breitet, bei ihren notwendigen Besuchen im Dorf zum Kauf solcher Dinge, die für einen unerwarteten Vorfall einer Geburt brauchbar sind, die Neuigkeiten unbeabsichtigt aus. Und bald ist es gut bekannt, daß eine Frau in der Nacht in die Wohnung kam und ein Kind gebar. Verschiedene Varianten der Gerüchte halten sich, aber die liebste Erklärung war, daß die Sünde, wenn es Sünde wäre, zurück nach Hause, durch die richtige Tür gekommen sei.

In Südschottland geschehen solche kleinen Unfälle, wie eine gut bekannte Statistik zeigt, ziemlich häufig. Das schottische Heiratsgesetz, mit seiner mildtätigen rückwirkenden Gültigkeit. Ermuntert die Launen der Liebhaber und tut nichts Notwendiges dagegen , die Sünden oder Narrheiten der Eltern in den Köpfen der unschuldigen Kinder zu suchen.

Uneheliche Geburt ist deshalb eine nicht wieder gutzumachende Gottlosigkeit.; nach der Geburt eines Kindes mag die Legitimation des Kindes kommen und auch der Segen der Kirche. In anderer Hinsicht ist das schottische Gesetz wohldurchdacht:

Ein Mann und eine Frau können gesetzlich verheiratet sein ohne kirchliche oder geistliche Hilfe; es ist ausreichend, daß sie selbst vor Zeugen erklären, Eheleute zu sein und in dieser Weise zusammenleben.

Das Wissen dieses Faktes ließ manche Leute spekulieren, daß die beiden Richard Douglas und Effie Hetherington bereits verheiratet sind, oder meinten verheiratet zu sein. In diesem Fall war das Ereignis ein übliches und bald vergessen.

Am Morgen des zweiten Tages, als Effie nicht mehr in Gefahr ist und die Notwendigkeiten für Kind und Mutter aus der Geldbörse des Lords versorgt sind, nähert sich eine hagere Gestalt der offenen Tür und grüßt Douglas mit Namen, der dort an der Tür steht. Dürr und mager mit sanften blauen Augen, welche sich aber manchmal als falsch erweisen; die Strenge seines entschlossenen, sauber rasierten Mundes, zeigt sich der grauhaarige Geistliche der Staatskirche, Peter Macnab. In den Augen des wichtigen Geistlichen ist Douglas ziemlich heidnisch und außerhalb der Fürsorge der Kirche. Aber Neuigkeiten, die sich ereignet hatten und zum Pfarrhaus drangen, machten so eine schnelle Mission zu dem Heiden notwendig.

„Schönes Wetter", sagt Mr. Macnab, wie gewöhnlich mit etwas Allgemeinen beginnend, „die Ernte wird gut werden."

Die Haustür blockierend nickt Douglas, und macht keine Anstalt den Weg ins Haus frei zu machen.

„Sie wissen, oder mutmaßen möglicherweise, was mich hier her brachte, Sir?" fährt der Geistlich fort, „obgleich Sie kein Mitglied meiner Herde sind, habe ich mich gezwungen gefühlt

Ihnen einen freundlichen Besuch zu widmen. Darf ich zuerst fragen, ob es der jungen Person gut geht, ich meine natürlich körperlich, weil ich hörte, daß ihr Befinden gefährlich gewesen war?"

„Das war es", antwortet Douglas, „aber die Gefahr ist vorüber."

„Und das neugeborene Kind?"

„Auch gut", war die grimmige Antwort.

Der Geistliche hustet nervös, die Art des Lords ist nicht ermutigend. Dann sagt er mit Entschlossenheit:

„Möglicherweise, arme Seele, würde sie gern einen Geistlichen der Kirche sehen?In diesem Fall, Mr. Douglas, würde ich glücklich sein, einmal mit ihr zu sprechen."

„Sie soll Ihre Botschaft haben", entgegnet Douglas mit einem finsteren Lächeln, „aber gegenwärtig kann sie niemand sehen."

„Steht sie in Verbindung zu Ihnen, darf ich fragen?"

„Nein!"

„Nicht, dann, Ihre Frau, wie mir erzählt wurde?"

„Weder meine Frau, noch mein Kind."

„Und ihr kleines, armes, unschuldiges Lamm! Wer ist der *Vater?*"

Ohne zu antworten, nimmt Douglas seine Pfeife heraus, brennt sie mit einem Streichholz an und raucht ruhig, mit seinen Augen weit draußen auf See.

„Sie sind geneigt, sehe ich, mir jede Information zu verweigern?"

Douglas nickt.

„Noch bin ich interessiert, berechtigt interessiert, an jeden einzelnen Vorfall. Ich weiß, daß Sie selbst nicht der Kirche unterstehen und in Religion und Moral andere Ansichten haben."

„Soviel von ,nicht der Kirche unterstehend'" antwortet Douglas, „und meine Ansichten teile ich mit einem großen Teil der Menschheit."

„Und Sie sind?"

„Wenn ich es Ihnen erkläre, würden Sie denken ich bin ein Barbar, was ich auch möglicherweise bin. Möglicherweise ist es genug zu sagen, daß ich mich mehr geehrt als erfreut über diesen Besuch fühle."

Die blassen Wangen des Geistlichen röten sich.

„Ich weiß, Mr. Douglas, daß Sie kein regelmäßiger Abendmahlgast unserer Kirche sind."

„Noch irgendeiner", antwortet Douglas mit dem Zucken seiner kraftvollen Schultern, „wenn ich Religion will, was zu selten ist, komme ich vorbei. Wenn ich Trost suche, dann nicht in der Nähe des Friedhofs oder des Kirchenschiffs. Den Krähen mag das nützlich sein und auch den schwarzen Katzen, aber niemals sorgte ich mich, sie um mein Haus schwärmen zu sehen."

„Wenn Sie meinen, Sir, daß Sie ein Ungläubiger sind, ein Atheist . . ."

In diesem Moment hört man die Stimme Elspeth's von drinnen: „Lord, werden Sie hereinkommen? Sie ist auf und sitzt am Küchenfeuer!"

„Ich bestehe darauf diese Person zu sehen!" ruft Mr. Macnab und bewegt sich vorwärts in Richtung der offenen Tür.

„Und *ich* bestehe darauf", sagt Douglas, den Weg versperrend, „daß Sie nach Hause gehen und Sie mich in Frieden lassen. Sie werden sie nicht foltern mit Ihrer Neugier oder mit Ihren Moralpredigten. Entschuldigen Sie, es scheint unhöflich, aber dort ist die Straße."

Und zu dem Weg durch das Moor zeigend, dreht er sich um, geht ins Haus und schließt die Tür.

Ärgerlich, zornig und überrascht steht der Kirchenmann für einige Minuten da, dreht sich dann auf dem Absatz herum, schüttelt sich den Staub von seinen Füßen und geht davon, mit dem ärgerlichen Entschluß die Gelegenheit am folgenden Sonntag zu nutzen.

Blaß und aufgeregt geht Douglas zur Küche. Dort hält er inne, als ob er unfähig ist, einer schweren Prüfung entgegenzutreten, die ihm bevorsteht. Aber sein starker Wille überwindet es und er steht, bleich wie der Tod, vor der Frau seiner hoffnungslosen Liebe.

Weißer als Schnee sitzt Effie Hetherington, gestützt von einem Kopfkissen, mit ihrem schlafenden Kind im Arm, im Sessel vor dem Feuer. In dem Moment, als sie die Blicke des Lords auf sich gerichtet bemerkt, füllen sich ihre Augen mit Tränen und bitterlich schluchzend dreht sie ihr Gesicht weg.

„Weine nicht, Effie!" sagt er freundlich, „es ist nur ein schwacher Trost es zu sagen, aber was geschah ist nicht zu ändern."

Elspeth, die in Sichtweite steht, hat Blicke schärfer als Nadeln und jeder ihrer Sinne ist angestrengt. Sie murmelt zu sich selbst:

„Ändern? Du kannst mit einem Stein Wellen brechen und ein Herz quetschen, aber es nicht zerbrechen."

„Still Elspeth!" sagt Douglas, „und verlasse den Raum!"

Noch murmelnd entfernt sie sich schlurfend. Er weiß, daß in solchen Momenten sie ihm in die Quere kommt.

Er wendet sich Effie zu, die noch hysterisch schluchzt. Erschöpft schaut Douglas lange auf sie und das Kind. Seine Augen trüben sich, sein Herz scheint zu versagen und seine Stimme gehorcht ihm nicht. Unbeholfen seufzend, setzt er sich am Kamin nieder und hält sein Gesicht mit beiden Händen zu.

Effie, die ihn durch ihre Tränen beobachtet, wird still. Dann ist eine lange verzweifelte Pause. Zuletzt schaut Douglas auf, sein Gesicht ist verhärmt und gezeichnet wie das Gesicht eines alten Mannes.

„Effie!"

„Ja, Mr. Douglas", antwortet sie schluchzend.

„Wirst du mir zuhören, meine Liebe? *Kannst* du zuhören? Ich bin nicht hier irgend einen Tadel auszusprechen, oder einen Stein der Schande zu werfen. Ich bat dich, mir zu vertrauen und du hast es getan. Ich bat dich zu mir zu kommen und du bist gekommen. Glücklich oder kummervoll, lächelnd oder weinend, bist du in mein Leben getreten. Ich liebe dich jetzt, wie ich dich liebte, als wir uns das erste Mal trafen, so wie ich dich bis zu meinem letzten Atemzug lieben werde.

„Oh, sprich nicht davon! Ich habe dich grausam benutzt und du bist mein einziger Freund!"

„Dein Freund, immer dein Freund! Danke Gott dafür! Und nun sage ich es vor Gott, ich würde diese Freundschaft für nichts auf der Welt tauschen. Ich bin ein sonderbarer Mann, ich weiß! Der wenig Geschick besitzt mit Worten den Weg zum Herzen einer Frau zu finden. Möglicherweise verstehst du das? Es ist *dies*, Effie, Liebes: keine Schande noch Sünde kann eine Liebe wie meine töten. Wenngleich du tausendmal mehr schandvoll und kummervoll wärst, wenngleich du tief wie Strohvolk im Sumpf behandelt werden würdest, wärst du mehr als mein Leben für mich und mir lieber als Gott sein!"

Er spricht mit einer tiefen Stimme, aber jedes Wort ist klar und während sie weint und zuhört, fühlt sie seine Hand, die sich leicht auf ihre Schulter legt, während sein Atem ihre Stirn berührt.

„Du verstehst das, Effie, mein Alles? Habe ich letztlich Klarheit geschaffen?"

Krampfartig zitternd, langt sie hinauf, nimmt seine Hand, führt sie an ihr Lippen und küßt sie. Dann aber plötzlich, mit einem heftigen Schluchzer, wendet sie sich ab und beugt ihren Kopf über das Kind.

„Ja, ja",sagt sie, „aber ich bin es nicht wert darum zu weinen – ich bin es wirklich nicht!"

„Denkst du ein Mann liebt was *wert* ist?" sagt er freundlich, „nein, mein Mädchen. Die Liebe liebt und somit ist alles gesagt und getan. Ich bitte um dich mit meinem Leben, mit meinem Fleisch und Blut, mit dem ganzen Herzen, das in mir ist! Sag mir wie ich dich rette, Effie! Sag mir, wie ich die Schande von diesem schönen Haupt bannen kann! Sag mir, wie ich dir meine Seele für dein Leben geben kann, und du zeigst mir das Tor zum Himmel!"

„Es ist zu spät! Du kannst nichts tun – nichts!"

„Nicht einmal für dieses Kleine?" bittet er weich, „möglicherweise kann ich es. Sag mir dies, Effie – wird der Mann dich heiraten und diesem Kind seinen Namen geben?"

Fast mit dem alten Glanz in ihren Augen schaut Effie ihm ins Gesicht.

„Er kann nicht und er will nicht! Es gibt keine Hoffnung – keine!"

„Sag mir seinen Namen!"

„Nein, nein, das werde ich niemals tun!"

„Stelle mich von Angesicht zu Angesicht mit ihm und ich *werde* dir Recht verschaffen, bei Gott!"

Sein Blick erschreckt sie. Sie weicht stöhnend zurück, aber seine wilde unausgesprochene Drohung verschwindet aus seinem Gesicht und übrig bleibt ein graues und sorgenvolles Antlitz.

„Lassen wir diesen Weg, wenn es da keine Hoffnung gibt. Effie, ich bin froh und glücklich, daß es so ist, weil dein letzter und einziger Trost durch mich kommen würde. Höre, mein Mädchen! Es gibt noch einen Weg. Kein Mann wird dich in die Flucht schlagen. Keine lebende Seele wird einen Stein auf dich werfen. Du wirst meine Frau sein und dein Kind soll meinen Namen tragen!"

Sie stößt einen Schrei der Verwunderung aus. Und wieder schaut sie zu ihm auf. Sein Gesicht ist weiß wie Asche, aber mit einem freundlichen Ausdruck.

„Du würdest mich *heiraten – mich* ?" ruft sie

„Ich würde dich heiraten, Effie. Ich würde dich nehmen als Gottes bestes Geschenk, selbst wenn du eine Aussätzige unter den Frauen wärst !"

Seine Worte erschreckt sie und sie schreckt wieder von seiner Berührung zurück, wie sie es früher tat.

„Mach es nicht, tu es nicht!" sagt sie und er erkennt wieder einmal, den alten Widerwillen des Fleisches, sieht wieder in den wilden, traurigen Augen, daß kein Funke der Liebe da ist.

„Aber mißverstehe mich nicht", setzt er betrübt zu, „ich liebe dich, Körper und Seele, aber was ich dir vorschlage ist ein freies und uneigennütziges Geschenk. Nimm meinen Namen, Effie. Laß mich dich retten und ich schwöre dir, daß ich nicht mehr sein werde, als ein Diener in deinem Haus, als ein Hund, deine Tür zu bewachen. Das ist alles was ich frage – mein Mädchen – dir das letzte Geschenk was noch übrig ist zu geben, daß du hierbleiben könntest, oder von hinnen gehst, eine schändliche Frau, beschützt vor einem Skandal durch meinen Namen."

Er hält inne, wartet auf ihre Antwort. Währenddessen erwacht das Kind und schreit nach der Brust. Er dreht sein Gesicht weg, krank vor Zweifel. Dann durch die Stille die folgt, weiß er, daß die Lippen des Kleinen Leben und Nahrung von dem Körper der Mutter empfangen. Ohne ein Wort verläßt er die Küche und geht an die frische Luft und folgt einen Weg, der durch das Moor zum Meeresstrand führt. Hier war nur wenig oder kein Wind und die Wellen rollen sanft heran und brechen sich am Ufer mit einem friedlichen Gemurmel. Stellen blauen Himmels öffnen sich über ihm, aber sonst ist der Himmel voller silberner Wolken, die im Wasser der Bucht stahlgrau reflektieren. Große Möwen schweben über der Gischt und Austernfischer fliegen von einem nassen Fleck zum anderen, als das Gezeitenwasser zurückweicht.

Sinnend schreitet er auf und ab. Wie viele langweilige Jahre hatte er dasselbe getan – die düster aussehende Bucht beobachtet mit den undeutlichen Bergen von Kircudbright dahinter und immer mit dem Hunger in seinem Herzen, wie der Hunger der rastlosen Wellen.

Der Geist der Selbstaufopferung, die Begeisterung für das Martyrium wuchsen mit der Selbstverleugnung. Ein stolzer und roher Mann, der die Welt haßt und in Einsamkeit lebt, hat sich unter den Pantoffel einer Frau gestellt und je mehr sich seine Mannhaftigkeit verschlechtert, desto stärker wuchs seine übertriebene Demütigung. Seine einzige Hoffnung der moralischen Seelenrettung schien in diesem Weg zu liegen. Es gab keine Handlung der Selbsterniedrigung, zu der er sich nicht fähig fühlte. Nur ab und zu, wenn er an den anderen Mann dachte, der ihm noch unbekannt war, der zwischen ihm und seinen Traum des Glücks stand, der die ‚Quelle seiner Leidenschaft' vergiftet hatte, veränderte sich sein Gesicht mörderisch und wild. Wie das Maß seiner Barmherzigkeit für Effie Hetherington, war sein Blutdurst gegen ihren Verführer. Er konnte nicht aufhören darüber nachzudenken, wie ein vernünftiger Mann das tun konnte, wie lang die Kette des Betrugs und der Lügen ist, die das Mädchen selbst gewebt hat; wenn sie am hellsten und vergnügtesten zu ihm war, wie eben ein koketter und süßer Gefährte, muß sie ihr Geheimnis in ihrer Brust gehütet haben! Er war zu sehr moralisch verloren, um auf volle Gerechtigkeit für *sie* zu verzichten, die leichte Frau, die ihm soviel Leid brachte – nein, er entschuldigt und rechtfertigt sie nahezu.

„Sie war von Anfang an aufrichtig zu mir", sagt er zu sich selbst, „ich war ihr Freund und Gefährte – nichts weiter. Sie warnte mich, niemals mehr als Freundschaft zu erwarten . . .Und doch! Und doch! Es wäre barmherziger gewesen mich in Frieden zu lassen! Sie spielt mit meiner Freundschaft, armes Mädchen, obwohl sie *weiß*, es ist Liebe. Sie brachte mir durch ihre Gegenwart Freude und erweckte meine Seele zum Leben. Auch wenn ihre Worte schrecklich waren, ihre Art war meist freundlich. Und nun ist es klar wie das Tageslicht, daß sie nur aus Verzweiflung hierher gekommen war."

Das Wissen des Mannes über Frauen ist tatsächlich spärlich. Er kennt nur zwei Typen: die konventionelle Frau die arm ist, keusch und leidenschaftslos, deren Leben still reguliert durch ein ungeschriebenes Gesetz; und die Frau, die sich selbst auf dem Markt verkauft, ohne einen Gedanken der Sorge, ausgenommen ihre eigenen augenblickliche Selbstbefriedigung. Effie ähnelt keiner von beiden. Sie ist ein Chamäleon, geboren außerhalb der widersprechenden Kräfte dieser neuen Zeit – zu arm, um sich selbst einzugestehen was physisch nicht gefällt, zu voll der Leidenschaft das geschriebene Gesetz zu ihrer Kraft und Leitfaden zu machen – ein Kind, das hysterisch weinen kann, wenn es will und barmherzig sein kann zu einem verwundeten Vogel oder einer zertretenen Blume – eine selbstbewußte Frau, aber unentwegt ihrer launischen Natur ausgesetzt. So mitfühlend, so mitleidlos! So schrecklich, doch so freundlich. Wie oft, während dieser ungewöhnlichen Treffen, inmitten ihres süßen Vertrauens und ungestümen Streites, hatte Douglas sich selbst gehaßt, verabscheute seine männliche Grobheit und schmachtete nach dem physischen Charme eines Mannes wie Arthur Lamont! Kein militärischer Geck hat in dieser Zeit so oft in den Spiegel geschaut und sich immer die gleiche zweifelnde Frage gestellt: was ist hier, um die Liebe eines jungen Mädchens zu erwecken?

Seine große Kraft und Lebensenergie war ihm verhaßt. Und immer in Effies Gegenwart fühlte er sich wie ein verlorener Barbar, ruhelos, reizbar und unbehaglich, in dem Bewußtsein, daß sie ihn unangenehm und untauglich findet. Er fühlte, daß all seine Unterwürfigkeit wertlos wurde, verglichen mit der wohlerzogenen Sorglosigkeit irgendwelcher Gecken, die durch Kriechen und affektiertes Sprechen und Parties emporkommen. So war es zu Beginn, so ist es jetzt und so wird es immer bleiben. Kräftige und treue Männer zählen für Frauen der Chamäleonsorte nichts.

Ernst ist dumm und langweilig, Leidenschaft ein Monster mit groben und schlechten Benehmen, Freundlichkeit ist Lästigkeit und Ekel.

Nur wenn sie geschwächt und schrecklich gebrochen sind, daß solche Frauen es einsehen, aber zu spät, das Leben ist scheinbar nicht nur Schönheit und Vergnügen. Aber eben dann, in ihren Zweifeln fühlen sie wie Effie Hetherington fühlt, der alte Widerwille gegen das was physisch unschön ist.

Das Drehen des Schnurrbarts, der Schnitt der Kleidung, die Handbewegung, die Linie des Mantels sind vergeblich mehr als jede großartige Seele.

So sieht man im ruhigen Licht dieses spätsommerlichen Morgens Richard Douglas – gut gebaut und kraftvoll stark, in jeder Faser ein Mann – wirkt wie ein Herr, mit einem Gesicht, das wie aus grauen Marmor von Michelangelo gemeißelt worden wäre. Der Grad der moralischen Selbstaufopferung den er erreichte, die Kraft seiner Selbsterniedrigung in seinen Gedanken, hatten den Mann würdevoll gemacht. Er hält sich aufrecht wie ein Gladiator in der Arena, der das Schwert in seine eigene Brust stößt. Gegen alle lebenden Dinge war er gewappnet und entschlossen, aber besonders gegen das eine – hilflos wie ein Kind zu sein, nicht durch Schwäche, sondern durch die Kraft seines eigenen unumschränkten Wunschs und Willens.

Als er nach einer Stunde ins Haus zurückkehrt, findet er das Kind von Elspeth hingelegt und Effie auf demselben Platz mit geschlossenen Augen schlummernd. In der Annahme, daß sie schläft, versucht er auf Zehenspitzen wieder zu gehen, aber sie öffnet die Augen und winkt ihn heran.

„Ich schlafe nicht", sagt sie mit einem Schatten ihres alten Lächelns, „ich denke – denke über das was du vorhin gesagt hast nach. Ich denke es gibt auf der ganzen Welt keinen anderen Mann wie *du*. Ich weiß es jetzt, wo es zu spät ist.

Glaube mir, wenn ich die Zeit zurückdrehen und mich zu einem glücklichen Mädchen machen könnte, ich würde dich besser kennen. Aber ich bin dankbar, sehr dankbar, ich danke dir von ganzem Herzen."

Während sie spricht, schwindet ihr trauriges Lächeln und warme Tränen rollen über ihre Wangen. Zitternd streckt sie dünne weiße Hand aus. Er nimmt sie und preßt sie zart zwischen seine Hände. Das weiche seidene Fleisch, das er hält ist kalt wie Lehm.

„Und du wirst mich dir dienen lassen?" sagt er.

„Nein", antwortet sie, „nicht so. Ich habe dich schon zu viel gekränkt. Nicht eben aus Rücksicht auf das Kind."

„In Gottes Namen, warum?"

„Weil es Sünde auf Sünde anhäufen würde. Weil es dich erniedrigen und mir nicht helfen würde. Und weil, letztlich – weil ich den Mann *liebe*, der mich zu dem machte, was ich jetzt bin."

„Er hat dich verlassen. Du hast mir selbst erzählt, daß er es niemals wieder gut machen wird."

„Niemals. Ich weiß seit langem, daß er es niemals tun würde. Du hast kein Recht mich zu *bemitleiden*, Mr. Douglas. Ich lief mit offenen Augen in mein Unglück – aus eigenem freien Willen. Es war keine Täuschung, kein gebrochenes Gelübde, keine Lügen auf jeder Seite. Ich mag ihn, und ich hasse die andere Frau – das ist alles. Die andere Frau ist nun seine Gattin."

Sofort weiß er die Wahrheit und auch sie sieht, daß sie sich selbst verraten hat.

„Arthur Lamont!" ruft er aus.

Sie blickt ihn scharf an und bedeckt dann ihr Gesicht mit beiden Händen und schluchzt heftig.

Er steht, als habe ihn der Blitz getroffen, dann ballt er seine Fäuste und äußert eine schreckliche Verwünschung.

„Arthur Lamont!" wiederholt er, „ich habe es vermutet. Arthur Lamont! Weißt Du es schon? Letzte Nacht kam er mit seiner Lady in das Schloß zurück."

„Letzte Nacht!" echot sie unter ihren Schluchzen überrascht.

„Ja. Er ist dort und ich werde ihn sehen!" sagt er bleich vor Leidenschaft. Sie streckt ihr Hand aus und fleht ihn an zu bleiben. Er hält unentschlossen inne und ihre Blicke treffen sich.

„Du darfst ihn nicht treffen!" bittet sie, „ich sage dir, Arthur ist nicht schuld. Ich liebe ihn – ich dachte, vielleicht, daß er Lady Bell verlassen würde und mich zu seiner Frau macht. Es war mein Handeln, nicht seines. Versprich mir – versprich mir, daß du *ihm* nicht schaden wirst!"

„Ich werde nichts versprechen bis ich ihn von Angesicht zu Angesicht gesehen habe."

„Was wird es nützen? Nichts. Ich weiß deine Sorge um mich und daß es ihm leid tut, aber ich weiß, daß er mir nicht helfen kann. Niemand kann mir helfen."

Kapitel V

Wie Arthur Lamont heimkommt

„Oh, was ist das, und was ist das,
Hat er meine Liebe gestohlen?
Er war auch mein sündiger Bruder,
Einen schlimmen Tod soll er sterben!"

Bonny Faly Livington

Glücklicherweise war der Earl zu der Zeit von Effies Flucht in Edinburgh und das Haus war der Hausdame und den Bediensteten übergeben. Die Hausdame Mrs. Wylie, eine strenge alte Lady calvinistischer Überzeugung , die niemals mit den Augen der Liebe auf Effie schaute. Tatsächlich war zwischen ihnen stillschweigend tagelang Krieg. Lange bevor die Krise eintrat hatte die Hausdame ihren Verdacht gehabt, was sie nicht gerade langsam unter den Bediensteten herumsprach.

Aber was die arme Effie zur Verzweiflung brachte war die Nachricht, daß Arthur und Lady Bell heimkommen. Achtundvierzig Stunden vor ihrer Ankunft wußte jede Seele in Schloß Lindsay die Ursache von Effies plötzlichem Verschwinden. Sie wußten sozusagen, daß das Mädchen eine Mutter wird und Zuflucht unter dem Dach von Douglas gefunden hat.

Mrs. Wylie bewegt sich in dem großen Haus wie ein Hüter mit einem riesigen Schlüsselbund, schaut grimmig interessiert, in der Art eines kleinen Propheten. Was sie lange prophezeite ist nun eingetroffen: Miss Hetherington ist ein schwarzes Schaf.

Spät am Abend kam das Hochzeitspaar an. Arthur sieht leidend und blasiert aus, Lady Bell ist voller Begeisterung und sinnlicher Stimmung. Mrs. Wylie steht mit dem Diener an ihrer Seite und die Bediensteten hinter ihnen an der Schwelle sie zu empfangen und als sie die Treppe heraufkommen knicksten alle.

„Werden Ihre Lordschaft um acht Uhr dinieren, wie gewöhnlich?" fragt die Hausdame, nachdem die erste Begrüßung vorüber war.

„Ich denke, ja", sagt Lady Bell und schwebt davon, gefolgt von ihrem Dienstmädchen.

„Wann ging Miss Hetherington nach Edinburgh?"

„Miss Hetherington", antwortet die Hausdame, mit einem Gesicht grimmiger als eine Steinmaske, „sie verließ das Haus vor drei Tagen, Mr. Arthur."

Arthur nickt. Die Information verursacht ihm wenig Überraschung, es war lange arrangiert, daß Effie fort bei entfernten Verwandten im Norden sein sollte, bevor sie nach Hause kommen.

Er schlendert unbekümmert treppauf, nichtsahnend von den Blicken, die zwischen Mrs. Wylie und dem Butler gewechselt wurden und den Blicken und Flüstern zwischen den Bediensteten.

Oben in dem Raum , der für ihren Empfang hergerichtet ist, ergibt sich Lady Bell der Hilfe ihres Mädchens und bereitet sich auf das Dinner vor. Sie sieht strahlend aus und nahezu hübsch, aber als das erste Klingeln ertönt und ihre Toilette fast beendet ist, findet sie sich selbst Mrs. Wylie gegenüber.

„Mit Ihrer Ladyschaft Erlaubnis würde ich mit Ihrer Ladyschaft sprechen."

„Hm! Wollen wir es nicht morgen früh machen?"

Die Hausdame schüttelt ihren Kopf und auf ihren Wunsch schickt sie ihr Mädchen fort.

Einen unangenehmen Bericht hinsichtlich des Haushalts, oder Klagen über die untergeordnete Dienerschaft erwartend, schwingt sie sich in einen großen Sessel neben dem Spiegel.

In diesem Moment klopft es an der Tür.

„Darf ich hereinkommen?" fragt Arthur.

„Ja, natürlich!" ruft seine Frau.

Und als Arthur in voller Abendgarderobe an der Tür erscheint und eine Zigarette raucht, sagt sie:

„Mrs. Wylie wünscht mit mir zu sprechen, aber ich vermute sie will es nicht in deinem Beisein."

„Es ist keine Sache bei der ich mich sorge vor einem Gentleman zu sprechen", sagt Mrs. Wylie vor Entrüstung zitternd, „möglicherweise sollte Mr. Arthur es wissen. Es ist über – Miss Hetherington."

Lady Bell schaut überrascht, Arthur wird beunruhigend nervös.

„Gut, was ist mit ihr?" fordert Lady Bell scharf.

„Ist es ein Scherz, Ihre Ladyschaft? Drei Nächte zuvor verließ sie das Haus, ohne ein Wort oder einer Warnung und sie ist eingeladen nicht sehr weit – ins Haus von Lord Douglas."

Lady Bell springt lachend auf.

„Arthur, was habe ich dir gesagt? Ich wette meinen kleinen Finger, das ist ein Spiel!

Entweder sie haben in der Kirche geheiratet oder sind nur über einen Besenstiel gesprungen, es ist ein Spiel!"

„Das schlimme kommt noch, Ihre Ladyschaft", sagt die Hausdame trocken, „und für die gute Alte, die ich bin, ist es eine Sache, bei der ich erröte, wenn ich sie nenne.

In der Nacht als Miss Hetherington Schloß Lindsay verließ, wurde sie Mutter und beide sind drüben beim Lord eingeladen."

Arthur Lamont wird weißer als der Tod, lehnt sich an die Holztäfelung der Tür und stiert konsterniert die Hausdame an.

Lady Bell scheint aufgeschreckt, aber nicht vom Donner gerührt.

„Ein Kind? Effie Hetherington hat ein Kind!" ruft sie aus, „Arthur, hast du das gehört?"

Er hat es gehört und macht große Anstrengung seine Gefühle zu beherrschen, aber er beliebt zu sagen, nervös an der Zigarette fingernd:

„Oh, das ist unmöglich!"

„Es ist die absolute Wahrheit, Mr. Arthur!" sagt Mrs. Wylie, „ein Kind – ein Mädchen wird gesagt und in seinem Haus, wo nur ein fremder Mann und eine alte Frau dort sind."

In diesem Augenblick ertönt von unten der Gong. Arthur sammelt sich und macht einen großen Versuch:

„Es ist ein fragwürdiges Geschäft", sagt er mit soviel Kaltblütigkeit wie möglich, „aber ich behaupte es hat eine einfache Erklärung. Komm, Bell, laß uns nach unten zum Dinner gehen.

„Natürlich sind sie verheiratet!" erklärt Lady Bell, während sie nach unten gehen, „Effie war immer so hinterhältig und geheimnisvoll und ich wußte es immer, sie bevorzugt diesen Mann."

Sie dinieren im Zustand einer einsilbigen Unterhaltung und machen keine weiteren Anspielungen über die Neuigkeiten, die sie gehört hatten. Anstatt sich einzeln für das Schlafzimmer fertig zu machen, bleibt sie bei ihrem Ehemann, der, eine Zigarette rauchend, in einem Sessel sitzt. Sie sitzt auf einem Hocker zu seinen Füßen. Er fühlt ihre Gegenwart lästig und ist begierig darauf allein zu sein. Arthur behält seine Gefühle für sich und ist freundlich besorgt wie ein Bräutigam.

„Was denkst du darüber, kleine Frau?" sagt er nach einer langen Pause, währenddessen seine Frau gedankenvoll ins Feuer schaut.

„Über Effie Hetherington? Es ist, wie du sagtest, ein sonderbares Geschäft. Aber soll ich dir die Wahrheit sagen, Arthur? Ich bin froh, daß sie mit Gott gegangen ist."

„Warum?"

„Ich mochte sie nie."

„Nein?"

„Denn sie ist ein geborene Kokette! Es wäre schrecklich, wenn man bedenkt, sie hätte sich selbst zum Narren gemacht und für die Familie einen Skandal verursacht. Du mußt morgen hinüberreiten und die Wahrheit darüber in Erfahrung bringen."

„Bist du nicht zu hart zu ihr? Sie hat Fehler, natürlich, aber sie war immer liebenswürdig."

„Oh, sehr!" sagt Lady Bell mit einem schneidenden Lacher, „ich weiß, daß sie versuchte mich eifersüchtig zu machen!"

„Absurd!"

„Gestehe, Arthur! Du sorgtest dich niemals wirklich um sie, ja?"

„Natürlich tat ich es", antwortet Arthur lächelnd, „das war nur in einer geschwisterlichen Weise, aber nun . . ."

Der Rest des Satzes geht in einem gegenseitigen Kuß und der Umarmung unter. Lange nachdem Lady Bell sich zur Ruhe zurückgezogen hat, denkt Arthur über die Situation nach.

Während seiner Abwesenheit im Ausland erhielt er nur zwei Briefe von Effie an ihn über ‚postlagernd'. Im letzten warnte sie ihn in einem ungestümen Seelenkampf und der Verzweiflung vor ihrer Verfassung. Das war keine Einschüchterung gewesen, daß die Krise so drohend war. In der Antwort darauf hatte er sie bloß gewarnt, so schnell wie möglich von Schloß Lindsay wegzugehen und Obdach bei Fremden zu suchen, bis der Sturm vorüber wäre. Diese Warnung, das entdeckte er jetzt, war unbeachtet geblieben und das unheilvolle Ergebnis war nun augenscheinlich. Aber der beunruhigende Teil der ganzen Sache war die Nachricht, daß sie Obdach im Hause Douglas gefunden hatte. Von allen

Plätzen der Welt, ausgerechnet *dort*! Welch Tollheit führte sie dorthin? War es möglich, daß Effie schlauer war als er vermutete und vielleicht ohne angemessene Erwägung? Macht sie einen Liebhaber zum Sündenbock eines anderen? Es sieht sicher so aus und wenn es so ist, gut! Ein Skandal wäre demnach vermieden. Wieder und wieder verflucht er sich selbst, sich so großer Gefahr ausgesetzt zu haben. Er hatte eine exzellente Hochzeit und Lady Bell war eine viel charmantere Frau als er erhofft hatte – keine hohen Anforderungen stellen, fraulich und liebevoll. Es ist schmerzlich und darüber hinaus vermessen, in dieser Zeit, sich mit Konsequenzen einer alten Narrheit konfrontiert zu sehen. Seine Neigung zu Effie war ganz gewichen. Nur der Gedanke, daß Douglas sein Rivale geworden war, veranlaßte ihn kaum, sich zu beruhigen. Wenn, wie Lady Bell vermutet, Effie mit Douglas verheiratet ist, war er sicher, dann würde sie niemals sein Geheimnis verraten, so schätzte er den Charakter des Mädchens ein.

Gut, was immer die Konsequenzen sein mögen, da mußte er durch. Wenn das Schlimmste vom Schlimmen kommt und Lady Bell die Wahrheit in Erfahrung bringt, war er sich sicher, würde er sie nicht verlieren. Sie mag nicht besonders zartfühlend sein, ihre Liebe zu ihm war nicht von der Art, die in gefährliche Extreme verfällt. Sie mag für einige Zeit schmollen, aber mit Geduld würde sie bald wiedergewonnen sein, besonders, wenn die andere Frau, die sie so aufrichtig verabscheut, gänzlich untergeht.

Den nächsten Tag war Arthur früh unterwegs, inspizierte die Ställe und Nebengebäude, schaute nach den Sträuchern und den Obstbäumen und besichtigt den allgemeinen Zustand. Als er zu einem frühen Lunch kommt, fragt ihn Lady Bell, ob er wie vorgeschlagen, hinüber geht, um Erkundigungen über Effie einzuziehen. Er sagt ,vielleicht und es wäre nicht so eilig, denn er hätte Gespräche mit Rechtsanwälten zu führen'.

„Du wirst mit Besuchern überschwemmt werden, kleine Frau, so sei nicht ärgerlich, wenn ich mich aus dem Staub mache", sagt er.

Sie lächelt, küßt ihn und er schlendert davon.

Den ganzen Nachmittag rollen Kutschen und Fuhrwerke aller Art zum Schloß und Lady Bell hält Empfang im Gesellschaftszimmer. Sie liebt ihre Position und fühlt sich vollkommen glücklich, umsomehr, als ihr Mann gleichgültig gegenüber dem Schicksal von Effie Hetherington scheint .

Der Hauptverwalter hatte keinen unerfreulichen Bericht gemacht. Aber der Hauptwasserschutzpolizist hatte eine ungewöhnliche Geschichte zu erzählen: Nacht für Nacht war immer an einer anderen Stelle im Fluß unrechtmäßig gefischt worden, als die Lachse den Flußlauf heraufgeklettert waren und sie in stehendes Gewässer kamen. Die Wilderer waren eine wilde Bande, angeführt von einem Hew Howard, ein Schurke in allen Wassern gewaschen und Spiele dieser Art dazugehören. Obwohl die Polizeibeamten den Mann kannten, waren sie ihm nicht gewachsen und bisher unfähig ihn in flagranti zu ertappen.

Arthur steht mit Morrison, dem Hauptpolizisten, auf das Brückengeländer gebeugt, welches sich am Fuße des Schlosses befindet. Unter ihnen ist ein flaches Wehr, auf dessen Grund junge und alte Lachse sich im Schwarm drängen und zum Sprung ansetzen. Im Sonnenlicht aufblitzend, machen sie ihren Weg zum ‚Langen Teich‘, dem besten Abschnitt des Gewässers.

„Letzte Nacht war Hochwasser, Mr. Arthur", sagt Mr. Morrison, „aber der Fluß fließt ab und sie werden ihre Netze wieder aufstellen, wenn der Mond nicht scheint. Ich habe Stechginster und Dornengestrüpp überall um den Teich legen lassen, und es könnte mir gelingen Hew Howard zu fassen."

„Erschießen, die Bande!" sagt Arthur, „alle erschießen!"

„Nun Sir, zwei können das Spiel spielen, aber wir sind sechs gegen sechzehn."

Während der Polizeibeamte spricht erscheint, langsam über die Brücke kommend, mit einem kleinen Fischkorb unter seinem Arm, ein schäbiger Riese, sechs Fuß groß, schwarze Haare, dunkler Teint, nachlässige Haltung.Das ist der allgemein verrufene Hew Howard, von dem sie eben sprachen, ein Schuft, der zusammen mit einem rechtmäßigen Schuhmacher mit unerlaubten, heimlichen Abmachungen mit den Produkten über das Land zieht.

„Der echte Mann!" ruft Arthur aus, während Hew rauh und finster grinsend und verdrießlich grüßt.

„Was machen Sie hier? Warum sind Sie unbefugt auf diesem Boden?"

„Keine Beleidigung, Mr. Arthur", ist die Antwort, „Sie sind willkommen zurück im Schloß Lindsay. Ich habe zwei oder drei Flundern hier und zwei schöne Hummer aus der Bucht und gebe sie in der Küche als ein Geschenk für Lady Bell."

Er öffnet seinen Fischkorb und zeigt die Flunder und fraglichen Hummer. Morrison zuckt verächtlich mit den Schultern und blickt grollend auf das Dargebotene.

„Du teuflischer Schurke!" sagt Arthur, seinen Spazierstock schwenkend, „denke nicht, mich mit deinen vergeblichen Geschenken zu täuschen! Mach dich fort, ich warne dich. Das nächste Mal, wenn du in unserem Wasser fischst, werde ich dich wie einen Hund erschießen."

„Das geschieht dir recht!" setzt der zornige Wasserpolizist hinzu.

Ein drohender Blick kommt vom entschlossenen Gesicht Hew's, gefolgt von einem finsterem Grinsen.

„Möglicherweise hat Mr. Morrison mir etwas angedichtet. Es ist nicht *mein* Lachsnetz, das wissen Sie genau."

„Nun, du weißt, was dich erwartet. Ich meine, was ich sage."

„Ich werde meine Zelte abbrechen, Mr. Arthur", ist die Antwort, „aber man sagte mir im Pub, daß die Jugendlichen ihren Teich unbefugt betreten hatten, Schande auf sie, und gute Feuerwaffen mit sich führten." Er dreht sich um und setzt mit einem vergnüglichen Lachen hinzu: „Und Sie wollen die Flundern nicht haben, Mr. Arthur?"

Als Hew außer Sichtweite war sagt Arthur: „Nach dieser Warnung, denke ich, ist keine Gefahr mehr. Er weiß, was ihn erwartet."

„Das ist wahr, Sir", antwortet Morrison, „aber er fürchtet weder Kugel noch Pulver, weder Mann noch Teufel. Ich sah ihn, wie er den Fischzug, der überspringt beobachtete und er wird diese Nacht mit dem Netz hier sein.

„Wieviel Leute haben Sie?"

„Vier am Untersee und drei oben."

„Verdoppeln Sie."

„Es ist nicht einfach in der kurzen Zeit, aber ich will es versuchen."

„Gehe zu Innes und sagen Sie dem Keeper, er soll all seine Leute mit Gewehren bringen. Bei Gott! Wir werden diesen Schuften eine Lehre erteilen."

„Aber, Mr. Arthur, es ist gegen das Gesetz. Sie erinnern sich an den Ärger letztes Jahr, als Hew's Bruder am Arm verwundet wurde. Wenn der Mann tot gewesen wäre, hätte sich Innes dafür gerächt."

„Machen Sie es wie ich sagte", entgegnet Arthur kalt, „wenn das Gesetz uns nicht hilft, so nehmen wir das Gesetz in unsere eigenen Hände."

An diesem Abend zieht sich Arthur nicht zum Dinner um, sondern bevorzugt seine strenge Schießkleidung und erklärt Lady Bell seine Absicht. Solche kleinen Schwierigkeiten gewohnt, fleht sie ihn bloß an, vorsichtig zu sein und sich nicht in Gefahr zu begeben. Es ist bereits fast dunkel, als Arthur sein Gewehr nimmt, seinen Patronengürtel umschnallt und seine

Zigarre raucht und durch das Gestrüpp zum Flußufer schlendert. In der Aufregung des möglichen Abenteuers hat er Effie Hetherington vergessen.

Die Sonne ist längst untergegangen, aber es waren noch einige Regenschauer gewesen, genug, um den Fluß zu erfrischen, ohne die Teiche anschwellen zu lassen, um für das Durchwaten zu tief zu machen. Alles ist still und friedlich, bis auf einen zufälligen Schrei einer Eule oder eines alten Weibes. Aus dem dunklen Wald.

Am Fluß angekommen wartet und lauscht Arthur. Es war vereinbart worden, daß Mr. Morrison und die restlichen Leute sich am oberen Teich treffen sollten, der über anderthalb Meilen entfernt liegt. Von dort sollten sie sich langsam bis zur Brücke vorarbeiten , wo Arthur nun ist und auf sie wartet. Die Beobachtungen nehmen die ganze Nacht in Anspruch, weil die Wilderer erst kurz vor Tagesanbruch in Erscheinung treten. Er macht seine Zigarre aus und gibt den anderen Zeichen, daß er Schritte hört. Er stutzt und steht mit seinem Gewehr bereit.

„Wer ist da?" ruft er, „bist du es, Morris? Oder bist Du es, Innes?

Während er spricht sieht er in der Dunkelheit eine Gestalt, die dicht an ihn herankommt. Da gerade noch genug Licht ist, erkennt er:

„Mr. Douglas?"

„Ja", antwortet Douglas.

„Ich hielt sie für einen Aufseher", sagt Arthur, bemüht zu lachen, „oder für einen dieser teuflischen Wilderer. Aber was bringt Sie hierher?"

„Ich kam, *Sie* zu sehen."

„Wirklich?"

„Ja, wirklich. Sie wissen, was geschehen ist? Sprechen Sie, heraus damit!"

Die Worte sind so grimmig und finster und die Gesten, die sie begleiteten, ebenso und drohend, daß der junge Mann zurückweicht, zu seinem Gewehr greift, das ihm in diesen Moment aus der Hand gerissen wird und im Fluß landet.

„Hilfe! Hier!"

Aber in dem Schrei hält ihn Douglas bei den Armen fest wie ein Hanswurst.

„Du Teufel! Du, was Du mir schuldest? Dein Leben, dein miserables Leben!"

Obwohl erschreckt, findet Arthur Lamont seine Stimme wieder.

„Laß mich gehen, du brutaler Mensch! Du willst mich ermorden?"

„Es wird kein Mord sein, es wird nur das Töten eines Reptils sein. Auf die Knie! Bete, wie du noch nie gebetet hast. Deine Zeit ist gekommen!"

Hilflos wie ein Kind in dem kraftvollen Griff des Lords, findet sich Arthur auf seinen Knien wieder, in dem langen nassen Gras, wo er vergebens kämpft und schreit:

„Sind Sie verrückt? Was habe ich getan?

Er sieht das Gesicht des Lords dicht an seinem und trifft auf zwei brennende Augen.

„Du hast das Leben aufs Spiel gesetzt und verloren", sagt Douglas,m „wenn du wiedergutmachen könntest, würde ich dich zu ihren Füßen schleifen und dich vor ihr nieder werfen für ihr Vergeben oder Verdammen. Aber du kannst nicht, du kannst nicht, also bleibt nur ein Weg offen! Nun, Arthur Lamont, die Wahrheit! Lügen schützen dich nicht. Es warst du, der Effie Hetherington zur Schande getrieben hat? Bist du der Vater des Kindes?"

„Laß mich gehen", keucht Arthur, „und ich werde antworten. Sie erdrosseln mich."

Mit einem Stöhnen läßt er seinen Griff los und Arthur sträubt sich zu seinen Füßen, aber der eiserne Griff des Mannes ist noch über ihn und hält ihn auf seinem Platz.

„Die Wahrheit! Sprich!"

„Es könnte so sein, wie Sie sagten", schnauft Arthur, „ich kann nichts sagen. Ich kam erst letzte Nacht nach Hause."

„Sie war aus deinem Haus geflohen in meins. Ein Kind ist geboren worden. Warst du der Liebhaber? Verdammt, ja oder nein?"

Arthur schaut verzweifelt umher. Es war nun stockdunkel und er kann kaum das Gesicht seines Feindes sehen. Wenn er die Wahrheit ausspricht, fühlt er, gibt es kein entrinnen.

„Ich sage Ihnen, ich weiß nichts. Sie können mich töten, wenn Sie wollen, aber ich kann nicht mehr sagen."

In diesen Moment fällt ein Schuß, Stimmengewirr, ein konfuses Gemurmel aus der Dunkelheit aus Richtung des Flusses. Aufgeschreckt durch den Lärm, horcht Douglas und läßt seinen Griff locker. Arthur Lamont ergreift die Gelegenheit, taucht in die Dunkelheit und flieht.

„Stop, du Feigling!" schreit Douglas.

Aber ohne einen Moment inne zu halten stürzt Arthur barhäuptig in die Richtung des Lärms, der eben lauter wird. Jede Biegung des Flusses kennend, vom Fischen in seiner Jugendzeit, rennt er seinen Weg durch die Finsternis, durch ein Stück Waldung und kommt an das Ufer des langen Sees, wo die Wilderer, Aufseher und Beamten heftig gegeneinander kämpfen. Andere schwingen Fackeln – alle kreischen und schreien wie verrückt. Als Arthur auftaucht ist die letzte Fackel im Wasser erloschen ist, geht der Kampf trotzdem weiter. Nach Luft keuchend, gerät Arthur gegen einen Mann, der am Ufer steht.

„Wer ist das?" schreit er, „Innes?"

„Mr. Arthur?"

„Ja ich bin es. Gib mir dein Gewehr!"

Der Aufseher tut, was ihm befohlen wurde, sagt aber im selben Moment:

„Um Gottes Willen, Mr. Arthur, feuern Sie nicht! Sie werden unsere eigenen Leute umbringen! Sie kämpfen zusammen, wie wilde Tiere."

Das Kreischen und Stöhnen setzt sich fort, mit den Geräuschen kämpfender Leiber und spritzendem Wasser. Die Umrisse der Gestalten sind nur schwer zu sehen.

Plötzlich, als er seine Augen anstrengt, um Objekte neben und um ihn wahrzunehmen erhält Arthur Lamont einen mörderischen Schlag auf den Schädel von einer unsichtbaren Waffe. Nichts erkennend fällt der Schrecken über ihn. Dann kam ein erneuter entsetzlicher Schlag, niederschmetternd und ihm alle Sinne raubend. Er taumelt vorwärts durch die Finsternis, senkt seine Arme, als ob es ein Todesstoß ist und fällt mit einem Plumps in das aufgewühlte Wasser des Sees.

Kapitel VI

Der Kummer der Effie Hetherington

„Ein heller Blick, ein strahlendes Auge,
scheint mir von Frauen als Ehrlichkeit!
Ein helles Lachen, ein Gesicht der Fröhlichkeit,
erscheinen mir bei Frauen als ehrlicher Wert!
Ein Begleiter flüstert, ein gewitterter Atem,
erscheinen mir als Liebe, die tiefer als der Tod ist."
Altes Sprichwort

Früh am nächsten Morgen sitzt Effie am Feuer und gibt ihrem Kind die Brust. Elspeth ist in der Küche beschäftigt, sagt wenig, sieht aber ganze Bände rechtschaffender Verurteilung. Im Geheimen revoltiert sie noch gegen den vornehmen Störenfried und es ist schwierig die Zunge im Zaum zu halten. Noch verdammt sie nicht das Kind für den Fehler der Mutter und sie sieht, wie hilflos und schwach sein Leben, das aus der mütterlichen Quelle saugt, ist. Dann und wann spricht sie leise voller Mitleid.

„Der Priester sprach gestern vor", sagt sie letztlich und hält in ihrer Arbeit inne, „aber der Lord schickte ihn weg zu seinem Geschäft."

Weiter in ihrer Arbeit inne haltend wartet sie auf Antwort. Aber Effie ist still, preßt ihre Lippen fest zusammen und schaut mit Tränen in den Augen trüb vor sich auf ihr Baby.

„Sie sollten den heiligen Mann sehen", fährt Elspeth fort, „möglicherweise würde er mit einem Wort Sie stärken, bei dem Ärger, den Sie zu erdulden hatten.Er spricht gelassen, freundlich und sinnvoll, wie die Lehre klingt."

„Ich wünsche niemanden zu sehen", sagt Effie mit gebrochener Stimme, „ausgenommen Mr. Douglas. Ist er nach Hause gekommen?"

Elspeth nickt grimmig.

„Ja. Er kam lange nach Mitternacht, aber nicht, um zu schlafen. Nun ist er fort an die Küste . . . Er ist wie ein Mann, der wahnsinnig ist, seit Sie hergekommen sind."

Im Vorsaal sind Schritte zu hören und Douglas erscheint in der Tür. Er sieht verhärmt und verstört aus, wie einer, der die ganze Nacht durchwacht hat. Seine Augen liegen tief und unter seinen zusammengezogenen Augenbrauen sieht sein Gesicht, durch irgendwelche Schmerzen, die ihn innerlich quälen, wie gefoltert aus. Nervös schaut Effie ihn an, liest in seinen Gesichtszügen mit einer Furcht, die sie nicht verheimlicht. Ohne einen Blick zu ihr, geht er quer durch das Zimmer zum Kamin und steht mit dem Rücken zum Feuer. Finster und ernst auf Elspeth schauend, bittet er sie den Raum zu verlassen Elspeth kommt dem unter murmelnden Protest nach.

Für einige Minuten steht Douglas still da, ohne Effie anzublicken, obwohl sie ihn mit ihren Augen fixiert.Dann, noch immer mit abgewandten Gesicht, spricht er:

„Lag ich gestern mit dem erratenen Namen des Mannes richtig?"

Er hält inne und wartet auf Antwort, aber es kommt keine.

„Du brauchst kein Wort zu sagen", fährt er fort, „ich weiß,daß ich richtig lag. Das Wunder ist, daß ich es nicht von Anfang an dachte. Nun ich habe den Mann gesehen und mit ihm von Angesicht zu Angesicht gesprochen."

Effie bricht einen Schrei des Schreckens aus, preßt das Kind an ihren Körper und versucht aufzustehen, aber ihre Kraft verläßt sie und sie sinkt stöhnend zurück. Douglas schaut sie nun an, geht zu ihr und legt ihr sanft seine Hand auf die Schulter.Ihre Blicke treffen sich und sie fühlt seinen gespannten und leidenschaftlichen Blick, während sie hysterisch murmelt:

„Was hast du ihm gesagt? Und warum, oh,warum gingst du überhaupt zu ihm?"

„Um ihn zu sprechen und einer Abrechnung wegen", antwortet Douglas, „er antwortete mir wie ein Schurke, der er ist, und dann . . ."

„Und dann", wiederholt Effie, zitternd wie Espenlaub, „du hast ihm nicht geschadet? Sag mir die Wahrheit – erschrecke mich nicht – du hast ihm nicht geschadet?"

„Wenn Schaden auf ihn gekommen wäre, würdest du dich um *ihn* sorgen?"

„Ja! Ich hatte dir bereits geschworen, daß ich am meisten zu tadeln bin. Ich – ich liebte ihn und er ist der Vater meines Kindes."

„Besser keinen Vater, als solch einen wie Arthur Lamont", entgegnet Douglas, „denke er läge in seinem Grab und vergiß ihn!"

Die Ausdrucksweise des Mannes ist so betrübt und unheilverkündend, die Worte mit solcher Ausdruckskraft gesprochen, daß Effies schlimmste Befürchtungen hervorgerufen wurden und sich ihre anfängliche Angst in Gewißheit verwandelt.

„Du hast ihn getötet!" schreit sie und schreckt vor ihm zurück, „du hast ihn getötet!"

„Und wenn ich es getan hätte", sagt Douglas mit einem geisterhaften Lächeln, „würdest du mich dafür hassen, Effie Hetherington ?"

„Ja, ich würde dich hassen!" antwortet sie, „wenn du ihm irgendeinen Schaden getan hast, werde ich dir nie vergeben – niemals! Ich weiß, du sorgst dich um mich – ich weiß du warst gut und freundlich gewesen – aber ich liebe Arthur und du hast kein Recht dich zwischen ihn und mich zu stellen."

Die Worte kommen voller Leidenschaft und unter Schluchzen und Tränen hervor.

Für den Augenblick schien all ihre Schande, all ihr Schwäche vergessen zu sein. Es war eben das plötzliche Erwachen der alten Verachtung. Sie schaut den Mann, den sie zwar achtet, aber mit einer sonderbaren physischen Abneigung an. Douglas schaut sie ruhig an, nur ein schwaches Zittern in seinen Mundwinkeln zeigt seine tiefen Gefühle. Sein Vergeben für sie ist absolut, daß nicht einmal ihre heftig ausgedrückte Abneigung es ändern kann.

„Effie", sagt er sanft, „willst du mir zuhören?"

„Nicht wenn du ihm geschadet hast, nicht wenn . . ."

„Als ich dich letzte Nacht verließ", unterbricht Douglas sie, „war es, weil ich den Mann ausfindig machen wollte und ihn dafür zu strafen, daß er dich in solchen Kummer gebracht hat. Ich fand ihn – ich sprach mit ihm. Wie ich schon sagte – ich hätte ihn töten können, hätte sich Gott nicht dazwischen gestellt."

Sie schaut verwundert auf ihn, nicht ganz den Sinn seiner Worte verstehend.

In diesem Moment kommt Elspeth zurück in die Küche und sagt:

„Lord, Lord, würden Sie an die Haustür kommen. Hier ist Tam Hunter o' Gandercleugh an der Tür, mit furchtbaren Neuigkeiten vom Schloß Lindsay."

Und mit diesen Worten eines schrecklichen Omens verläßt sie die Küche. Mit einem raschen Blick auf Effie, die starr in ihrem Sessel sitzt, geht Douglas nach draußen vor das Haus. Er findet den jungen Hunter, ein kräftiger kleiner Farmer, auf dem Pferd sitzend und ihn erwartend.

„Was ist los, Hunter?" fragt Douglas.

„Eine böse Sache, Lord, drüben im Schloß. Einige Schurken wilderten letzte Nacht im Fluß. Es gab einen Kampf mit den

Aufsehern und in diesem Kampf fand der junge Mr. Arthur den Tod."

Elspeth, die dabeisteht und zuhört, wehklagt und wringt ihre Hände. Hinter ihr im Vorsaal ist ein Schrei, dann das Geräusch eines fallenden Körpers. Sich schnell wendend, sieht Douglas und versteht, was sich ereignete. Effie Hetherington hatte ihr Kind hingelegt und ist herausgekommen , die Neuigkeiten zu hören und die ersten Worte der Nachricht hat sie wie ein Schlag getroffen und sie bewußtlos auf die Schwelle hingestreckt.

Mit einem Aufschrei rennt Douglas zu ihr, nimmt sie auf seine Arme und trägt sie zurück in die Küche. Bevor er sie absetzt kommt sie zu sich, macht sich aus seinen Armen frei, wirft sich selbst am Sessel auf die Knie und betet schluchzend.

Ohne ein Wort verläßt er sie und kehrt zu dem Boten zurück.

„Wie ist es passiert?" fragt er

„Wissen Sie, Lord", ist die Antwort, „sein Schädel war eingeschlagen und er fiel in den dreckigen Teich. Später bei Tagesanbruch fanden sie seinen Körper und zogen ihn heraus. Sie sagen es war Mord, Mr. Douglas. Aber sie haben Hew Howard festgenommen und zwei von ihnen und wenn bewiesen werden kann, werden sie wahrscheinlich hängen!"

„Geh ins Haus", sagt Douglas zu Elspeth, „und höre auf mit dem Geschrei, kein Wehklagen und Geschrei können einen Toten zum Leben erwecken und da ist jemand drinnen, der deine Hilfe braucht."

Zitternd und zu sich selbst murmelnd gehorcht die alte Frau und geht. Ernst und still lehnt sich Douglas gegen die Tür, zündet sich eine Pfeife an, redet weiter wie ein Lastträger in einer Diskussion über das Wetter:

„Ein grauenhaftes Heimkommen für die junge Ehefrau!"

Er beobachtet die Rauchwolken, die von seiner Pfeife aufsteigen.

„Es wird Wehklagen und Zähneknirschen drüben diese Nacht sein und an vielen kommenden Nächten. Es tut mir leid für Lady Bell!"

„Sie sagen, sie ist verwirrt und faselt wie eine verrückte Frau. Arme Lady. Bleibt als Witwe, so jung und trauernd um den Bräutigam, der in der Blüte seiner Tage hin ist."

„Besser als Mann, als wenn er als Junge gestorben wäre", antwortet Douglas, „wie kann man das als Mord gegen diese armen Teufel nennen? Sie kämpften in Selbstverteidigung."

„Selbstverteidigung oder nicht, ich hoffe sie werden hängen, jeder von ihnen. Die Schufte. Einen unschuldigen Gentleman zu töten, der nur seinen Besitz verteidigt. Aber ich breche jetzt auf, ich habe noch einen langen Weg vor mir. Guten Tag Ihnen, Lord!"

„Guten Tag, Hunter", antwortet Douglas, als der andere davontrottet.

Allein gelassen, raucht Douglas still, aber sein Ausdruck der ernsten Gleichgültigkeit wandelt sich in geisterhaften Schmerz. Er steht mit seinem Kopf an den Türpfosten gelehnt und sein dunkler Blick geht hinaus auf die weite See.

* * *

In der Zwischenzeit liegt der Schatten des Todes über Schloß Lindsay. Die letzten freundlichen Dienste an dem jungen Mann sind getan worden, der kalt und steif in der Kammer, wo er im Leben geschlafen hat, liegt. Alle Spuren seines gewaltsamen Endes sind versteckt worden. Sein schönes Gesicht ist hergerichtet und seine schönen Hände sind zusammen auf sein Herz gelegt. An seinem Bett kniet Lady Bell, schluchzend in der Seelenqual des Kummers.

Der alte Earl kommt und geht auf Zehenspitzen, zu frisch sind seine eigenen Erfahrungen des Trauern. Während der Hausdiener in Trauersachen geübt, alles ruhig arrangiert kommt die Hausdame. Wieder und wieder hatte sie versucht Lady Bell zu trösten, aber die einzige Antwort die sie erhielt ist:

„Laßt mich! Laßt mich! Sprechen Sie nicht mit mir! Ich wünsche mit ihm allein zu sein!"

„Am besten man läßt ihr Zeit", sagt sie, „Gott in seiner Barmherzigkeit sendet diese Tränen, um das wunde Herz vom Zerbrechen zu bewahren. Ja, überlaßt sie ihrem befriedigenden Weinen!"

Der Earl , ein ernster Mann, der gerade jetzt ,in den Stunden des Leidens nicht den gerechten Gedanken der Rache vergißt. Er war es, der Polizei und Richter auf die Spur der Männer setzte, von denen er glaubte, daß sie für die schreckliche Tat strafbar wären. Der Verdacht fiel auf Hew Howard, der in seiner eigenen Schmiede in Handschellen festgenommen und nach Dumfries abtransportiert wurde. Zwei seiner Kameraden ereilte das gleiche Schicksal. Alle drei beteuerten laut ihre Unschuld. Nicht ein Mann, weder die Wilderer selbst, noch die Aufseher vermuteten, daß Richard Douglas im Wald von Schloß Lindsay gewesen war, eben zur der Stunde, als Arthur Lamont zu Tode kam.

* * *

Als Douglas schwermütig in der Tür steht, hört er das Rascheln von Kleidung und Schritte hinter sich und im nächsten Moment gleitet Effie Hetherington, den Mantel über die Schulter geworfen, dich an ihm vorbei und rennt mehr, als sie läuft vom Haus fort. Er steht wie gelähmt. Dann wirft er die Pfeife fort und folgt ihr. Die Geräusche der Schritte hinter sich, macht ihre

Flucht noch schneller, aber schon bald hat er sie eingeholt und stellt sich ihr in den Weg.

„Laß mich passieren!" ruft sie und fixiert ihn mit strengem Blick.

„Wohin gehst du?" fragt er freundlich und streckt seinen Arm aus, um ihr zu helfen, während sie stolpert. Aber bei seiner bloßen Bewegung schreckt sie mit Schaudern zurück und ruft schwach nach Hilfe.

„Effie, Effie!" ruft er, noch in derselben Freundlichkeit, „du bist verrückt, komm zurück ins Haus!"

„Nein, ich gehe hinüber zum Schloß Lindsay, zu Arthur. Ich möchte die Wahrheit wissen. Ich will mich selbst überzeugen, daß er tot ist."

„Du solltest nicht. Du mußt es nicht! Denk an dich selbst! Denk an dein Kind!"

„Ich hasse mich selbst! Ich hasse das Kind!" schreit sie wild, „ich hasse dich, daß du mir hast Obdach gegeben. Du – du hast ihn getötet! Ihn ermordet. Ja, du du bist ein Mörder, ein Mörder und ich werde aller Welt erzählen, daß du es getan hast!"

„Effie, meine Frau,erinnere . . ."

„Ich erinnere mich an alles! Denkst du ich könnte vergessen? Ich liebte immer ihn und ich hasse dich. Vom ersten Moment an, als wir uns trafen, verabscheute und fürchtete ich dich. Und nun weiß ich, es war richtig. Ich ekle mich an deiner Seite und ich ekle mich, wenn du zu mir von Liebe sprichst. Du bist ekelerregend zu mir, schrecklich, wie ein Reptil, wenn du mich berührst, wenn du freundlich zu mir sprichst. Du wirst mich töten – ja du wirst mich töten, wie du meinen Arthur getötet hast!"

Sie spricht wie eine wahnsinnige Frau, verzweifelt durch Schmerz und Furcht. Die gesprochenen Worte sprudelten nur so heraus und ihre Blicke und Tonart sind nicht mißzuverstehen. All die alte Abneigung war wieder da, verstärkt durch die leidenschaftliche Hoffnungslosigkeit.

Er hört ruhig zu, aber sein Herz schien von einem Messer durchstochen.

„Du liebst ihn so sehr?" sagt er betrübt, als sie mit ihrem hysterischen Anfall aufhört, „nun denn, es tut mir leid, daß er tot ist. Ich würde mein eigenes Leben geben, um ihn zurück zu bringen."

„Du willst dein eigenes Leben geben? Ja, es wird gegeben werden – weil du ihn ermordet hast, du wirst büßen. Ich selbst werde ihnen sagen, daß du letzte Nacht dort warst – daß du hin gingst ihn zu ermorden, weil du ihn haßtest, weil er mich liebte."

„*Du* willst ihnen das sagen?"

„Ja!" sagt sie.

„Wenn ich es um Deinetwillen getan hätte?" fragt er, sie mit schmachtenden Blicken anschauend, „nun dann tu es, Effie, „ich werde kein Wort sagen!"

Sein ganzes Dulden bändigt sie sicher mehr, als es Wut hätte tun können. Es tadelt und demütigt sie wie von Gott gestraft.

„Vergib mir, vergib mir!" schluchzt sie und streckt ihre Hand bittend aus, „ich bin schlecht und undankbar, ich weiß, du warst mein einziger Freund gewesen. Ich verabscheue mich selbst für das, was ich gesagt habe, aber ich liebte ihn so sehr, ich liebte ihn so sehr!"

Wie Gras im Wind durch ihre wilden gemischten Gefühle geschüttelt, fällt sie auf ihre Knie, auf den sumpfigen Boden.

Douglas beugt sich und hebt sie auf. Er fühlt ihren Schauer bei seiner Berührung, aber sie ist zu schwach und erschöpft, allein zu gehen und er führt sie freundlich zurück zum Haus.

Kapitel VII

Lady Bell

‚Was habe ich von meiner Liebe, die tot ist,
Und was, wenn ich hier weine -
Sie nahmen den weißen Kranz von seinem Haupt,
das ich so liebte, Lieber!'

Border Ballad

Am nächsten Morgen werden Hew Howard und seine zwei Kameraden und mit noch zwei unbekannten anderen Personen den Richtern von Dumfries vorgeführt. Es wird ihnen routinemäßig den Tod des Arthur Lamont verursacht zu haben zur Last gelegt.

Dem alte Earl , ernst, grau und still, ist ein Sitz im Richterstuhl zugewiesen worden und es ist zu bemerken, daß er verschiedene Male sich mit kurzen Bemerkungen mit dem untersuchenden Anwalt unterhält. Die Gefangenen sind ohne Verteidiger und sie bewahren eine trotzige Ruhe. Hew Howard antwortet ruhig, als sein Name aufgerufen wird:

„Sie sollten wissen, wie es läuft. Es ist nicht das erste Mal, daß ich hier stehe. . ."

Er schaut zu Seiner Lordschaft während er spricht mit einem merkwürdigen Ausdruck, einer Art von befriedigtem Lächeln. Der Inhalt der Worte und der Blick sind ehrlich genug für jeden der Anwesenden.

Bei der letzten Gelegenheit, als er hier vor Gericht stand, wurde er der Wilderei in den Gewässern Lamonts für schuldig befunden und wurde zu einem Jahr Gefängnis von Lamont verurteilt. Während seiner Einkerkerung ging damals vieles in seiner Familie, die aus einer bettlägerigen Ehefrau und vier jungen Kindern bestand, schief. Aufgrund der Not war seine Frau wenige Stunden nach seiner Entlassung gestorben.

Diese Geschehnisse sind in den Köpfen eines jeden im Gericht. In besonnener Freimütigkeit widerrufen die Schurken eine Menge der mutmaßlichen Beweise , die gegen sie erhoben wurden. Ein Stöhnen und ein Schauer geht durch das versammelte Auditorium, welche die Untersuchung verfolgt.

Das schon bleiche Gesicht des Earl wird noch blasser. Hew behält für den Rest der Verhandlung dieses sonderbare, befriedigte Lächeln auf seinem Gesicht bei , bis er mit seinen Kameraden die Anklagebank verläßt.

„Es ist ein Mordsjob für seine Bande, mein Lord", sagt der vorsitzende Richter zu dem Earl, „jeder kann die Tat begangen haben, so sicher wie wir hier sitzen.

Sieben weitere Bandenmitglieder werden an diesem Tag arretiert. Einer von ihnen denunzierte seine Kameraden, in der Hoffnung auf Begnadigung als Kronzeuge. Es scheint bald, daß Arthur Lamonts früher Tod sich schrecklich rächt.

Am dritten Tag kommt als Mörder die ganze Bande, sechzehn an der Zahl, in Haft. Sie müssen ihre lange Haftstrafe im Hauptgefängnis antreten.

Der Tag von Arthurs Beisetzung kommt. Douglas, durch viel sonderbare Wechsel der Gefühle, welche er selbst nicht versteht, fühlt sich unwiderstehlich hingezogen, Zeuge der Zeremonie zu sein.

„Weiß sie es", fragt Elspeth, sie spricht nie Effies Namen aus, wenn sie es verhindern kann, „weiß sie was heute passiert?"

„Nicht von mir", antwortet Douglas.

„Er war verwandt mit ihr", sagt Elspeth, „willst du es ihr nicht sagen?"

„Laß die Dinge wie sie sind, was gut ist für sie, tue ich." sagt Douglas.

„Du willst selbst hingehen?" fragt die alte Frau und schaut auf seinen schwarzen Gehrock, den er an hat.

Er gibt keine Antwort. Er wendet sich zum Fenster, nimmt den gut bekannten Boccaccio herunter, wie als Signal für die Bedienstete und sie verläßt den Raum. Er sitzt auf das Buch starrend, blättert Seite für Seite um, ohne Verständnis was er liest, als Effie eintritt.

Sie hält kurz inne, als sie ihn sieht und schlägt sich auf die Brust. Auch sie hat seinen Kleideraufzug bemerkt und hat gleich seine Bedeutung erraten Sie bricht in Tränen aus und eilt aus dem Raum.

Die ungewöhnlichen Umstände des Todes von Arthur Lamont, seine hohe Position, seine kürzliche Heirat, sein gewaltsames Ende entzündet die öffentliche Wißbegierde. Es folgt ein enormer Zulauf auf dem Friedhof, um der Beisetzung beizuwohnen .

Schloß Lindsay und die umliegenden Gasthäuser schätzen es sehr, die blaublütigen Trauernden zu beherbergen, die ihm zu seiner letzten Ruhestätte folgen. Zu Lebzeiten hatte er nicht so viele Günstlinge unter den Gutsherren. Seine Art zu seinen sozial Untergebenen war geschickt gewesen, aber seine schroffe, unterdrückende,und übertriebene Strenge zu den Wilderern hatte ihn unpopulär gemacht bei der diesen Sport liebenden Bevölkerung. Aber der Tod, besonders, wenn er in so schrecklicher Gestalt kommt, reinigt alle Schuld und so ist das Gefühl unter der beträchtlichen Menge, die dem Hinablassen seines Körpers in die Erde beiwohnen.

Mitleid für das junge Leben, das auf   dieser Welt in der Blüte beendet wurde, für die einsame Lady, die in einsamen Kummer in Schloß Lindsay sitzt und auch für den alten Lord, der zu stolz ist, die kleinste Spur der Gefühle zu zeigen, die er braucht und gefühlt haben müßte, der an der Seite des Grabes seines Sohnes aufrecht und ernst wie eine Gewitterwand steht.

Welche Worte kann man finden, die Gefühle auszudrücken, welche das Herz von Douglas erfüllen, als er dort steht, allein und unerkannt inmitten der Menge? Er hatte den Mann gehaßt, der kalt und leblos ein paar Fuß von ihm liegt. Er haßte ihn mit einer leidenschaftliche Intensität, welche fast kriminell war, was Effie ihn unterstellt und was sie noch immer glaubt. Er haßte Arthur noch dafür, was er der Frau, die er liebt, angetan hatte. Da gab es Momente, als seine Verabscheuung für diesen Mann ihn so großen Ärger machte, daß er Rache von seiner Hand wünschte. Er dachte daran, in milderer Stimmung Gott zu danken, ihn davor gerettet zu haben, gerade bei solchen furchtbaren Gedanken in größter Not.

Seine Liebe zu Effie regt tief seine Natur an – einer Natur die Höhen und Tiefen hat. Oft stand er der Fähigkeit der Leidenschaft, die sich ihm offenbarte arglos gegenüber... Der Tod hat anscheinend alle Rechnungen bezahlt, bis auf eine.

Aber nun, als er an der Seite des offenen Grabes Arthur Lamonts steht und den dankenden und erhabenen Worten der Grabrede lauscht, sich das Bild Effies Gesicht und den Klang des leisen Schreis, den sie heute morgen beim Fortrennen äußerte, sich vorstellt. Die Erinnerung an all den Kummer und der Schande, die bloße physische Seelenqual, die sie befiel, als sie den Tod des Mannes erfuhr, macht sein Blut kochend mit einer Leidenschaft von hilfloser Wut. Er würde Lamont ins Leben zurückrufen für das Gefühl der Genugtuung seinen Hals in seinem Würgegriff zu haben. Er hört die Stimme des toten Mannes und sieht sein Gesicht und verabscheut die Erinnerung an seine leichte Frechheit und der halb weiblichen Schönheit so tief wie nie. Wie bei Amyas Leigh(8), als er sein Schwert in die See schleuderte, verfluchte er Gott, daß er seiner gerechten Schuld der Rache beraubt wurde. Wie Amyas auch und viele andere Männer, mußte er lernen, daß Gott freundlicher zu ihm gewesen war, als er dachte.

Er schlendert quer durch das unfruchtbare Torfmoor zu dem betrübten Haus zurück, welches sein Schatz und seine Folter beherbergt.

Er ist gerade einige hundert Yards vor seinem Haus, als er den schnellen Hufschlag eines Pferdes hinter sich hört. Er achtet nicht weiter darauf und geht seinen Weg weiter, bis er seinen Namen rufen hört. Als er sich umwendet sieht er ein paar Schritte vor ihm den Reiter sein Pferd zügeln. Es ist der Dienstbote des Earl.

„Sie werden mir verzeihen", sagt der Mann, „aber ich habe eine Nachricht für Sie, Mr. Douglas."

„Eine Nachricht! Für mich? Von wem?"

„Ich denke sie wird von der Lady sein, aber Sie werden es wissen, wenn Sie öffnen. Es war Maggie Mitchell, die sie mir gab."

Er übergibt den Brief und bleibt in seinem Sattel sitzen, währen Douglas die Nachricht öffnet. Sie ist kurz und einfach:

,Lieber Douglas,
ich möchte Sie sehen. Werden Sie so schnell wie möglich ins Schloß kommen?
Ihre Freundin in tiefer Sorge, Bell Lamont.'

Nachsinnend steht Douglas mit der Nachricht in der Hand da. Er konnte sich keinen Grund vorstellen, warum Lady Lamont ihn zu sehen wünscht.

„Gut", sagt er nickend zum Diener, als er sich umwendet in Richtung Schloß.

„Grüßen Sie Ihre Lady und sagen ihr, ich bin auf dem Weg zu ihr."

„Sie können mein Pferd nehmen, wenn Sie wollen, Lord", sagt der Bote, „es ist eine weite Strecke zu dem Schloß und Maggie sagte, es eilt."

Er sitzt ab und Douglas schwingt sich mit einem Dankeswort in den Sattel. Was könnte der Grund für diese rätselhafte Aufforderung sein und was könnte Lady Bell von *ihm* wollen? Sie hatten sich im ganzen Leben ein halbes Dutzend Mal getroffen und hatten keinen Umgang irgendeiner Art zusammen gehabt, weder vorher noch seit der stürmischen Nacht zu Halloween, als sie und Effie und Arthur Lamont Obdach auf Douglas suchten. Da fährt ihm während des Ritts zum Schloß etwas durch den Sinn. Die Neuigkeiten von Effies Schande waren ganz öffentlich und würde gewiß die Ohren ihrer Verwandten schon erreicht haben. Hatte sie die Elternschaft des Kindes erkannt? Das ständige Erbarmen und die Wut, die sein Herz erfüllt, sind für einen Moment durch diese Überlegung verdrängt.

Wer konnte so wahnsinnig schrecklich gewesen sein, der verwitweten Braut solch ein Geheimnis zu dieser Zeit sagen?

* * *

Seit dem Tod ihres Mannes blieb Lady Bell zum größten Teil in einer Verfassung, welche zwischen hysterischer Faselei und äußerster Niedergeschlagenheit variierte. Da gab es schwerwiegende Furcht um sie und ein benachbarter Doktor wurde gebeten, währen der gefahrvollen Periode im Schloß zu wohnen. Die plötzlichen wilden Anfälle der Kummers hatten sich selbst verbraucht und wurden seltener und sie war in brütende Ruhe gefallen, wie ein Narr fiel sie in eine Todeslethargie. Tag und Nacht saß sie an der Seite des offenen Sarges ihres Mannes, ihn nicht verlassend, außer zu kurzen Schlafpausen.

Als die letzten furchtbaren Stunden der Trennung kommen, beobachtet sie den Leichenwagen, der den Sarg enthält, und den langen Zug der Trauernden in einer sonderbaren Ruhe. Es scheint, daß sie keine Tränen zu vergießen hat. Maggie

Mitchel, die in diesem Moment ihre Begleiterin ist und bitterlich weint, als der Sarg das Haus verläßt, war nahezu genau so sehr erschrocken über ihre Ruhe, wie bei dem wilden Ausbruch ihres Kummers.

„Das ist nicht normal", sagt Maggie zu sich selbst, als sie das Gesicht ihrer Herrin anschaut, welches auf den Tod beruhigt ist und den Ausdruck einer marmornen Maske angenommen hat.

„Es ist nicht normal ihren Blick so zu sehen. Ich würde eher ihre hysterischen Anfälle wieder haben."

„Ich kann hier nicht atmen", sagt Lady Bell, ihre Hand auf ihre Brust legend. Dies waren die ersten Worte, die sie seit Tagen an jemand richtet. Fasziniert sitzt Maggie aus Furcht und beobachtet sie.

„Ich werde nach unten gehen, Maggie", fährt sie in einer Stimme fort, die nach langen Weinen sich wieder gesammelt hat.

„Nein, komme nicht mit mir. Ich kann klingeln, wenn ich dich brauche, ich möchte allein sein.

Sie geht die große Treppe hinab in die Empfangshalle. Die unter Etage des Hauses ist leer. Sie wandert von Raum zu Raum. In der Sterbekammer findet sie nach ihrem langen Suchen etwas Erleichterung. Alles was sie ansieht erinnert an Arthur und wieder beginnen die Tränen zu fließen. Zuletzt kommt sie in den Raum, der sein spezieller war. Ein mittelgroßes Apartment im Erdgeschoß, von wo aus der Wirtschaftshof übersehen werden kann. Seine Papiere und Briefe liegen zerstreut auf dem Schreibtisch, der neben dem offenen Fenster steht. Seine Gewehre und Peitschen und Angelruten sind ordentlich an ihren Nägeln und Gestellen an den Wänden. Der ganze Platz scheint voll von ihm, als erwarte sie die vertraute Gestalt sich nähern und sich an den Schreibtisch mit dem vertrauten Lächeln setzt. Sie versetzt sich so hinein, daß sie bitterlich weint und ein alter schottischer

Schäferhund, Arthurs Liebling, legt seinen Kopf auf ihre Knie und schaut sie mit fragendem und mitleidigen Winseln.

„Er ist gegangen, Dandie! Er ist gegangen", schluchzt sie und nimmt den Kopf des Hundes in ihre beiden Hände. Der Hund winselt erneut und sie beugt sich und läßt ihn. Ihre heißen Tränen fallen auf sein zottiges Gesicht. So sitzt sie mit dem Hund auf ihren Knien, leise weinend, eine ganze Weile. Die Krise ihres Kummers geht vorüber, ihre Tränen versiegen. Die ganze Atmosphäre erinnert an ihren verlorenen Ehemann. Plötzlich dringen Stimmen aus Richtung Stall an ihr Ohr. Sie erkennt instinktiv die Stimmen, die des Stallburschen und einem Mädchen von einer Farm des Earls, die Milch, Eier und andere Landprodukte bringt. Jedes Wort was gesagt wird hört sie ganz deutlich, so ist sie gezwungen das Gespräch mit anzuhören.

„Ja", sagt die männliche Stimme, „er war ein braver Gentleman und ein hübscher und ein Teufel unter dem Frauenvolk, meine Lady Bell, arme Frau!"

„Lady Bells Nacht war verrückt ohne ihn", sagt das Mädchen, „Maggie Mitchel sagt, es ist geradezu furchtbar bei ihr zu sein. Sie tut nichts außer Klagen und weinen, von früh morgens bis in die Nacht."

„Ja! Das ist natürlich, armes Ding. Das ist, was sie als offizielle Witwe tun kann. Da gibt es möglicherweise noch jemanden, der in dem Fall neben Lady Bell noch klagt."

„Und wer ist das?" fragt das Mädchen.

„Da gibt es noch Miss Effie Hetherington, die hübsche Effie, wie sie genannt wird und im Vertrauen, sie sagen, daß er sie Liebste nannte und sie ist . . ."

„Eh, Mann, ich kenne diese Affäre", sagt das Mädchen, „aber es ist nicht sicher wie es scheint, daß das Kind von Mr. Arthur ist."

„Und wer sollte es sein?" fragt der Mann.

„Die Leute erzählen, daß es Mr. Douglas sei, der in den Fallstrick ging."

„Nicht im Geringsten!" sagt der Mann, „Douglas ! Du bist eine leichtgläubige Frau. Das Kind ist nicht von Douglas, wie es nicht von mir ist. Was sollte ein hübsches Mädchen wie Miss Hetherington mit so einem sauren Tropf wie Douglas tun, der ein Gesicht hat wie eine Ecke des Dumfrieser Marktes?"

„Aber sie ist in seinem Haus, liegt dort und das Kind wurde dort geboren."

„Dort wurde es geboren, aber nicht gezeugt", sagt der Gefährte mit einem wiehernden Lacher, „und das ist nicht so ungewöhnlich, so zu denken wie du.

„Es ist kein Jahr her, als ich eines nachts auf dem Heimweg sie zusammen sah – Mr. Arthur und Miss Hetherington – im Sommerhaus in der Nähe des Wasserfalls. Sie saß auf seinen Knien und er küßte sie. Nun frage dich selbst: ob ein Mädchen wie sie lieber einen hübschen Gentleman wie ihn küßt, als einen halbverrückten alten Kerl wie Richard Douglas?"

Eine Stimme ruft den Burschen zur anderen Seite des Stalles. Er antwortet auf den Ruf und befolgt ihn.

Lady Bell sitzt für einen Moment wie schwer getroffen und wie zu Stein geworden. Ihre Tränen hörten plötzlich auf, als ob die Flamme des Zorns in ihren Augen sie wahrhaftig verbrannt hat.

„Unglaublich! Niederträchtig!" keucht sie.

„Arthur! Arthur!" ruft sie, als würde ihr toter Ehemann vor ihr stehen und auf die ungeheuren Beschuldigungen antworten. „Es ist nicht wahr! Und nun . . .?"

Eintausend kleine Dinge – bis jetzt vergessen, nahezu damals unbemerkt, gehen ihr durch den Kopf, die sich der Anklage anpassen. Blicke und Worte, Lappalien, leichter als Luft, aber nun von tödlicher Bedeutung für ihre neu erwachte Eifersucht.

„Ich kann es nicht ertragen! Ich werde verrückt! Ich muß es wissen! Ich muß einen Beweis haben! Aber wie? Das arme

Wesen sehen und weinend die Wahrheit von ihr hören. Ach, Douglas! Er wird es wissen."

Sie wendet sich zum Schreibtisch und schreibt eilig die Notiz, von der wir bereits wissen, die dem Lord übermittelt wurde. Die Trauergesellschaft langt auf dem Rückweg vom Friedhof auf der Hauptstraße an, als der Diener aus dem Tor reitet.

Kapitel VIII

Die zwei Frauen

,Aber wer wird diesen toten Mann segnen,
seine brennende Liebe oder ich,
Seit beide lächelten unter seinem Streicheln
und gesessen auf seinen Knien?
Und wer wird an der Seite des toten Mannes sitzen.
Wenn das Leben ihn verlassen hat,
die brennende Liebe oder die geschmeichelte Braut,
Am Tag des Jüngsten Gerichts?
Die Geschichte der Zwei

Was wohl die mögliche Erklärung für die Aufforderung Lady Bells sei, darüber zerbricht sich Douglas den Kopf und reitet halb mechanisch und drosselt den schnelle Trab auf einen Spaziergang. Wenn die unglückliche Frau durch irgendwelche Kanäle über Gemunkel die Wahrheit erfahren hat, so würde das Gespräch zwischen ihm und ihr hart fehlschlagen und extrem unbehaglich für beide werden und es muß auch für Effie schlecht und unnütz sein. Effie ist wie stets das Hauptinteresse in seinem Denken. Seine Gedanken nehmen diesen Weg und inmitten der verwickelten Verwirrungen seiner Gedanken und Gefühle, legt er sich für eine bestimmte Idee fest. Wenn sein Verdacht hinsichtlich der Einladung Lady Bells wahr ist und seine Schuld oder Unschuld am Tod ihres Ehemanns durch Befragung festzustellen wäre, könnte er glattweg lügen und offen die Vaterschaft Arthurs leugnen und das Kind als sein eigenes für sich beanspruchen.

Douglas ist naturgemäß ein bißchen ein kleiner Tüftler, als irgend ein anderer Mann dieser Tage, und kein Jesuit konnte gewiß schneller den unmittelbaren Vorteil, der sich aus diesem Schwindel ergäbe, erkennen. Es würde den Ruf des Mannes retten. Das ist aber nicht der Hauptbeweggrund, aber es wäre viel für die Verwandtschaft und der Familie des Arthur Lamont. Es würde Lady Bell von einem zweiten bitteren Schlag bewahren – bitterer vielleicht, als Douglas denkt, als dieser erste Schlag des Todes ihres Ehemannes.

Das ist der Hauptgedanke in Douglas Kopf – ein Gedanke, der ihn mit einem Strudel von Emotionen erfüllt. - ist das Kind zu beanspruchen und die Bürde des toten Mannes auf seine Schultern zu nehmen, würde Effie zur Kapitulation zwingen und ihn heiraten. Sein Gesicht läuft rot an und wird wieder blaß, sein Herz schlägt wie ein Schmiedehammer, sein ganzer Körper zittert bei diesen Gedanken. Daß sie ihn nicht liebt, macht ihm nichts aus, daß solche Dankbarkeit für seine Großzügigkeit, solche Bewunderung seiner höheren allgemeinen Fähigkeiten, in ihrer seichten Natur fähigen Gefühle nicht vorkommen, kann er leicht überwinden sowie auch ihre physische Unvereinbarkeit, die sie ihm gegenüber empfindet, machen ihm nichts aus. Er würde ihr erklären, daß es nicht die allgemeinen Vorrechte eines Ehemannes sind, die er wünscht oder beansprucht. Sie vor verleumderischen Zungen vor aller Welt zu beschützen, sie zu pflegen vom Abgrund der

Krankheit und Depression, für die freie Luft und das Sonnenlicht ihrer strahlenden Jugend – dies ist Belohnung genug und mehr als genug für ihn. Liebe kommt möglicherweise mit der Zeit. Sie muß und soll. Er würde sie so freundlich beschützen, über sie wachen mit solch äußerster Großzügigkeit der Zuneigung, daß sie ihn letztlich lieben muß. Was ist mit Gewissen und Ehre?

Die Gedanken, die er hat und das Glück gewinnen zu wollen ist schlecht. Er muß offen lügen und damit die kommenden Jahre leben. Eine Lüge, fürwahr! Er würde lügen bis seine Seele so schwarz ist wie die Arthur Lamonts, er würde durch Blut waten für dieses Ziel. Er schlägt seine Hacken in die Seiten des Pferdes und reitet in vollem Tempo zum Schloß.

Er geht durch die Empfangshalle des Schlosses und ein Diener führt ihn zu Lady Bells Boudoir. Ein Klappern von Tellern und Gläsern und ein gedämpftes Gemurmel der Unterhaltung erreichen sein Ohr aus dem großen Speisesaal zu seiner Rechten, wo Freunde und Verwandte des Hauses beim Leichenschmaus sitzen.

Er kann sich nicht erinnern, was für eine unterschiedliche Art von festlicher Bewirtung in dem Haus gewesen war, als er zuletzt diese Schwelle übertreten hatte. Das breite Treppenhaus, welches sonst voll Licht und Frohsinn war, ist schwarz umwickelt und der Raum zu welchem ihn der stille Diener führt, ist verdunkelt, es leuchten nur die Flammen eines Holzfeuers im Kamin.

„Meiner Lady werde ich nun sagen, daß Sie hier sind, Sir", sagt der Diener.

Douglas nickt. Als der Mann den Raum verlassen hat, steht er abwesend an der Kamineinfassung. Er ist immer noch in Gedanken, als Lady Bell hereinkommt. Sie gibt ihm eine kalte zitternde Hand, die eben nicht die Auflösung, in der sie sich befindet, unterdrücken kann.

„Ich hoffe es geht Ihnen gut, Mr. Douglas?"

„Ich danke, Ihre Lordschaft."

Er macht zu ihr eine ziemlich altmodische Verbeugung und nimmt Platz, auf den sie mit einer Handbewegung gewiesen hat. Sie setzt sich ebenfalls. Ihr Gesicht ist vom Feuerschein beleuchtet, aber von einem kleinen Handschirm teilweise verborgen. Der Feuerschein beleuchtet voll Douglas' rauen Gesichtszüge, die sich, wie ihr scheint, nicht verändert haben, seit sie ihn zuletzt sah. Ein bißchen grauer und dünner vielleicht, eine Kleinigkeit mehr Falten über den traurigen Augen und der versteinerten Stirn, aber das war alles.

Sie ist eine Frau des schnellen Entschlusses und des tiefen Fühlen. Sie fühlt, daß mit einem Mann wie Douglas, einfach und zugleich scharfsinnig, das Beste sein wird direkt wie möglich zum Grund ihrer Einladung zu kommen und keine Zeit zu verlieren und nicht in Diplomatie zu verfallen.

„Mr. Douglas", beginnt sie ruhig und direkt, obgleich ein leichtes Beben in ihrer Stimme zu bemerken ist, „ich sandte nach Ihnen, um eine Frage zu stellen. Die Antwort ist von größter Wichtigkeit für mich. Ich flehe Sie an, die Wahrheit, aus irgendwelchen Motiven der Freundlichkeit, vor mir nicht zu verbergen. Es würde ein Fehler sein – ein furchtbarer Fehler. Seien Sie ehrenhaft zu mir."

„Ich stehe zu Diensten, Madam", sagt Douglas.

Er weiß bereits, daß seine Vermutung richtig war, dies hört er an ihrem Tonfall und ihrer Art alles als etwas Gewöhnliches hinzustellen.

„Meine unglückliche Verwandte, Miss Effie Hetherington – sie befindet sich in Ihrem Haus?"

„Ja", sagt Douglas, „sie ist unter meinem Dach."

„Dort wurde ihr Kind geboren?"

Douglas nickt.

„Ich habe ein Gerücht gehört – ein furchtbares Gerücht."

Sie hält kurz inne und ihre Aufregung ist so groß, daß Douglas ihr nicht helfen kann, er ist auch mit seinem eigenen Kummer beschäftigt. Er fühlt einen stechenden Schmerz des Mitleids mit ihr.

‚Wie mußte sie diesen Schuft geliebt haben‘ , denkt er bei sich, aber er sitzt still und heftet seinen Blick auf die brennenden Holzscheite.

„Sie sagen – oh, Mr. Douglas, wie soll ich es sagen?"

„Lassen Sie mich Ihnen helfen, Lady Bell, sie sagen, daß das Kind ein Kind Ihres toten Ehemanns, Arthur Lamont, sei."

„Sie haben es auch gehört?" fragt sie.

„Es ist allerdings ein allgemeines Gerücht", fährt er kalt fort, „trösten Sie sich,Madam. Es ist nicht wahr!"

„Nicht wahr!" sie springt auf verliert den letzten Faden ihrer offensichtlichen Vorspiegelung der Ruhe.

„Oh, Gott sei Dank! Ich danke Gott dafür! Es verjagt mein Verrücktsein! Es machte mich krank: Es ist der beste Augenblick seit ich es hörte. Ich denke zu anderer Zeit hätte ich meinen Verstand verloren."

„Ihr Mann war schuldlos, Lady Bell. Das Kind ist meins."

„Ihres? Dann sind Sie verheiratet?" zweifelt sie schnell.

„Nein", sagt Douglas, noch ruhig, „wir sind nicht verheiratet."

„Nicht in der Kirche, vielleicht aber vor Zeugen beim Standesbeamten."

„Es gab keine Zeremonie irgend einer Art."

„Aber – aber" , stammelt sie nach Worten suchend, um ihr Erstaunen auszudrücken.

„Ich muß zurück, Lady Bell", sagt Douglas, „erlauben Sie mir zurückzukehren. Es gibt Umstände, die mich nicht länger verweilen lassen. Es gab Umstände, die uns von einer Heirat abhielten, die Zeit wird kommen."

Lady Bell ist, wie man sich leicht vorstellen kann, zu hocherfreut über die Zerstreuung ihrer Zweifel über die Treue ihres Mannes und hat momentan großes Interesse an Effies befinden.

‚Er heiratet sicher im Ausland‘ denkt Lady Bell.

Es ist zwar eine entehrende Situation für die Häuser Lindsay und Hetherington wie die Dinge stehen, aber letztlich ist Arthur schuldlos. Er ist wieder auf seinem Sockel in ihrem Herz und sie kann sich wieder seiner Erinnerung hingeben...

Nachdem Douglas sie verlassen hatte sank sie auf ihre Knie um in Verzückung Gott zu danken. Für den Augenblick ist der Kummer der Witwenschaft aus ihrem Herzen gelöscht. Es ist eine Abgedroschenheit des Zynismus, daß der wirksamste Weg die Zuneigung einer Frau zu behalten, wäre, kurz nach der Hochzeit zu sterben, aber es ist ein gewisses Maß ganz unzynischer und pathetischer Wahrheit enthalten. Arthurs Tod wirft im Herzen seiner Frau einen Heiligenschein auf ihn. Er hatte mit großem Erfolg, während der kurzen Zeit des Verheiratetseins, seine Verderbtheit und Fehler vor ihr verborgen. Er beherrschte das Vortäuschen ein Engel zu sein perfekt. Sie erinnert sich an ihn als den hübschesten, bravsten, liebsten und perfektesten Gestalter des Lebens. Wenn etwas zu ihrer Vergötterung

hinzugefügt werden könnt, dann die falsche Beschuldigung, sie hätte ihn gegen seinen Willen beherbergt, aber durch Douglas Versicherung ist alles zerstreut. Sie verbringt ein oder zwei Stunden der süßen Anbetung und bittersüßen Selbsterniedrigung vor Arthurs Ölportrait, es anbetend und für den Zweifel, den sie hatte, sich erniedrigend, wie ihr Stolz es niemals würde erlaubt haben, es vor dem lebenden Original zu tun.

Zwischen ihr und Effie war niemals die Liebe verlorengegangen und ihre jahrelange Kameradschaft bedeutet eben mehr. Das Kind gehört zur Familie, obwohl es ein bitterer Kummer bedeutet. Sie will zu ihr gehen, um sie zu sehen und Worte des Trostes zu sagen. Schnell ordert sie einen Ponnywagen zur kleinen Hintertür des Schlosses, mit welcher ihr Boudoir verbunden ist. Sofort nach Einbruch der

Dunkelheit gleitet sie im Mantel mit Kapuze aus dem Haus und fährt zu Douglas.

* * *

Douglas schreitet in der Zwischenzeit mit großen Schritten durch das Moor heimwärts. Ihn beherrschen wechselnde Gefühle zwischen Jubel und Verzweiflung. Im Moment sieht sein Plan gewiß erfolgreich aus, im nächsten Moment zweifelhaft und sein Blut rennt ihm kalt und heiß durch Hoffnung und Furcht durch die Adern. In jedem Fall sieht er sich in einer Szene mit Effie und macht sich darauf gefaßt.

Als er eintritt, ist der robust getäfelte Wohnraum leer. Er erfährt von Elspeth, daß Effie schläft. Er hatte eigentlich vor von seiner Aktion zu berichten, aber die momentane Atempause ist ihm ziemlich willkommen. Wenngleich die Zeit drängt. Er zündet sich eine Pfeife an und sieht starrend in das matte Licht des brennenden Torfs im Herd, dann marschiert er im Raum auf und ab. Die Dunkelheit hat zugenommen. Durch das Eintreten Effies wird seine Einsamkeit gebrochen. Sie schaut ihn mit einer verstohlenen Furcht in ihren Augen an, ein Blick, den Douglas gewohnt ist.

„Setz dich, Effie, ich habe Dir Einiges zu erzählen."

Eine besondere Tiefe in seiner Stimme warnt das Mädchen, daß die Unterhaltung keine gewöhnliche wird.

„Ich sah Lady Bell heute Nachmittag."

Er macht hier wieder eine Pause und Effie, die nervös auf ihre Hände schaut, die zitternd auf ihrem Schoß liegen, wartet, daß er fortfährt.

„Sie bat mich zu sich. Kannst du erraten was der Grund war?"

„Nein." sagt Effie furchtsam, „was war es?"

„Sie hatte *gehört*. . ." sagt Douglas , mit der Betonung des letzten Wortes.

Effies Atem beginnt sich zu beschleunigen und ihre Wangen röten sich aus Scham und Ärger.

„Ich vermute, es hat im ganzen Land die Runde gemacht", sagt sie, „nun? Und was hat meine freundliche Cousine zu dir gesagt?"

„Sie wollte wissen", fährt Douglas fort, „ob es wahr ist, daß ihr Ehemann der Vater deines Kindes sei. Ich sagte ‚nein'."

Effie schreckt auf, hebt ihren Kopf und schaut ihn das erste Mal direkt an, mit gerötetem Gesicht und weit aufgerissenen Augen.

„Ich sagte ihr, daß das Kind von mir wäre."

Effie verkriecht sich auf ihrem Sitz, versteckt ihr Gesicht in ihren Händen, dann springt sie auf und steht ihm gegenüber.

„Um Gottes Willen", sagt er schnell, „höre mich zuende! Ich sagte die Lüge um deinet und ihret Willen. Oh Effie, Frau, denke daran! Wie hätte ich der Lady die Wahrheit sagen können? Hat sie nicht genug gelitten? Und sieh, Effie, es schützt dich und die Angelegenheit richtet sich. Ich habe deinem Kind einen Vater gegeben, dir ein Zuhause und einen Beschützer. Heirate mich, Effie, mein Mädchen, heirate mich und dein guter Ruf ist gesichert."

Sie schreckt vor ihm zurück, er schreitet vor, und bittet um Gehör.

„Denke nicht, daß ich das sagte, um mir letztendlich selbst zu dienen. Ich schwöre vor Gott, es war für dich, nur für dich! Ich werde niemals die Privilegien eines Ehemannes einfordern, niemals deine Hand oder den Saum deines Kleides berühren. Ich werde dein Diener, dein Sklave, dein Hund sein!"

In der Leidenschaft seiner Gefühle berührt er ihre Hand. Sie zieht sie von seinem Griff zurück, erschauert, als hätte sie unbeabsichtigt irgendeine schädliche Sache berührt. Die physische Abneigung, die er auf sie ausübt scheint gewachsen zu sein und scheint unüberwindlich.

„Ach!"sagt sie, als sie ihre Sprache wiedergefunden hat, „berühre mich nicht! Sag nichts weiter! Ich verlasse dieses Haus heute Nacht. Ich würde lieber hinausgehen und im Moor sterben, als mit dir hierzubleiben. Ich würde lieber, daß jeder Finger in Schottland als Arthur Lamonts Geliebte auf mich zeigt, als deine Frau zu sein."

Ein tiefer, erschauernder Schluchzer aus der halbdunklen Nähe der Tür stopt die ungestüme Unterhaltung. Totenbleich gleitet wie ein Gespenst Lady Bell in den Lichtschein, den die Lampe wirft.

Effie starrt auf die Erscheinung mit einem ergriffenem Gesicht und ein tiefes Stöhnen bricht aus Douglas hervor.

„So", schreit Lady Bell vor dem zitternden Mädchen mit blitzenden Augen, „letztendlich weiß ich die Wahrheit. Ich kenne deine Absicht, Effie Hetherington, obgleich es scheint, daß ich blind gewesen bin. Ich wußte es bis jetzt nicht, daß du gesiegt hast. Die Geliebte des Arthur Lamont, die Mutter seines Bastards. Mein Kompliment."

Sie macht einen Knicks.

„Du intrigante kleine Lügnerin, du Almosenempfängerin, ich rettete dich von der Gosse!"

Ihre Aufregung nahm ihr die Luft. Sie sucht stammelnd nach Worten und das gibt Douglas die Gelegenheit die Flut der Beleidigungen zu unterbrechen.

„Warum hatten Sie mich angelogen? Warum setzen Sie mich der Demütigung dieses Besuches aus?"

„Um Gottes Willen, Madam, verlassen Sie uns. Es kann nicht gut gehen, wenn Sie bleiben. Ich wollte Sie davor bewahren, die Wahrheit zu erfahren. Sie kennen Sie nun. Gehen Sie, ich flehe Sie an!"

Er gibt einen Aufschrei von sich, als Effie, überwältigt durch Lady Bells Erscheinen und ihren eigenen widerstreitenden Gefühlen, auf den Boden sinkt.

„Sie haben sie umgebracht!" schreit er.

„Elspeth! Elspeth! Komm her!"

Die alte Frau kommt angerannt und beugt sich über den Körper.

„Sie ist ohnmächtig. Tragen wir sie, Lord, und legen sie aufs Bett."

Douglas trägt Effie aus dem Raum und als er nach einer Minute wieder zurückkehrt, war Lady Bell bereits gegangen.

Kapitel IX

Trennung ist solch süßer Schmerz

Es gibt Abstufungen, überall und jeder Sache, eben auch in der Hoffnungslosigkeit selbst.

Douglas hat seinen großen Wurf zum Glück gemacht und hat es verloren. Ein kurzes Licht war über die düstere Aussicht seines Lebens aufgegangen, nur um wieder zu verlöschen. Er hatte einen Ruheplatz unter grünen Bäumen und an friedlichen Wassern erblickt, nur um eine Selbsttäuschung mitten im unendlichen Sand der Existenz zu finden. Er ist ein Mann des Todes der nur etwas Aufschub bekommt, um erfolgreich zu sein durch die Annahme seines ursprünglichen Schicksals. Welche Erklärung des hoffnungslosen Elends man nimmt, es kann nach diesem Auftritt nicht schlimmer werden.

Elspeth kehrt nach kurzer Zeit in das Wohnzimmer zurück, findet ihren Herrn über das Feuer gebeugt. Im schummrigen Licht Licht der Lampe sieht er abgehärmter und hoffnungsloser aus, als sie ihn jemals sah. Er gibt kein Zeichen von sich und ignoriert ihre Gegenwart.

„Um Gottes Willen, Gutsherr", sagt die alte Frau, „was ist geschehen? Das arme Mädchen war ohnmächtig und als sie zu sich kam, war sie wie eine Besessene und las in der Bibel. Nun ist sie ruhiger. Aber sie hat einen Schock und mir scheint, da ist noch mehr Kummer in ihr, sie ist wie wahnsinnig. Sie redet zu sich selbst und sagt immer und immer wieder: ‚Deswegen tötete er ihn. Deswegen tötete er ihn.'"

Douglas sieht sie an. Sein Gesicht ist völlig starr, wie in dumpfer Seelenqual. Er schien sprechen zu wollen, wendet sich aber wieder still und starrt mit glänzenden und blinzelnden Augen in das Feuer.

„Sie werden Ärger mit ihr haben. Ich denke sie sagt, sie will nicht mit Dir im Haus sein. Sie würde gut daran tun und es würde für mich begrüßenswert sein, zu gehen. Es war übel, daß sie hierher kam, denke ich."

Elspeth ist keine Frau von großer Aufdringlichkeit, aber sie würde wirklich verrückt werden, wenn solche Ereignisse unter ihren Augen passieren. Sie versagt die letzten Kapitel des Dramas zu lesen, in dem sie nur eine untergeordnete Statistin ist. Ihr Herr liebt Miss Hetherington, die in Elspeth's Augen nicht bloß übermütig und fehlerhaft ist, sondern sollte von jemand von der Schwelle eines jeden ehrenhaften Hauses verjagt und zur öffentlichen Schande, die sie verdient, verurteilt sein. Die alte Frau würde das Mädchen aufrichtig gehaßt und verachtet haben, nur die unwürdige Bitte des Gutsherrn hält sie von ihrer Abscheu ab.

Das Gerücht über Arthur Lamonts Vaterschaft von Effies Kind kursiert in der Zwischenzeit in der ganzen Gegend und kam ganz selbstverständlich auch ihr zu Ohren. Effies ständiges Wiederholen des Ausrufs :'Deswegen hat er ihn getötet' hatte Elspeths Denken unheilvoll erhellt. Die in Ungnade gefallene erdreistet sich übermütig zu glauben Richard Douglas wäre ein Mörder ihres Liebhabers!

Es ist nur die Furcht vor Douglas schwermütigen und heftigen Ärger, welche die alte Frau davon abhält, ihre Wut auszudrücken und die unverzügliche Ausweisung aus dem

Haus zu raten. Die Stille ihres Herrn unerforschlich findend, hält Elspeth davon zurück.

Es ist spät geworden, aber Douglas sitzt weiter in einer Art halbwachen Trance. Er ist völlig selbstlos in seiner Liebe, er befindet sich schon zu lange in seinem eigenen Kummer.

Vor Monaten überkam ihn Verzweiflung und seine regelrecht moralische Stimmung, er erkannte seine hoffnungslose Position an, als das Beste, was er tun konnte.

Seine Gedanken drehten sich alle um Effie und sie waren voll endlosem Mitleid und Ergebenheit sowie trauriger Bewunderung.

Wie prächtig schön sie aussah, während er ihr seinen Antrag vortrug, aber ihr Herz bedrückte das Vermächtnis des Mannes, den sie liebt und sie umhüllte sich wie in einen Mantel. Einem Mann mit Douglas' Denken, der eine unwürdige Frau liebt, kann nicht geholfen werden. Wie tief und aufrichtig auch seine Liebe sein mag, so bekam er einen kurzen Einblick in die wahre Natur dieser Frau.

Durch all die unwirklichen Eigenschaften der weiblichen Fähigkeiten mit welchen sie seine Liebe richtete, wurde mehr als einmal Effies Oberflächlichkeit und Nichtswürdigkeit für Douglas sichtbar. Aber nun ist kein Zweifel an ihr möglich. Bei einer Frau, die lieben konnte wie sie liebt, um jeden Preis des Trostes, muß man berücksichtigen, daß sie das Vertrauen zu dem Schurken, der sie betrogen hat beibehält. Welche Worte könnten ihren Heroismus beschreiben? Sie schien mit ihrer Ausstrahlung den Mann zu foltern. Sie wäre es mehr als wert gewesen, all der Ehre und all der Dienste die er leistete.

Des Mannes verwundetes Herz ringt unsäglich mit Erbarmen, Bewunderung und Besorgtheit.

Wir, die Effie Hetheringtons Geschichte auf diese Weise weiter folgen, mit einem größeren Wissen der Details, als es Douglas haben kann, wissen wie wenig heldenhaft ihre Ablehnung seines Planes zu ihrer Rettung war.

Hätte diese sonderbare körperliche Abneigung, die ihn beunruhigt, sie weniger beeinflußt, würde sie es zugelassen haben. Bei einem der geschäftstüchtigen Männer, bei dem sie sich zwar weit weniger geachtet fühlt, aber erfolgreicher ihn gewonnen hätte. Sie ist eine jener Frauen, durchaus kein seltener Typ, die nicht Herz und Hirn einschalten. Frauen einer höheren Klasse, zu der Effie gehört, sind erbarmungslos zu dem Mann, der sie mit einer Leidenschaft überhäuft, die sie nicht erwidern können. Frauen ihres Typs sind meist erbarmungslos zu allen, die mit echter Leidenschaft erschrecken, so, als langweilen sie sie. Ihr Eros ist ein gelockter und parfümierter Liebling mit einer Blume im Knopfloch und übrigens in neuester Nuance der weiblichen Mode und der neuesten Dinge in der Ausdrucksweise der Salons.

Wäre er der äußeren Erscheinung eines Arthur Lamont ähnlich gewesen, wäre er anscheinend wirklich eine sehr arglose angenehme Gottheit gewesen, ganz im Sinne des Salongeschnatters, und nicht mit solch ungeschlachtem Benehmen wie es sich in der Person des Richard Douglas erwiesen hat.

Die heftigen Gefühle, die Effie beim Anhören von Douglas Plan ertrug und in der Szene mit Lady Bell, hat sie so für die nächsten paar Tage so niedergeworfen, daß sie gezwungen war das Bett zu hüten. Douglas würde ihr Gesellschaft leisten wollen und erwartete mit Geduld, er möge eine Aufforderung zu ihrer gesellschaft erhalten, der einzige Trost den das Leben im Moment bieten konnte.

Alt Elspeth diente Effie mit einer betrübten und unsympathischen Gleichgültigkeit, niemals ein überflüssiges Wort sprechend. Sie war die einzige Verbindung zur Außenwelt in ihrem Wochenbett. Das Mädchen war natürlich eifrig bestrebt zu wissen in welcher Weise ihr Mißgeschick der Welt bekannt wurde und machte jeden indirekten Versuch etwas aus

Elspeth herauszubekommen und bemühte sich, jede nur denkbare Schmeichelei zu dem Zweck anzubringen.

Die alte Frau bleibt hartnäckig taub für alle Anspielungen, bis Effies Wißbegierde abbricht, und sie zu direkten Hilfsmitteln greift.

„Was sagen sie über mich?" fragt sie Elspeth eines Morgens gerade heraus, „ich vermute jeder kennt meine Geschichte."

„Kennen sie!" echot Elspeth, „oh ja! Für wahr!"

„Was sagt man?" fragt Effie.

„Woher sollte ich wissen, was die Leute sagen?" fragt Elspeth ihrerseits mürrisch.

„Wer, sagen sie, ist der Vater meines Kindes?"

„Die meisten von ihnen geben die Schuld . . . Es gibt zwei oder drei Narren, die anders denken oder sagen.Es ist zweierlei, was sie denken und sagen. Sie werden nicht beides sagen, in meinem Verständnis."

„Haben sie es herausgefunden – wissen sie wer . . ." sie konnte nur mühsam die Frage ausdrücken, „wissen sie wer ihn ermordete?"

„Es sind sechzehn von ihnen in Tolbooth zu Dumfries, die dessen beschuldigt sind. Hew Howard und seine Bande, du kennst sie. Die Leute sagen, es gibt eine Chance, daß sie dafür hängen werden. Ob der Richter herausfinden kann, wer von ihnen es war, der ihn tötete ist meiner Überzeugung nach sehr schwierig. Sechzehn anständige Männer, die niemals ungerecht zu einem Mann waren, außer vielleicht zwei, drei."

„Aber sind sie sicher, daß diese Männer es taten?"

„Sicher? . . .Mr. Arthur ging aus mit den Wächtern, um sie gefangen zu nehmen. Er hätte besser zu Hause bleiben sollen und eine heile Haut behalten. Es waren mehr als einer unter ihnen, die ihm Haß schuldeten, voran Hew, der ist der wahrscheinlichste, der es getan haben könnte. Aber essen Sie ihre Hafersuppe zuende und nehmen sie das Kind."

Die Gefangennahme der Wilderer ist neu für Effie, aber es bringt sie nicht ab, von dem Glauben, daß Douglas es getan hat, um Arthur aus dem Weg zu räumen. Gänzlich allein gelassen und freundlos, fühlt sie sich zu der Annahme veranlaßt, daß er sie hintergangen hat.

So ist ihre Schande bekannt und ihr Name allgemeines Thema des Klatsches rundum. Die Möglichkeit, die ihr Douglas mit tapferen Worten eröffnete, steht als unnachgiebige Tatsache über sie. Sie muß von der Vorstellung ihres Unglücks Abstand nehmen. Aber wie? Sie mißdeutet gänzlich den Charakter ihres einzigen Freundes auf der Welt, zu glauben, daß er ihr einen Strich durch die Rechnung machen würde, um der öffentlichen Schande zu entkommen. Der Gedanke, daß Douglas flehend ihr helfen will, ist ihr niemals, für nur eine Minute gekommen. Sie malt sich in Gedanken aus, in der Nacht fortzugehen, wenn alles im Haus schläft. Sie hätte genügend Kraft, um die Bahnstation Dumfries zu erreichen. Als sie das Schloß verließ, hatte sie vorsorglich ein paar Juwelen und etwas Geld, was sie besaß, mitgenommen. Sie wollte in den Süden Londons gehen, wo niemand sie und ihre Geschichte kennt und dann, nun, die Zukunft ist ihr noch nicht ganz klar.

Sie würde sicher irgendeine Beschäftigung finden, vielleicht eine Kariere bei einer Bühne, was bei ihr schon immer eine Faszination ausübte, seit sie ihr erstes Stück gesehen hatte. Sie ist viel zu hübsch und zu geschickt, um zu hungern. Aber das Kind? Sie ist keine Mutter – Mutter und das Kind der Schande. Aber sie ist nicht so herzlos, daß sie in das kleine Gesicht sehen kann, das an ihrer Brust liegt, im Schlaf zu verlassen und ohne einige Angst der natürlichen Sorge. Douglas scheint das Kind gern zu haben. Er würde es um ihret Willen behüten und eines Tages würde sie nach dem Kind schicken.

Sie erwägt ihren Plan reiflich in dieser Nacht, bevor sie einschläft.

Zwei Tage später fühlt sie sich stark genug ihn in die Tat umzusetzen. Sie wartet, bis es im Haus still ist, steht auf, zieht sich an, erschauert vor Kälte, Entsetzen und Schwäche. Leise öffnet sie die Tür des Wohnzimmers. Die Lampe ist aus und durch die schwache Glut des Feuers sieht sie, daß der Raum leer ist. Geräuschlos wie ein Geist gleitet sie durch den Raum, den dunklen Flur entlang und erreicht die große Klinke der schweren Tür. Die Nacht ist schön und sternenklar und in der windstillen Luft kann sie das entfernte Rollen der See hören. Die frische Luft und die Gewißheit des Entkommens spannen ihre Muskeln und treibt ihr Blut in ihre Wangen. Sie beginnt zu laufen und hat etwa fünfzig Yards zurückgelegt, als ihr Arm erfaßt wird. Sie wendet sich keuchend mit einem Schrei um und sieht sich Douglas gegenüber.

„Effie, meine Frau", sagt er freundlich, „was ist los?"

„Laß mich gehen!" sagt sie, „oh, Mr.. Douglas, laß mich gehen!"

„Gehen!" wiederholt er, „wohin könntest du gehen, armes Kind?"

„Irgendwohin!" keucht sie, „irgendwohin, fort von hier. Ich kann nicht bleiben. Ich werde verrückt. Jeder weiß es. Jeder spricht über mich und zeigt auf mich. Laß mich fortgehen, irgendwo, wo die Leute mich nicht kennen und ich in Frieden leben kann.Welches Recht hättest du, mich hier zu behalten?" sagt sie wütend bittend, überdrüssig seiner Berührung, denn er hält noch ihren Arm fest.

„Ich will gehen!"

„Nicht jetzt und nicht so", sagt er.

„Dann töte mich!" sagt sie, „töte mich, wie du *ihn* getötet hast!"

Sie bricht in plötzliches wildes Weinen aus und ohne seine Hilfe wäre sie auf den Boden gefallen. Douglas legt seinen Arm um sie und bringt sie widerstandslos zurück ins Haus.

Kapitel X

Lebewohl!

In der Nacht von Effies versuchter Flucht kommt Douglas zu einem Entschluß, hart an der Grenze der Verzweiflung. Ihre Tat konfrontiert ihn mit der Notwendigkeit, welche er bisher noch nicht bedacht hatte, welche er aber nun als unvermeidlich sieht – eine Trennung, vielleicht eine endgültige und vollständige, zwischen Effie und sich. Es ist unmöglich, daß sie hierbleiben sollte in der Gegend, wo ihr Leben jedem und die Geschichte ihrer Schande allgemein bekannt ist. Wie im Fieberwahn und in unvernünftiger Freude hat er sich in ihrer Beherbergung unter seinem Dach gefühlt. Er hätte nie mit der Ablehnung seiner Heldentat, die Unwahrheit zu Lady Bell gesagt zu haben, gerechnet. Sie muß gehen. Er sitzt lange in der Nacht, bedenkt die furchtbare Leere und Einsamkeit des Lebens, das ihn erwartet, wenn sie weit weg sein wird. Auch darauf bereitet er sich vor, mit dem letzten Rest seiner Bürde, um ihretwillen, aber es würde bitter sein – bitterer als vorher.

Er findet in dieser Nacht keine Ruhe. Er läuft ziellos und erschöpft durch das Moor. Anfangs mit der Hoffnungslosigkeit des total Verlassenseins und in einem leeren fruchtlosen Kummer, aus dem er keinen Ausweg finden kann, später einen Plan für Effies Abreise ersinnend.

Die Notwendigkeit zu Handeln ist dringend und seit er kein Entrinnen sieht, zwingt er sich dem Unvermeidlichen so ruhig wie möglich zu begegnen.

„Frag Miss Hetherington mir die Gunst auf ein paar Worte zu gewähren", sagt er an diesem Morgen zu Elspeth nach dem Frühstück.

Ein paar Minuten später betritt Effie den Raum.

„Sie wollen mich sprechen?" fragt sie.

„Ja", sagt Douglas „ich habe darüber nachgedacht, was letzte Nacht geschah. Du hast recht. Dies ist nicht der Platz, wo du bleiben kannst. Du mußt gehen."

Effie faltet ihre Hände und schaut ihn mit inniger Dankbarkeit an. Es ist der erste freudige Ausdruck, der irgend ein Wort von ihm seit Monaten an sie gerichtet, auslöst. Es verletzt ihn, wie es kein Ausdruck des Hasses oder der Ablehnung hätte tun können. Aber er hat seine Lektion gelernt und bleibt ruhig, ohne ein Zeichen der Mühe, die ihm jedes gesprochene Wort kostet.

„Du mußt gehen und ich habe nachgedacht, wie dein Weggehen am besten arrangiert werden kann. Da gibt es eine Cousine von mir, Mary Campell, die Witwe eines Kaufmanns in Aberdeen und ich hörte von jeden, daß sie sehr gut umgänglich ist. Vor Jahren tat ich ihr einmal Gutes, ich weiß nicht mehr was, etwas, das sie nicht vergessen hat und Undankbarkeit fließt nicht im Blut der Douglas. Sie würde mehr für mich tun, als um was ich sie bitte."

„Und das ist..." fragt Effie.

„Folgendes", fährt Douglas fort, „ Ihnen und dem Kind ein Zuhause zu geben. Sie ist eine gute Frau – möglicherweise ein klein wenig streng im kirchlichen Gehorsam. Sie wird dir Obdach geben und dein Geheimnis bewahren, um meinetwillen."

Effies schneller Verstand hat schon zu arbeiten begonnen, bevor er aufgehört hatte zu reden, die Vor-und Nachteile, die durch den Vorschlag entstehen abzuwägen. In ihren Überlegungen war viel mehr zu entscheiden. Sie selbst für den Rest ihrer Tage zu verurteilen in einer kleinen nördlichen Provinzstadt zu verbringen und das unter den Augen einer fanatischen presbyterianischen Witwe, die schon *Mitwisserin* ihrer schmachvollen Geschichte ist, ist eine Aussicht, welche wenig Verlockung für ihre sinnliche, genußliebende Natur darstellt. Auch die Tatsache, daß die Person, die ihr Zuflucht bietet, eine nahe Verwandte von Richard Douglas ist, trägt nicht zur Attraktivität bei.

Wie alle egoistischen Menschen, haßt sie an Verbindlichkeiten erinnert zu werden. Es würde vielleicht eine zu harte Aussage sein, zu sagen, daß sie Douglas haßt. Haß ist keine Gefühlsregung, die bei Menschen ihrer Natur auf die leichte Schulter genommen wird. Sie ist unglücklich in seiner Gegenwart und unter seinem Einfluß und ihre Furcht vor der öffentlichen Schande, die sie selbst über sich brachte, ist wesentlich stärker, als ihr Wunsch, aus seiner Nachbarschaft zu entkommen. Aber sie hat keinen Plan, bei dem sie auf Einwilligung hoffen kann. So hört sie ohne Unterbrechung ihm zu, nur im Stillen einen Entschluß formulierend, der, was auch immer sie an Asyl finden mag, würde es nicht Aberdeen sein oder woanders, wo sie gezwungen ist sein Gesicht zu sehen oder seinen Namen zu hören. All dies geht ihr in kurzer Zeit durch den Kopf.

„Nun, Effie?" fragt er, nach einigen Sekunden der Stille.

„Du bist sehr gut", antwortet sie, „ich weiß nicht, wie ich dir danken soll für all deine Bemühungen und Freundlichkeit."

„Ich werde heute meiner Cousine schreiben", sagt er, „du wirst einige Einkäufe machen wollen, vermute ich. Sage Elspeth, was du brauchst und sie wird nach Dumfries gehen und es für dich mitbringen."

Er redet bedacht gewöhnlich und nur seine verstörten Augen zeigen die schmerzlichen Gefühle, die ihn erfüllen.

„Du bist sehr gut", sagt sie wieder. Vielleicht durchdringt ihre Gedanken eine Ahnung seines Duldens und erfüllt sie mit einer momentanen Zärtlichkeit. Sie überwindet so weit ihren körperlichen Widerwillen, seine Hand zu nehmen und sie an ihr Lippen zu führen. Er legt seine Arme um sie und zieht sie kräftig umarmend an seine Brust und hält sie für einen kurzen Moment ganz fest. Sie fühlt seine Lippen ihr Haar berühren. „Gott der Allmächtige, segne dich!" sagt er murmelnd und läßt sie frei. Sie läßt ihn gewähren und ihr seichtes Herz ist für einen Moment berührt und erweicht. Im nächsten Moment aber verhärtet es sich wieder.

Im Schlafzimmer setzt sie sich und denkt über die Bedeutung der Worte, die sie eben gehört hatte. Ihr einziger und leidenschaftlicher Wunsch ist gänzlich und komplett mit jedem Band, das sie mit ihrem vergangenen verbindet zu brechen , um ein neues ungehindertes Leben zu beginnen. Je mehr sie über Douglas Plan nachdenkt, den er ihr offerierte, desto stärker wächst die Abscheu gegen die Aussicht, die sie offenbart. Eine scheinbare Einigung ist notwendig, um Douglas Schutz loszuwerden.

Irgendein Verdacht ihres Vorhabens mag ihn noch davor bewahren einzuschlafen.

Sie spricht sich mit Elspeth über den Einkauf ab, der verschiedene Artikel der Kleidung und Anderes betrifft.

Ihre unterworfene Art und ihr ängstlicher Ausdruck der Dankbarkeit zu ihr für den Ärger, nimmt die alte Frau halb erweicht an.

Als Effie das nächste Mal Douglas sieht, händigt er ihr schweigend einen offenen Brief für seine Cousine aus, in dem Effies Geschichte kurz aber vollständig   und freundlich erzählt wird und angefragt wird, ob für das Mädchen für längere Zeit Asyl gewährt werden kann. Sie gibt ihm mit bebenden Lippen und unter Tränen den Brief zurück.

„Du bist sehr gut", sagt sie wieder, „ich bin es nicht wert, daß du wegen mir all den Ärger hast. Wirklich, ich bin es nicht."

Da waren irgendwelche unverfälschte Gefühle in ihren Worten. Das Verständnis für ihre Unwürdigkeit und Undankbarkeit stieg von Stunde zu Stunde. Das Gefühl, welches sie nun zum betrügen des Mannes, der ihr so reichlich Freundlichkeiten erwies, ist nahezu unerträglich.

„Wert!" wiederholt er, „du bist in meinem Herzen das beste Blut, Effie, und ich würde es dir geben, wenn du es bräuchtest."

Aber da ist nichts von der alten Leidenschaftlichkeit oder Ungestümtheit in seinen Worten, dies ist alles vergangen. Er sprach die Worte ganz ruhig, aber sie erkennt, daß sie wahr sind.

‚Ich muß fortgehen', sagt sie zu sich selbst, ‚ich werde verrückt, wenn ich hier bleibe.'

Das beste Mittel zu entkommen, ist das Einfachste. Sie wartet bis die erste Dunkelheit hereinbricht, legt ihren Hut und Mantel an und versichert sich selbst ihres Geldes und Wertsachen. Das Kind ist eingeschlafen aber sie getraut sich nicht das kleine rosige Gesicht zu küssen, aus Furcht es aufzuwecken. Es ist das sichtbare Zeichen ihrer Schande und Demütigung. Als sie sich das letzte Mal über es beugt, ergießen sich Tränen vor Mitleid über seine Hilflosigkeit. Sie trocknet ihre Tränen und geht in das Wohnzimmer, wo Douglas sitzt, gemäß seiner gewohnten Melancholie mit einem unbeachteten, geöffneten Buch auf seinen Knien. Er schaut sie überrascht an.

„Du gehst aus?" fragt er.

„Ja", sagt sie, „ich brauche frische Luft. Ich fühle mich, als ob ich im Haus keine Luft mehr bekomme."

„Aber es ist stockdunkel", sagt er.

„Umsomehr, desto besser", antwortet sie, „ich werde nicht lange fortbleiben."

Ihre Art gibt keinen Hinweis auf ihr Vorhaben, als sie den Raum verläßt.

Douglas steht am Fenster und starrt auf den Punkt, wo ihre hagere Gestalt im Nebel verschwand. Kein Gedanke kam ihm, daß er das letzte Mal ihre Stimme hörte und ihr Gesicht das letzte Mal auf dieser Seite des Grabes. Er kehrt zurück zu seiner melancholischen Träumerei in der Kaminecke. Er hatte in den letzten Tagen wenig regulären Schlaf gehabt und solche Ruhe, wenn er sie fand, brachte ihn in nur kurzen Dosen. In solch eine fällt er nun und erwacht in der Überzeugung, daß er viele Stunden geschlafen hatte. Die altertümliche Uhr über der schweren Kamineinfassung zeigte ihm, daß er nur wenige Minuten geschlafen hatte. Er nickt wieder ein und sinkt diesmal in einen tiefen Schlummer, aus welchen er erst durch Elspeth geweckt wird.

„Herr, Herr! Um Gottes Willen, was ist mit Miss Hetherington?"

Er springt auf und starrt die alte Frau wild an.

„Ich war im Schlafzimmer, um zu fragen, ob sie etwas braucht am frühen Morgen, aber sie ist nicht hier."

Douglas schaut auf die Uhr, welche beinahe auf elf Uhr zeigt.

„Großer Gott!" ruft er aus, „sie ging um sieben aus. Sie ist im Moor verloren gegangen. Nimm eine Laterne! Hole Hilfe!"

Er rennt wie ein Wahnsinniger aus dem Haus und schreit „Effie!"

Hilfe kommt, aber es ist nutzlos. Sie machen ein riesiges Feuer auf einer Anhöhe, damit die Suchende wieder nach Hause findet. Douglas sucht das Moor ab, bis das helle Tageslicht anbricht, aber keine Spur von dem vermißten Mädchen wurde gefunden.

Heiser durch das Rufen ihres Namens, müde vom Rennen und Überspringen des Sumpfes und der Wasserläufe, steht er allein am Ufer der See. In seinem Kopf klingen die Zeilen der alten Ballade wie ein Totenglocke:

„Hey Annie! How Annie!

Annie, komm hierher zu mir!

Und je mehr er Annie schreit,

desto lauter rumort die See!"

Es folgten zwei Tage furchtbaren Schmerzes, den keine Feder beschreiben kann. Tage des Schreckens und der Wunder und Zweifel und Mutmaßungen. Am Morgen des dritten Tages kommt ein Brief. Douglas erkennt die Handschrift und es bricht ein nicht zu unterdrückender Schrei der Dankbarkeit von seinen Lippen.

„Sie lebt! Gott sei Dank!"

Der Brief trägt den Londoner Stempel und hat folgenden Wortlaut:

‚Lieber Mr. Douglas,

ich weiß kaum, wie ich es Ihnen schreiben kann. Sie müssen denken ich sei die gottloseste und undankbarste aller Frauen, aber tatsächlich bin ich nicht undankbar. Ich werde niemals Ihre Freundlichkeit und Großzügigkeit vergessen. Ich werde immer an Sie als einen wahren und edelsten Freund, den Gott je einem armen und unwürdigen Mädchen gegeben hat, denken und werde mich erinnern und Sie ehren bis ich sterbe. Vergeben Sie mir und versuchen Sie mich zu vergessen und all die Schmerzen, die ich Ihnen zugefügte. Ich konnte nicht in Dumfries sein oder zu Ihrer Cousine nach Aberdeen gehen. Sie würde meine unglückliche Geschichte kennen, ich würde niemals den Konsequenzen meiner Schwäche und Torheit entkommen. Ich bin weit glücklicher unter Fremden. Ich werde versuchen irgendeine Anstellung zu finden, durch die ich leben kann und ich verspreche, daß Sie von Zeit zu Zeit von mir hören werden, wenn ich weiß wie es weitergeht. Mein Kind ist in Ihrer Obhut, ich weiß es, bis die Zeit kommt und ich ihr etwas schicken kann. Möge sie eine bessere und glücklichere Frau werden, als seine im Herzen gebrochene Mutter. Wieder und wieder danke ich Ihnen und bitte Sie um Vergebung.

Vergeben und vergessen Sie, die für immer Ihre unglückliche und dankbare Freundin bleibt
Effie Hetherington

Douglas sitzt wie versteinert mit dem Brief in seiner Hand da. Er hat kein Verständnis für den herzlosen Egoismus, der sich in jeder Zeile offenbart. Hat kein Verständnis für alles, reduziert auf die einfache und genügende Tatsache, daß sie gegangen und ganz jenseits seiner Reichweite war.

Viele Stunden vergingen, bevor er bemerkte,daß sie in der dunkelsten und unscheinbarsten Kleidung gewesen war.

Das Haus scheint noch von ihrer Anwesenheit gefüllt zu sein, wie durch irgendein fremdes, zartes Parfüm. Sein Herz und Hirn sind gleichermaßen erstarrt. Die Gedanken fliegen durch seinen Kopf, so wie ein Mann fühlt, wenn er stirbt.

Das Kind! Sie ließ im das Kind. Er steht auf und geht mit langsamen Schritt und hängenden Schultern eines alten Mannes in das Schlafzimmer. Das Baby liegt frisch und rosig in seinem Bett. Wie er sich über es beugt, erwacht es. Die zwei hellen, blauen Augen strahlen ihn mit unerwarteter süßer Überraschung an. Es gibt ein gurgelndes Krähen von sich und streckt seine kleinen Arme aus. Eine unbekannte Leidenschaft des Mitleids und der Zuneigung flutete durch sein Herz. Er beugt sich noch tiefer über das Kind und schaut es durch den Nebel seiner Tränen an.

Epilog

Siebzehn Jahre später

Jugend – heitere seelische Haltung, Sommersonnenschein und der erste Anblick von Paris. Eine Kombination des Entzückens, die man im Leben nicht oft findet. Das beste der dahinschwindenden Wirklichkeit ist das unerschöpfliche Thema der glücklichen Erinnerungen. Effie wird sich erinnern,, solange sie lebt, jedes Detail dieser entzückenden Zeit.

Sie fährt durch das rege und geschäftige London im Sommerdunst nach Charing Cross. Der laute Klang des Verkehrs unter dem hallendem Dach der großen Bahnstation. Die Lichtstrahlen beleuchten den nebligen Himmel aus Rauch und Dampf. Die schrillen Pfiffe der Polizisten und das antworten der schreienden und keuchenden Lokomotiven begleiten den vorsichtigen Ruck, mit welchen der Zug anfährt. Es beginnt eine ruhige schnelle Reise durch die dämmrigen Felder im letzten sterbenden Schimmer des Tages, der Platz für das milde Licht der Sterne macht .

Dann Dover, das wartende Schiff, das sie, Douglas, Effie und die Cousine Lizzie aufnimmt, schnaufend und ächzend und ungeduldig am Kai liegend, wie einer seiner lebenden Fracht, bereit das Wasser aufzuwirbeln, das sie von dem Ziel ihrer Pilgerfahrt trennt. Beständige Lichter an Land, unstete Spuren der Lichter auf dem Meer, eine salzig riechende Brise in gesunden Lungen und jugendliche Vorstellungen wie ein Art atmosphärischer Champagner, hohlklingende Schritte schwerer Füße über dem widerhallenden Deck, hin-und herrufende heisere Stimmen, ein keuchen und stampfen aus dem

Maschinenraum, ein hastiges wirbelndes, halb fürchterliches und halb liebliches Gefühl der Bewegung, zu einer rhytmischen, schlangenähnlicher Bewegung, als das Schiff das offene Wasser und die See erreicht.

Eine perfekte Nacht. Die Luft, trotz seiner salzigen Frische, ist weich zu den Wangen, wie die Berührung durch Samt. Große weiße Sterne senden das reine Licht herunter auf die silbergekrönten Wellen auf dem leeren schwarzen Wasser. Es ist gerade genug Wind, um das Schiff ein sanftes Menuett tanzen zu lassen, zu den vergnügt schlagenden und knatternden Wimpel oben.

Effie steht und beobachtet die Lichter von Dover und ihre langen, schmalen Streifen im Wasser, die langsam verblassen, bis der Leuchtturm sich über ihnen erhebt und der einzige Rivale der geduldigen Sterne ist. Als dieser mehr und mehr verblaßt und sie noch ihre Augen anstrengt seinen letzten schwachen Fleck in der Ferne zu erkennen, berührt Douglas sie an der Schulter.

„In ein oder zwei Minuten wirst du die Lichter von Grisnez sehen, Effie."

Das Mädchen klammert sich an seinen Arm und gemeinsam schauen sie vorwärts über das rollende Bug des Schiffes, bis in ihrer Vorstellung der Stern von Frankreich funkelt.

Schwach wie die letzten Lichter von Dover erhaschen sie es, beobachten mit wachsendem Interesse das Aufblitzen, das nach jeder kurzen Minute der Unendlichkeit mit größerer Leuchtkraft sichtbar wird.

Des Mädchens helle Augen verweilen darauf mit einer hungrigen Ungeduld auf die große unbekannte Welt und es scheint typisch für sie zu sein eine brennende Phantasie zu haben. Alles, was sie in der Geschichte und Literatur von Frankreich gelesen hatte, geht ihr durch den Kopf.

Douglas kann ihr Herz gegen seinen Arm klopfen spüren. Er muß an die lang vergangene Zeit denken, als er, innig und hoffnungsvoll, beinahe wie unschuldig und rein, wie das Kind, das neben ihm steht, das erste Mal über den Leuchtturm schaute. Schaut zu dem Mädchen, mit einer wehmütigen, traurigen Zärtlichkeit in seinen Augen, die aber unter dem Dach seiner ergrauten Brauen strahlen, und ist froh über ihre unschuldige Freude, er ist berührt und erfreut über ihren einfachen Enthusiasmus.

Calais, die Szenerie von Dover wiederholt sich wieder, nur mit dem Unterschied, daß Effie letztlich auf auf ausländischen Boden steht, was sie kaum glauben kann.

Ein Lärm von Stimmen, die unbekanntes Französisch und schlechtes Englisch durcheinanderschreien. Schattenhafte Gestalten bewegen sich im wechselndem

Schein der Dunkelheit auf dem Kai, gleichgültige Zollbeamte, die unzugänglich zu den unbegleiteten englischen Frauen und ihren Kindern sind. Zweifelhaft sind die Absichten der französischen Regierung, eine bestimmte Wirkung durch die Gruppe rotbehoster Soldaten zu erzielen, die zwar eindruckslos in ihrer Statur, aber dafür hinsichtlich ihrer Schnurrbärte beeindruckend sind,

„Bist du hungrig, Effie?" fragt Douglas, „wir haben noch eine Stunde, bis der Zug nach Paris fährt."

„Das bin ich wirklich!" antwortet Effie.

Sie gehen gemeinsam ins Restaurant, ein Platz, so ganz anders, als die Bretterbuden, welche sich diese Namens in England bemächtigen.

Mit nett bemalten Wänden und getäfelter Decke, unzählige kleine Tische, bedeckt mit schneeweißen Tischtüchern, darauf hellstes Glas und Besteck, mit einem üblichen Hauch Pracht und funkelnagelneuer Eleganz dabei. Junge Gentleman mit gewachsten Schnurrbärten spielen lebhaft Domino, konsumieren Wein und schauen zu der jungen, schönen Engländerin herüber.

Das Glück des Mädchens zeigt sich auf ihrem Gesicht, ihre Wangen sind reich gefärbt, ihre hellen Augen schweifen mit lebhafter Wißbegierde umher. Der Kellner ist sichtlich stolz sie zu bedienen. Nicht einer der schnurrbärtigen Herzensbrecher im Raum, der nicht den traurig blickenden, besorgten älteren Gentleman, zu dem sie so lebhaft plaudert, beneidet.

Der Zug dampft und zischt wieder los. Effie hat sich in ihre Ecke zurückgelehnt, zu glücklich, um sich zu unterhalten, zu aufgeregt, um zu schlafen, schaut hinaus auf die fetten französischen Weiden, während der Zug durch die hellklare Nacht dahingleitet. Sie kann in ihrem Glück nicht mehr an sich halten und setzt sich hinüber zu Douglas.

„Wie gut du bist!"

Sie legt ihren Arm um sein Genick und schmiegt sich sich in ihrer herzlichen kindlichen Art an ihn.

„Ich denke, du bist der beste, freundlichste und liebste Alter in der Welt!"

Er legt seinen Arm um sie und sie sitzen still, schauen und träumen nach draußen, auf die Schatten der Bäume und Hecken, wie sie vorbeihuschen im rhytmischen Tanz der arbeitenden Maschine und der lauten Räder, bis sie einschläft.

Douglas Gedanken sind in der Vergangenheit, er strahlt über das unschuldig schlafende Gesicht, das an seiner Schulter ruht. Er denkt daran, daß es das andere Gesicht war, welches ihn vor achtzehn Jahren entzückt und gefoltert hatte – Jahre die so langsam vergangen waren und doch scheinen sie nun so kurz. Wo war sie, die andere Effie, die leidenschaftlich liebte, so zart bedauerte und bemitleidete?

„Tot!" murmelt er in seine umhüllte Hand, „tot seit Jahren. Sie muß tot sein. Kein Wort von ihr, kein Zeichen, keine Frage nach dem Kind, das sie verließ."

Er schaut wieder in das Gesicht des Mädchens und seine Gedanken fliegen in die Zukunft. Tausendmal hat die wunderbare Ähnlichkeit des Mädchens mit ihrer unglücklichen

Mutter ihn erschreckt. Er erinnert sich, als sie in der Nacht zu Halloween, als sie sich das erste Mal trafen, strahlend in ihrer Jugend, Hoffnung und Schönheit, wie seine Effie jetzt. Er erinnert sich daran, als er sie das letzte Mal gesehen hatte, verschüchtert, hager und schamhaft. All seine Liebe, all seine Kraft hatten nicht genügt, sie vor dem Unglück zu schützen. Und nun scheint es, sie ist zur Erde zurückgekehrt, ihr altes unschuldiges und glückloses Selbst, um sein Herz mit neuer Folter zu pressen. Vielleicht noch größere Folter als er in der Vergangenheit ertragen hatte. Deshalb ist in seiner Liebe für diese zweite Effie eine Vollendung der Unschuld, ein Ausdruck vollkommener Selbstverleugnung, wie die Liebe eines Vaters für seine Pflegetochter, zu welcher er nur gekommen ist, nach Reinigung einer irdischen Leidenschaft durch anhaltenden und schrecklichen Kummer. Dieses Kind ist ihm mehr zugetan, als es ihre Mutter je gewesen war. Wäre sie echt *sein* gewesen, könnte er sie nicht mit einer heftigen Hingabe geliebt haben. Sie ist Mutter und Kind in einem.

„Gott hilf mir, sie vor jeden Schaden zu schützen", betet er.

Effie erwacht, als der Zug ruckelnd und dröhnend in Gare du Nord mit widerhallenden Echos wie theatralisches Gedonner einfährt.

„Paris!" ruft sie, „oh, ist es Paris?"

„Ja", sagt Douglas, „ganz sicher Paris."

Sie nehmen ihr Gepäck, gehen durch den Zoll, wo eben die gefühllosen Beamten durch das schöne Gesicht des Mädchens und der kindlichen Ungeduld bezaubert und angetrieben sind, sich bei der Kontrolle zu beeilen, kritzeln ihre Kreidehyroglyphen auf die Reisekoffer, nach knapper Kontrolle.

Dann steigen sie in eine Droschke, die von einem knollennasigen, weißbehüteten Kutscher gefahren wird, entlang der unendlichen Rue Lafayette, an der Oper vorüber, dann entlang der Rue de la Paix, zu einem ganz kleinen Hotel in der Rue Balzac.

Effie ist stolz als erstes Wahrzeichen den Arc de Triomphe kennenzulernen, der sich undeutlich in der frühen Sommerdämmerung zeigt. Dann erreichen sie ihr Ziel und die Vögel zwitschern im frischen Grün der Bäume.

Effie ist früh am Morgen schon auf den Füßen und in ihrer heftigen Wißbegierde alles zu sehen, was Paris bietet. Douglas ist ihr williger Diener und Reiseführer. Er hält das Tempo ihrer Jugend mit größter Schicklichkeit stand. Sie tun Dinge, die ihr bescheidenes Einkommen erlaubt. Sie kennen viele Theater, die langen Galerien des Louvre und die avenues of Versailles und St. Cloud. Sie verbringen herrliche Stunden auf open-air Konzerten und in Cafés auf dem Champs Elyse´es, Plätze die wahrlich himmlisch für das eifrige und ungereiste Mädchen sind. Sie machen Wallfahrten zu wichtigen Orten an die sich Douglas aus seinem Studentenleben erinnert. Zu dem alten Wanderhotel Garni, in welchen er logiert hatte, sitzen in der Galerie des Odeon auf dem selben Platz auf dem er und sein bester Freund – nun ein großer Forscher, dessen Name in ganz Europa bekannt ist – saßen wie bei seinem ersten Besuch des berühmten Tempels der Dramatik.

Von all den Wonnen, die Paris Effie bietet, ist die Oper das Größte. Musik ist ihre Leidenschaft und Douglas der nahezu alles kennt, von ‚God Save the Queen' bis zur Marseillaise, ist glücklich ihre Freude beim Zuhören zu beobachten.

Die Oper ist das eine bemerkenswerteste Ereignis der letzten achtzehn Jahre in Douglas Leben.

Er sitzt eines abends mit Effie im Parkett und warten auf das heben des Vorhangs des letzten Aktes des ‚Faust', als eine Gesellschaft von zwei Ladies und ein halbes Dutzend Gentleman eine Loge im ersten Rang betreten. Sie lachen und schwatzen laut glücklich untereinander und machen einen beträchtlichen Lärm beim Einnehmen ihrer Plätze, so daß sie natürlich die Aufmerksamkeit des Hauses erregen. Douglas, der wertfrei in ihre Richtung schaut, bekommt plötzlich einen Schreck. Eine der Ladies ist Effie Hetherington! Fasziniert starrt er zu ihr. Sie ist in der Gestalt voller und die Jahre haben ihr Gesicht nicht unverändert gelassen; aber sie ist es, die Verlorengegangene und Unvergessene, ohne jeden Zweifel. Glücklicherweise ist das Geschehen auf der Bühne im Moment von solch bezaubernden Interesse für Effie, daß sie keine Notiz von seiner Veränderung, die sein Wiedererkennung seiner verlorenen Liebe mit sich bringt, noch den fixierenden Blick, der auf ihr Gesicht gerichtet ist, während sie sich auf das Geländer lehnt. Er hört das Pulsieren des Orchesters und die Stimmen der besetzten Bühne nur schwach und entfernt, wie das Summen eines Schwarms Sommerfliegen. Er beugt sich vor und ergreift das Querholz des Sitzes vor ihm. Er weiß nicht wie lange er in dieser Faszination so sitzt. Es war möglicherweise nur für ein paar Sekunden, es scheint ihm zuletzt wie eine kleine Ewigkeit.

Er erinnert sich schwach, daß das Gesicht der Frau, die er beobachtet, das sich, als sie dem Geschwätz eines Gentleman zuhört, der neben ihr steht und sich mit einem vagen Lächeln der Bühne zuwendet, plötzlich seine Farbe und Ausdruck wechselt. Eine graue Blässe und ein Blick der Furcht, nahezu Entsetzen, kam über sie. Sie wischt sich mit einem Tuch, das sie in der Hand hält über die Lippen und ihr Kopf wendet sich in Douglas Richtung, zuerst langsam, ihre Augen mit einem unnatürlichen angespannten Ausdruck. Zuletzt ruht ihr Blick auf seinem Gesicht. Für einen Moment sitzt sie da , wie zu Stein geworden, die schreckliche Blässe auf ihren Gesicht verstärkt sich noch, als sie zu ihm schaut, ihr Kiefer klappt herunter, ihre Augen werden gläsern, als ob sie in der letzten Qual ihres Sterbens liegt. Ihr Begleiter nimmt ihre Hand mit einem überraschten Blick. Diese Berührung scheint den gebannten zauber aufzuheben. Sie lächelt schwach, flüstert ein paar Worte, als Antwort auf sein wahrscheinliches Fragen, steht auf und geht zur Rückseite der Loge. Ihr männlicher Begleiter und die anderen Kavaliere schauen sich fragend an.

Ohne zu wissen was er tut, steht Douglas auf, entschuldigt sich bei Effie und kämpft sich durch die dichtbesetzten Reihen der Zuschauer im Parkett zum Ausgang.

Sein Herz fühlt sich zum Bersten an, als er an die Möglichkeit denkt, daß die Frau, die er trotz allem noch liebt, nach so vielen Jahren der schrecklichen Zweifel, einen kurzen Augenblick gewähren könnte.

Er kommt draußen an und erreicht die bereitstehenden Kutschen. Seine Blicke, durch die Anspannung übernatürlich geschärft, erhascht den Anblick der zweiten Lady, die gerade dabei ist in eine geschlossene Kutsche zu steigen Die Tür wird zugeschlagen, der Lakai klettert an die Seite des Kutschers und das Gefährt bewegt sich schnell in Richtung der Rue de la Paix. Douglas rennt und findet eine freie Kutsche und bittet den Kutscher zu folgen. Die andere Kutsche ist in Sichtweite und biegt gerade in eine Straße in der Nachbarschaft des Parks Monceau ein. Dann verschwindet sie in einer Toreinfahrt. Er zahlt eilig und entläßt seinen Kutscher und geht zu Fuß weiter. Als er den Hofraum des Hauses betritt wird er vom Concierge angesprochen. Er schiebt dem Mann ein Fünffrancstück in seine Hand und fragt nach dem Namen der Person, die hier eben aus der Kutsche gestiegen ist.

„Madam Bertillon, Monsieur."

„Eine ansehnliche Frau", sagt Douglas, dessen Verstand zu arbeiten beginnt, „wer und was ist sie?"

„Eine sehr liebenswürdige Lady", sagt der Concierge mit einem ruhigen Lächeln.

Er geht in den ersten Stock und klingelt. Ein Diener läßt ihn in einem kleinen Salon warten. Er schaut sich um. Wunderschöne Möbel und geschmackvoll dekoriert. Während er wartet hört er

Lachen und Gläserklingen aus dem benachbarten Raum. Jetzt kommt Madam Bertillon.

„Sie wünschen, mich zu sehen, Monsieur?"

„Ja, Sie sind eben von der Oper zurückgekehrt, Madam, in Ihrer Gesellschaft war eine, eine Engländerin! Mein Name ist Douglas, Richard Douglas. Würden Sie, Madam, die Freundlichkeit haben, der Lady zu sagen, daß ich hier bin und ich sie bitte, bei allem was mir heilig ist, mich zu sehen, wenn es auch nur für einen Moment ist?"

„Aber sie ist nicht hier, Sie verließ uns am Eingang der Oper und wollte nach Hause gehen."

„Um Gottes Willen, Madam, seien Sie ehrlich zu mir!"

Für einen Moment ist die Lady ärgerlich, aber da ist ein solches verlangen und tiefes Betrübnis in seinem Gesicht zu lesen, daß sie die Worte, die ihr schon auf der Zunge lagen zurückhält und ruhig antwortet:

„Wie ich bereits sagte, die Lady, die sie suchen, ist nicht hier."

„Werden Sie mir ihre Adresse geben?"

Die Lady ist unschlüssig.

„Monsieur, Sie bringen mich in eine peinliche und mißliche Lage. Sie sind für mich ein Fremder und die Lady selbst ist nur eine zufällige Bekanntschaft, ich wage es nicht Ihnen die Adresse zu geben!"

Douglas läßt verstört seinen Kopf hängen. Die Lady beobachtet ihn mit einer Art Mitleid in ihren schwarzen Augen.

„Würden Sie ihr eine Nachricht geben?" fragt er wieder aufblickend.

„Jede Nachricht, die Sie wünschen und gern." antwortet sie.

„Sagen Sie ihr", beginnt er mit tiefer bebender Stimme, als stünde sie selbst vor ihm, es brennt wie Lava in seinem Herzen, „sagen Sie ihr, daß Richard Douglas hier in Paris ist und das Kind, welches neben ihm heute Abend saß, ist ihre Tochter.."

Die Lady wartet, daß er fortfährt.

„Das ist alles."

Er gibt ihr seine Adresse vom Hotel und die Lady verspricht ihm in so schnell wie möglich zu informieren. Mit diesem Versprechen ist er wohl oder übel zufrieden.

Die Dämmerung bricht über die Stadt, ehe er im Hotel zurück ist. Er kommt hager und müde in einem Fieber unterdrückter Erregung an. Und bereitet Effie mit seinem Verhalten Kopfzerbrechen.

Der nächste Tag vergeht und bringt keine Nachricht, wie auch der nächste und übernächste.

Am vierten Tag kommt ein knappes Sendschreiben ohne Unterschrift mit der Nachricht, daß die Lady, deren Adresse Mr. Douglas begehrte zu erfahren, Paris verlassen habe, ohne einen Hinweis wohin.

Douglas stöhnt, als er die kurzen Zeilen der Nachricht liest, mit einer bitteren Verzweiflung, die er seit Effie Hetheringtons Flucht vor achtzehn Jahren nicht mehr kennt.

Sie hat beide, ihn selbst und das Kind in der Oper gesehen, der Schreck des Wiedererkennens in ihrem Gesicht war ihm Beweis genug gewesen. Die Verweigerung ihn zu sehen konnte er verstehen. Achtzehn Jahre hatte er über Effie nachgedacht, hat sich an jede Handlung und jedes Wort erinnert und hatte ihm eine Einsicht in ihren Charakter gegeben. Sie ist noch immer die eine Frau auf der Erde, deren Gegenwart die Kraft hatte, seine Leidenschaft zu erwecken und sein Leben mit Sinn zu erfüllen. Aber viele der alten Illusionen sind verschwunden. Er sah in ihr mehr, als sie in Wirklichkeit war, launisch und eigensinnig, eine Feder, die durch jede Chance eines Genusses der Gefühlsbewegung, grundlos und wenn nicht sogar herzlos, mit gleichbleibendem Ziel oder bestimmten Grund, weder liebevoll, noch leidenschaftlich, dahinschwebt. Das Vergnügen liebend und Schmerz verabscheuend. Aber dies, nach achtzehn Jahren Abwesenheit von dem Kind, das sie geboren hat, die Chance es zu treffen zurückzuweisen scheint fremd und grausam. War es aus Furcht vor den Schmerzen eines Treffens, oder dem Wunsch das Kind zu scheuen, das gottlose Wissen der Umstände ihrer Geburt, oder aus einfacher Gefühlslosigkeit? Er kann es nicht denken, daß es Letzteres ist. Aber das Gift des Zweifels und der Enttäuschung nagt so an seiner Seele, daß er momentan nahe daran ist verrückt zu werden.

Er dachte und glaubte in seiner Leidenschaft für das fast erwachsene Kind achtzehn Jahre lang, sie wäre tot. Nun ist sie in seinem Herzen wieder zum Leben erweckt, durch den bloßen Anblick ihres Gesichts. Er ist besessen von einer Sehnsucht, sie wiederzusehen, ihre Stimme zu hören und vielleicht ihre Hand zu berühren.

Dieser altbekannte Dämon, wie einst wieder hergestellt, erschüttert ihn, daß er keine Ruhe findet. Er unterwirft sich dem äußeren Schein der Ruhe vor seinem Mündel und verbringt so viel Zeit als möglich mit ihr. Aber in der Nacht überfällt ihn die Leidenschaft, bringt ihn hinaus in langen ziellosen Gedanklichen Streifzügen in die Stadt. Er kann nicht schlafen, außer in kurzen Momenten der Lethargie, wenn ihn die Ermüdung überwältigt. Nacht für Nacht ist er auf dem Straßenpflaster von Paris, im Süden, Osten, Westen und Norden, mit halb unbewußten Verlangen nach schmerzstillende Mittel für diese übermäßige Anstrengungen, die das überanstrenge Gehirn und die ermatteten Nerven erbringen.

Eines Morgens, zehn Tage nach der kurzen Nachricht von Effie, steht er auf dem Pont des Arts. Die Sonne ist eben aufgegangen und vergoldet die Dächer und Schornsteine der höheren Gebäude. Eine Brise in der Dämmerung bewegt die feuchte Luft und zerzaust die langsam fließenden Wellen auf dem Fluß. Oben ist ein wolkenloser Himmel von grenzenloser Tiefe und makelloser Reinheit, der sich von Horizont zu Horizont erstreckt. Wie in einem Spiegel werden die Gebäude auf der ruhigen Randzone des Flusses reflektiert. Während er sinnend die Szene beobachtet , sieht er etwas helles auf dem Wasser. Mit Schrecken stellt er fest, daß es ein Frauenkleid ist. Er rennt von der Brücke hinunter zum Uferweg. Auf der gegenüberliegenden Seite wird der Motor eines Polizeibootes angeworfen und bewegt sich in Richtung des Objekts. Das Boot hält daneben an und Douglas sieht, wie eine schlaffe und triefende Gestalt aus dem Wasser gezogen wird. Die geringe Geschwindigkeit des Bootes sagt alles, wenn es noch einen Funken Leben gegeben hätte, wäre es in voller Geschwindigkeit gefahren. Das Boot legt am Kai an, in unmittelbarer Nähe ,wo Douglas steht. Nahezu zu Douglas Füßen. Still und langsam klettern zwei Polizisten die kurzen Leiterstufen herauf und tragen die bewußtlose Bürde und legen sie auf den Boden. Douglas fällt mit einem Schrei auf seine Knie an der Seite des Körpers von Effie Hetherington.

„Effie! Effie! Oh mein Gott, sie kann nicht tot sein! Es ist nicht möglich!"

Wild ruft er den Mann an, der in stiller Verwunderung neben ihm steht und zu ihm hinunter sieht. Die anderen kommen eilig aus dem Boot und stehen um ihn herum, als er ihnen den Namen der toten Frau sagt und ihren Körper an sich preßt.

„Sie ist tot! Sie ist tot!" stöhnt er und läßt sie von seinen Händen zurück auf die Erde gleiten.

Die Männer stehen flüsternd um ihn, wie er mit zitternden Händen über dem Körper klagt. Einer unter ihnen tritt an ihn heran und wendet sich an ihn. Douglas starrt ihn an, ohne die Worte zu verstehen, bis die Frage wiederholt wird.

„Sie kennen die unglückliche Lady?"

Douglas Gesicht ist Antwort genug. Er ist durch den Schrecken und der Verzweiflung so teilnahmslos, daß er keine Kraft zum Sprechen hat.

„Der Körper muß ins Leichenschauhaus gebracht werden. Werden Monsieur uns begleiten?"

Er sieht wie die tropfende Gestalt auf die Bahre gelegt wird und folgt mechanisch der stillen Prozession zu dem kleinen Gebäude hinter der Kathedrale, die letzte Szene des schlimmen Schlusses so vieler Tragödien.

Während sie gehen beginnt es in seinem Kopf wieder zu arbeiten. Ein plötzlicher Gedanke kommt ihm und er greift den Arm des Offiziers an seiner Seite.

„Das Leichenschauhaus!" sagt er, „wird der Körper ausgestellt?"

„„wie die Dinge liegen sehe ich keinen Grund dafür", sagt der Offizier, „Körper werden nicht als eine tote Kuriosität ausgestellt, sondern zur Identifizierung oder zu Erlangen der Klarheit der Todesumstände. Monsieur kann die Identität der Lady bestätigen, das sollte ausreichend sein."

Die Antwort gibt ihm nur einen kleinen Trost, denn auf dem weiteren Weg kommen ihm doch bewußt Zweifel. Seine Bekanntschaft mit Effie liegt achtzehn Jahre zurück. Er kennt nichts von ihrem Leben seither. Den Wunsch sie vor der Entwürdigung zu bewahren, beschäftigt seine Gedanken weiter und er entschließt sich das mit allen Mitteln zu verhindern. Sie erreichen die düstere Leichenhalle, wo der Wächter sie mit einer stumpfen Gleichgültigkeit empfängt.

„Das ist schade", bemerkt er , auf den Körper, Hände in den Taschen und Pfeife rauchend, schauend, „eine schöne Frau."

Der Offizier erzählt im von Douglas Wiedererkennung des toten Körpers und von seinem Wunsch ihn vor einer Zurschaustellung im Leichenschauhaus zu bewahren.

„Es kommt darauf an", bemerkt er darauf apathisch und wendet sich zu dem Buch, in dem Neuankömmlinge registriert werden, fragt Douglas, was er weiß. Er schüttelt den Kopf, während dieser Unterhaltung. Aber er entscheidet, daß es nicht reicht die Zurschaustellung zu verhindern. Unter welchen Umständen war die Lady gestorben? Durch einen Mörder, war es Selbstmord oder ein Unfall? Wo hatte sie gewohnt? War sie verheiratet oder Single? Die Polizei würde all diese Dinge erfragen und um dies herauszufinden ist eine Zurschaustellung des Körpers notwendig.

Douglas ist untröstlich, aber was konnte er tun?

Der Offizier stand achselzuckend dabei, als der knorpelige Beamte seine Entscheidung mitteilt.. Das große Entsetzen in dieser Situation aktiviert Douglas Gedanken. Bei allen Kosten und mit allen Mitteln muß die Ehrenkränkung der Ausstellung von Effies Körper verhindert werden. Aber wie?

Er erinnert sich an die Lady im Park Monceau. Sie könnte letztlich dies tun. Sie konnte den Namen bestätigen unter welchen Effie in Paris bekannt gewesen ist, ihre Wohnung, vielleicht ihre Freunde und Bekanntschaften nennen. Er eilt von der Leichenhalle in eine Straße, findet eine Kutsche und kommt an Madam Bertillons Haus an, weckt den Hausmeister auf und bittet ihn Madam zu informieren, daß er sie noch einmal dringend sprechen muß. Er wartet wieder im kleinen Salon. Madams Antwort ist, wie er erwartet hat, daß sie ihn nicht zu dieser Zeit empfängt, er solle später wiederkommen.

Er sendet den Hausmeister mit einer zwingenderen Nachricht, welche diesmal die Lady selbst beantwortet. Der finstere, herablassende, ärgerliche Blick auf ihrem schönen Antlitz ändert sich, als Douglas seinen Blick auf sie wirft. Er gibt ihr keine Zeit Fragen zu stellen. Er erzählt ihr kurz was sich ereignet hatte. Nach kurzem Abschätzen ihrerseits, das es nicht gut wäre, dem Willen des stürmischen jungen Mannes nicht nachzukommen, willigt sie ein. Douglas wartet in der Kutsche, während sie sich umkleidet.

Der Kutscher, angespornt durch das Versprechen das Dreifache des Lohnes zu bekommen, wenn er sich beeilt, bewältigt die Entfernung zu Leichenschauhaus in einer wundervollen kurzen Zeit.

Madam Bertillon schaut auf das tote Gesicht.

„Ich kenne diese Lady. Ihr Name ist Lucie Vanstone. Sie ist Engländerin und lebt in der Rue Colbert 106, Champ Elyse ´es."

Ist das genug, den Körper nicht zur Schau zu stellen?" fragt Douglas den Wächter.

„Ja, außer bei weiteren Anforderungen der Polizei."

Während der nächsten ein, zwei Tage erfährt Douglas mehr als genug über den langen Zeitraum in Effies Leben, welches ihn komplett verwirrt. ‚La Belle Anglaise' war eine brillante Gestalt in der Halbwelt von Paris für viele Jahre gewesen und die Klatschjournaillen listeten ihre Triumphe und Überspanntheiten mit schamlosen, leichtfertigen und mitleidvollen Kommentaren auf und machten Mutmaßungen aller Sorten zu dem Geheimnis ihrer Tragödie. Aber es bleibt ein Geheimnis.

Es gibt nicht den geringsten Verdacht eines unlauteren Spiels von irgend jemand und Selbstmord scheint ihr unähnlich, wie auch die Lösung des Mysteriums eines Mordes. Sie war noch jung, noch schön, ohne, geldliche oder anders geartete Sorgen, welche sie zur Selbstzerstörung veranlaßt hätte. Das brillante, törichte, sündhafte Leben ist zuende, das leidenschaftliche und weltgewandte Herz kam letztlich zur Ruhe. Unter den Tausenden, die über das Geheimnis ihres Todes plappern ist nur eine stille, leidvolle Seele, die allein das Geheimnis vermuten konnte, war der Mann, der sie liebte mit so reiner und leidenschaftlicher Hingabe, dessen Leben sie zerstört hatte, der sie noch im Gedächtnis mit einem göttlichen Erbarmen liebt, welches nicht die Offenbarung ihrer Schande trüben konnte. Diesem Mann, den sie so tief beleidigt und das Kind, welches sie verlassen hatte, erscheint plötzlich als Erklärung, daß sich ihre Natur bis zur Selbstvernichtung durchgesetzt hatte.

Schrecklicher ist, daß Douglas Gedanken findet, die ihm Trost geben. Besser so, oh, sicher, es ist besser so! Als daß sie zurückgekommen wäre, reuelos und unverändert in das Leben, das sie bisher lebte.

* * *

Und zu Effie gewandt sagt Douglas:"wir werden morgen eine Ausfahrt machen, die Kutsche wird um zehn hier sein. Sei dann fertig, mein Kind!"
Er spricht in seiner gewohnten Ruhe, obwohl Effie die Schwermut und die Heimlichkeiten hinsichtlich des Fortbleibens während der letzten Tage bemerkt, stellt aber keine Fragen.
„Wenn du ein einfaches dunkles Kleid mitgebracht hast", setzt er nach einer Pause hinzu, „dann ziehe dies an."
Sie fahren zusammen ohne ein Wort fort. Sie fahren eine ganze Weile durch Paris, ehe Effie sich erlaubt nach dem Grund ihrer Fahrt zu fragen.
„Wir gehen", sagt Douglas, „zu einem Begräbnis in der Kirche von St. Cloud."
„Einem Begräbnis", wiederholt Effie verwundert.
„Ja. Das Begräbnis einer Lady."
Seine Stimme ist ernster, als gewöhnlich, seine Augen sind verstört, mitleidig und gefühlsbewegt auf Effie gerichtet.
„Ich kannte sie vor vielen Jahren, als sie jung und unschuldig und schön war, wie Du jetzt, meine Liebe!"
Seine ruhige Stimme drückt seine eigene verborgene Gefühlsstimmung aus.
„Sie starb allein und ohne Freunde. Es ist mein Einfall, daß du mit mir an ihrem Grab stehst."

Er sagt nichts weiter und die Stille hält auch noch an, als sie die Kirche erreichen und sie ihren Weg inmitten der mit Blumen übersäten Erdhügel nehmen. Sie sehen von hier die breite weite Fläche des friedlichen Landes, die ihnen zulächelt, hier und da besetzt mit friedlichen Dörfern und Farmen, grüne Mengen von Bäumen und unten summt die unaufhörliche Zeit der großen Stadt. Zuletzt kommen sie an ein neues Grab, das erste, das Offen zu Effies Füßen liegt. Ein schwacher Klang eines gleichmäßigen und monotonen Gesangs in der kleinen Kirche ist hörbar und eine Minute später erreicht sie im klaren, hellen Sonnenschein ein Trauerzug, der von einem weißhaarigen Priester angeführt wird.

Feierliche Worte werden gesprochen, die Erdklumpen prasseln mit dumpfen Widerhall auf den Deckel des Sargs. Douglas steht, trockenen Auges, mit gesenkten Kopf und Effies Hand haltend. Die Tränen rinnen ihr übers Gesicht, sie glitzern wie Tautropfen, wie ein kleiner Blumenstrauß, der aus ihrem Leib kommt und in das Grab tropft.

„Sage", flüstert Douglas, „ Gott segne sie!"

Sie wiederholt gebrochen die Worte, dann wenden sie sich um und verlassen das Grab.

Anmerkungen

(1)Bruyerepfeifen stammen aus Saint-Claude, wo sie etwa im Jahre 1850 zu ersten Mal gefertigt wurden. Bruyereholz hat gute Eigenschaften für eine Pfeife: sehr hart und trotzdem leicht zu verarbeiten, überaus temperaturbeständig und hat eine gute Optik. Es wird die Bruyerewurzel der ‚Erica arborea' verwendet, es ist das Stück zwischen den Wurzeln und dem eigentlichen Stamm des Baums. Er wächst im Mittelmeerraum. Das Holz kann erst nach eingehender Behandlung in Form geschnitzt werden.

(2) Dare-the-Deil ein dem Teufel Trotzender

(3) König Jamie: James Steward, Earl of Mordy, wird zu einem der Häupter der Protestanten, deren Revolte zur schottischen Reformation führte. Am 23. Januar 1570 wird er aus einem Hinterhalt Opfer eines Attentats. Er ist das erste dokumentierte Attentatsopfer
mittels einer Feuerwaffe.

(4) calvinistisch: Anhänger der reformierten Kirche nach Johannes Calvin (1509-1564) Reformator der französischen Schweiz, Bekenntnis zur Allmacht Gottes, dem unbedingten gehorsam und Ehre erwiesen werden muß. Strenge Lebensführung und Gebotserfüllung, starke Nüchternheit und Sachlichkeit. Hauptwirkung in angelsächsischen Ländern im Puritanismus und presbyterianischen Kreisen.

(5) puritanisch: (lat. purus - ‚rein') seit dem 16. Jhd. Bezeichnung für alle streng calvinistisch gesinnten Protestanten in Schottland und England. Sie waren der Verfolgung ausgesetzt. Durch die ‚Toleranzakte' von 1689 bekamen sie eine gesicherte Existenz. Sie sind für die Trennung von Staat und Kirche, Abschaffung der Priestergewänder und für die Vereinfachung der Liturgie, sowie strenge Kirchenzucht und erheben Forderungen nach Glaubensfreiheit.

(6) Presbyterianer: auf calvinistischer Grundlage stehende reformistische Kirche. Sie setzt sich 1560 in der schottischen Kirche durch. Das Bischofsamt wird abgelehnt. Die Leitung obliegt den Ältesten. Lehrgrundlage ist die 'Westminster Confession of Faith' von 1643.

(7) ‚coup de grace' : Gnadenstoß

(8) Amyas Leigh: eine Sagengestalt